복수는 나의 것

VENGEANCE IS MINE

복수는 나의 것

마이크 해머 시리즈 3
미키 스필레인 박선주 옮김

황금가지

VENGEANCE IS MINE
by Mickey Spillane

Copyright © E.P. Dutton & Co., Inc., 1950.
Copyright © renewed Mickey Spillane, 1978
All rights reserved.

Korean translation edition is published by arrangement with
Jane Spillane c/o Dominick Abel Literary Agency Inc. through KCC.

Korean Translation Copyright © Minumin 2024

이 책의 한국어판 저작권은 KCC를 통해
Jane Spillane c/o Dominick Abel Literary Agency Inc.와 독점 계약한 ㈜민음인에 있습니다.
저작권법에 의해 한국 내에서 보호를 받는 저작물이므로 무단 전재와 무단 복제를 금합니다.

차례

1장 -9

2장 -30

3장 -51

4장 -70

5장 -92

6장 -111

7장 -136

8장 -162

9장 -189

10장 -224

11장 -248

12장 -269

13장 -288

★ 이 책에 쓰인 본문 종이 e-Light는 국내 기술로 개발된 최신 종이로, 기존에 쓰이던 모조지나 서적지보다 더욱 가볍고 안전하며 눈의 피로를 덜게끔 한 단계 품질을 높인 고급지입니다.

언제라도 새로운 모험을 떠날 준비가 되어 있는
친구 조와 조지에게,
그리고 이제는 함께 할 수 없는
워드에게…….

1장

    그 친구는 끔찍하게 죽어 있었다. 파자마 차림으로 뇌가 다 쏟아져 나온 채 손에는 내 총을 들고 양탄자 위에 누워 있었다. 머릿속을 답답하게 가리고 있던 몽롱한 기운을 씻어 버리려고 얼굴을 계속 문질러 댔지만 경찰들이 나를 가만두지 않았다. 한 놈이 와서 내 손을 잡더니 머리만 더 아프게 만드는 질문을 해 댔고, 또 다른 경찰은 젖은 수건으로 나를 후려쳐서 내 기분을 더럽게 만들었다. 결국 내가 외쳤다.
    "젠장, 그만 좀 해!"
    그러자 그중 한 명이 웃으며 나를 침대로 밀쳤다.
    생각을 할 수가 없었다. 기억도 안 났다. 그저 스프링처럼 묶여서 얻어터지기만 기다리고 있었다. 보이는 거라곤 방 한가운데서 죽은 남자와 내 총뿐이었다. 내 총! 누군가 내 팔을 잡더니 나를 일으켜 세워서 또 질문을 해 대기 시작했다. 나도 참을 만큼 참았다. 발로 세게 한 대 걷어찼더니 중절모를 쓴 뚱뚱한 얼굴의 형사가 저만치 나가떨어져서 배를 움켜잡고 신음하기 시작했다. 확실치는 않지만 아마 그걸 보고 내가 웃었던가 보다. 누군가가 쉰 목소리로 지껄여 댔다.

"저 망할 자식 내가 손봐 주겠어!"

하지만 그때 문이 열리고 누군가 들어오자 방 안에는 정적이 흘렀고 들리는 건 신음 소리뿐이었다. 팻이 왔다는 걸 알 수 있었다.

내가 입을 열어 말했다.

"착한 친구 팻! 항상 나를 구해 주러 온다니까."

그러나 팻의 말투는 전혀 착하지 않았다.

"이 바보 같은 놈들, 정신이 나갔나? 누가 이 사람을 건드렸어?"

아무도 대답이 없었다. 중절모를 쓴 뚱뚱한 얼굴의 형사는 의자에 쪼그리고 앉아 다시 신음을 해 댔다.

"저 사람한테 채였단 말입니다. 저 망할 자식이 저를 걷어찼다고요. 바로 여기를요!"

또 다른 사람이 말했다.

"맞습니다. 마샬이 심문 중이었는데 저 사람이 마샬을 찼습니다."

팻이 못마땅하다는 듯 말을 자르고 내게 몸을 숙였다.

"괜찮아, 마이크. 일어나. 자, 어서 일어나라고."

그러고는 내 손목을 잡아 일으켜 침대 모서리에 앉혔다.

"제기랄, 기분 더럽네."

내가 말했다.

팻이 젖은 수건을 집어서 내게 건네주며 대답했다.

"유감이지만 앞으로 기분 더러울 일이 더 많을 것 같아. 얼굴이나 닦아. 꼴 한번 보기 좋군."

수건을 받아들어 얼굴을 닦았다. 머릿속에 몽롱하게 끼어 있던 안개가 약간 걷히는 것 같았다. 떨림증이 가라앉자 팻이 나를 일으켜 세우더니 반 강제로 욕실에 밀어 넣었다. 샤워기에서 나오는 찬물이 채찍처럼 살갗을 후려치는 것 같았다. 하지만 내가 공중을 떠돌아다니는 귀신이 아니라 살아 숨 쉬는 인간이라는 느낌이 들면서 정신이 돌아왔다. 참을 수 있을 만큼 찬물 세례를 받은 뒤 수도꼭지를 잠그고 욕실 밖으로 나왔다. 그러곤 팻이 내 손에 쥐어준 따뜻한 커피 한 잔을 말 그대로 목구멍에 들이부었다. 커피 잔 너머로 팻에게 웃는 눈빛을 보내 보려고 했지만, 나 자신도 별로 재미있는 기분이 아니었고 팻의 말투는 더더군다나 재미없는 기색이 역력했다. 팻의 목소리는 짜증 섞인 호통 소리에 가까웠다.

"마이크, 장난은 집어치워. 이번엔 아주 제대로 걸려들었단 말야. 도대체 누구한테 이렇게 걸려든 거야? 미치겠군. 아줌마랑 얽힐 때마다 꼭 이렇게 끝장을 봐야겠어?"

"팻, 그 여자는 아줌마가 아니었어."

"그래, 착한 아가씨였겠지. 나도 그건 알아. 그렇다고 그게 무슨 변명이 될 수 있는 것도 아니잖아."

입에서 욕이 나왔다. 아직 혀가 잘 돌아가지 않았지만 팻도 내 말뜻을 알아들었다. 팻이 분명히 알아들을 때까지 두 번이나 같은 욕을 반복했더니 팻이 말했다.

"입 닥쳐! 이런 일이 일어난 게 이번이 처음은 아니란 말야. 도대체 내가 어떻게 해야겠어? 네가 살해당한 여자와 연애했다는 이유로 네 이빨이 다 부러지도록 흠씬 패 줘야 하는 거야?"

"미치겠군. 연애한 건 두 명뿐이었어."

"좋아. 관두자고. 저 밖에 누가 있는 줄 알아?"

"그럼. 시체지."

"맞아. 시체야. 바로 그거라고. 둘이 같은 호텔 방에 있었는데 한 명이 죽었어. 죽은 놈은 네 총을 갖고 있었고 넌 취해 있었고! 도대체 어떻게 된 거지?"

"내가 그놈을 쐈다. 자다 말고 일어나서 쐈어."

이번에는 팻이 욕을 내뱉었다.

"마이크, 나한테 자꾸 헛소리해 댈 거야? 도대체 무슨 일이 일어난 건지 나한테 말 좀 해 봐."

엄지손가락을 들어 다른 방 쪽을 가리키며 팻에게 물었다.

"저 깡패들은 어디서 나온 놈들이야?"

"마이크, 그놈들은 경찰이야. 나와 같은 경찰이고 나처럼 사실을 알고 싶어하는 것뿐이라고. 새벽 세 시에 옆방에서 자고 있던 부부가 총성을 들었대. 길에서 나는 소리인 줄 알았는데 오늘 아침에 호텔 청소부가 방문을 연 순간 바닥에 시체가 있는 걸 보고서 문앞에서 기절을 했어. 누군가가 제보해서 경찰이 출동한 거고. 자, 이제 말 좀 해 봐. 무슨 일이 일어난 거지?"

"나도 그걸 좀 알았으면 소원이 없겠어."

나는 절친한 친구이자 단짝인 팻, 뉴욕 최고 경찰 강력반 반장인 패트릭 체임버스를 바라보았다. 별로 기분 좋은 얼굴은 아니었다.

문득 토할 것 같은 기분이 들어서 얼른 쓰레기통 뚜껑을 열어젖혔다. 내가 다 토할 때까지 팻은 등을 두드려 주고 물로 입을 닦아 준 다음 옷을 건넸다.

"옷이나 입어."

팻이 입술을 찡그리더니 지긋지긋하다는 듯 고개를 저었다.

손이 너무 떨려서 괜히 셔츠 단추에다 대고 욕을 해 댔다. 셔츠 칼라 밑에 넥타이를 끼워 넣고는 매지도 않은 채 그냥 목에 매달려 있게 놔뒀다. 팻이 입혀 주는 코트에 팔을 끼면서 나한테 화가 났을 때조차도 친구 노릇을 톡톡히 해 주는 녀석이 있다는 사실에 고마움을 느꼈다.

욕실에서 나왔을 때까지도 중절모를 쓴 뚱뚱한 얼굴은 여전히 그 의자에 그대로 앉아 있었다. 다만 이제 정신을 좀 차린 듯 그다지 신음 소리를 많이 내지 않았다. 팻이 없었다면 곤봉으로 나를 후려치면서 소리 내어 웃어 댔을 것이다. 물론 혼자 힘으로는 그렇게 할 수도 없겠지만.

제복 입은 순찰대원 두 명이 경찰차에서 나왔다. 나머지 평복 차림 두 명은 지역 관할 구역에서 나온 경찰들이었다. 내가 아는 경찰은 하나도 없었고, 그 사람들도 나를 몰랐으니 서로 피장파장이었다. 평복 차림 두 명과 다른 경찰 한 명이 보내는 뭔가 안다는 듯한 눈초리는 팻에게 "이제 슬슬 시작해 보죠?"라고 말하고 있었다.

팻은 그 눈초리를 재빨리 알아차렸다. 나를 의자에 앉히고 자기도 의자 하나를 가져다 앉더니 말했다.

"처음부터 시작해 보자. 전부 다 남김 없이 말해 봐. 사소한 것까지 전부 다."

나는 등을 기대고 앉아 바닥에 누워 있는 시체를 바라보았다. 누군가가 자상하게도 흰 천으로 덮어 놓았다.

"저 사람 이름은 체스터 휠러야. 오하이오 주 콜럼버스 시에 백화점을 소유하고 있지. 오랫동안 대대로 운영해 온 백화점이었어. 아내와 애들 둘이 있고. 사업상 필요한 물건을 사러 뉴욕에 와 있었어."

여기까지 말하고 팻을 바라보았다.

"계속 말해 봐, 마이크."

"이 남자를 처음 만난 건 1945년, 외국에 나갔다가 돌아온 직후였어. 호텔 방이 귀하던 때에 같이 신시내티에 와 있었지. 나는 침대 두 개짜리 방 하나를 얻었는데 이 사람이 로비에서 자고 있더라고. 내가 올라가서 같이 자자고 하면서 침대 하나를 내줬지. 당시 이 사람은 공군 대위였는데 워싱턴에서 무슨 구매 조달을 담당하고 있었어. 그 다음 날 아침에 같이 술을 마시고 오후에 헤어지고는 만난 적이 없다가 어젯밤에 다시 만났어. 술집에서 우연히 마주쳤는데 맥주를 마시면서 신세 한탄을 하더라고. 아주 그럴싸한 재회의 자리였지. 내 기억에 둘이서 한 6차까지 갔던 것 같아. 그러고 나서 저 사람이 밤새 자리 잡고 놀자고 하길래 그러기로 했지. 내가 술 한 병을 가져와서 그걸 둘이 다 마셨어. 자기 전에 저 사람이 술에 취해 울었던 것 같긴 한데 자세히는 생각이 안 나. 그러고 나서 기억나는 건 누가 나를 일으키려고 머리를 때린 것뿐이야."

"그게 다야?"

"하나도 안 빼놓고 전부 말한 거야."

팻이 일어나서 방을 둘러보았다. 나도 그러고 싶었지만 배가 아파서 도저히 그럴 수가 없었다. 누구를 쳐다본다고 할 것도 없는 시선으로 팻이 말했다.

"자기가 자초한 상처로군. 분명해."

그러더니 내 쪽으로 머리를 돌려 말했다.

"알겠지만 이번 일로 자네 탐정 면허는 박탈이야."

"왜지? 난 그 사람을 쏜 적이 없는데."

내가 화난 목소리로 말했다.

뚱뚱한 얼굴이 이죽거리며 말했다.

"쏜 적 없다는 건 어떻게 아시나? 머리 좋은 양반."

내가 화가 나서 대답했다.

"난 취했을 때는 사람을 쏘지 않거든. 날 가지고 놀면서 자기가 꽤나 터프한 척하는 놈이라면 또 모르겠지만."

"머리 한번 좋군."

"그래. 아주 좋지."

"둘 다 그만둬!"

팻이 소리치며 말을 막았다. 뚱뚱한 얼굴이 입을 다물어 주자 그제야 숙취의 고통이 느껴졌다. 몸을 수그리고 방 저쪽 코너에 있는 의자까지 걸어가서 앉았다. 팻은 문가에서 뚱뚱한 얼굴을 뺀 나머지 경찰들과 토론을 하고 있었다. 시체 검시관이 시체를 담을 관을 짊어 든 사람들과 함께 나타나자 문이 닫혔다.

난쟁이들이 망치로 머리를 때리는 것 같은 기분이 들었다. 눈을 감고 귀를 쫑긋 세워 문 너머에서 무슨 이야기를 하는지 들어보았다. 검시관들과 경찰 모두 저 남자를 쏜 것은 내 총이라는 같은 결론에 도달했다. 아주 가까운 사정거리에서 크고 둥근 45구경 권총이 발사된 것이다. 지문 감식반원들이 총에서 내 지문을 채취해 냈는데, 그 위에는 죽은 남자의 지문도 함께 묻어 있었다.

바로 그때 팻을 찾는 전화가 걸려 왔다. 팻이 전화를 받으러 간 사이 뚱뚱한 얼굴이 시체 검시관에게 뭔가 말하는 것이 들렸다. 잘 들어보려고 몸을 똑바로 세우고 앉았다. 뚱뚱한 얼굴이 말했다.

"이렇게 손쉬운 살인 사건이 어디 있습니까? 둘은 취해서 싸움을 한 거예요. 머리 좋은 탐정 놈이 저 남자를 쏘고는 자살로 위장하려고 손에 총을 쥐어 놓은 거죠. 그러고서는 그럴듯해 보이려고 자기도 코가 비뚤어지도록 술을 마신 거예요."

시체 검시관이 머리를 긁으며 "그럴듯하네요."라고 말하는 소리가 들렸다.

"야! 이 썩을 놈의 뚱보 녀석!"

화가 난 나는 의자에서 총알처럼 튀어나가 놈을 바닥에 눕혀 버렸다. 경찰이든 아니든 상관없었다. 팻이 전화기를 던져 놓고 뛰어와서 말리지 않았더라면 놈의 코를 작살내 버렸을 것이다. 팻은 통화가 끝날 때까지 내 팔을 잡고 놓지 않았다. 시체가 관에 실려 나가고 나자 팻이 코트 버튼을 풀더니 침대에 가서 앉으라고 손짓했다.

나는 시키는 대로 앉았다.

팻은 주머니에 손을 넣고 평복 차림의 경관들에게 뭐라고 말했다. 화가 난 나머지 말이 잘 안 나오는 것 같았지만 그래도 할 말은 다하고 있었다.

"내 이럴 줄 알았어. 너랑 그 망할 놈의 권총이 언젠가 반드시 사고를 치고야 말 줄 알았다고."

"그런 소리라면 관둬. 내가 쏜 게 아니란 건 너도 알잖아."

"그걸 내가 어떻게 알아?"

"이봐, 너 혹시……."

"네가 한 짓이 아닌 건 확실해?"

"방문은 닫혀 있었고 난 너무 취해서 총 쏘는 소리도 못 들었어. 어쨌든 시체에 파라핀 테스트를 해 보면 입증될 사실이긴 하지만. 나한테도 테스트를 해 보면 해결이 나겠지. 그런데 지금 무슨 얘길 하자는 거지?"

"너랑 네 총 얘길 하자는 거 아냐! 만약 자살이라면 네 처지만 곤란해지고 면허도 박탈당할 거라고. 총을 가지고 다니면서 술을 그렇게 죽도록 퍼마셨다면 좋게 볼 사람이 어딨어?"

팻의 말투는 아주 차가웠다. 팻의 눈이 방을 한 바퀴 돌면서 의자 등받이에 걸린 옷가지, 창문턱에 놓인 빈 위스키 병, 방바닥에 온통 굴러다니는 담배꽁초 등을 유심히 살폈다. 내 총은 책상 위에 올려져 있었는데, 지문 감식용 흰 가루가 묻어 있어서 지문 자국이 그대로 보였다.

팻이 눈을 감고 얼굴을 찡그리더니 말했다.

"마이크, 가자."

코트를 입고 빈 권총집을 찬 다음 팻을 따라 본부로 가는 차에 올라탔다. 주머니에 주차증이 있어서 내 차 걱정은 하지 않았다. 뚱뚱한 얼굴은 내가 탈주 시도라도 해서 자기가 나를 잡을 기회를 만들어 주었으면 좋겠다는 듯한 눈빛으로 나를 바라보았다. 실망

시켜서 미안할 지경이었다.
　처음으로, 경찰에 친구가 있어서 참 다행이라는 생각이 들었다. 팻이 직접 내게 테스트를 하곤 보고가 끝날 때까지 1층에서 기다리라고 했다. 재떨이가 반쯤 찼을 때 팻이 내려왔다. 내가 물었다.
　"결과가 어때?"
　"넌 깨끗해. 시체에는 화약이 제대로 묻어 있더군."
　"거 다행이네."
　팻이 눈썹을 치켜뜨며 말했다.
　"다행이라고? 검사가 너와 얘기를 좀 해야겠대. 하필이면 아주 귀찮은 호텔에서 일을 저질렀더군. 매니저가 난리를 피우더니 검사한테까지 가서 뭐라고 했나 봐. 만날 준비는 된 거야?"
　자리에서 일어나 팻을 따라 엘리베이터를 타면서 어쩌다 만난 옛 친구 때문에 이런 골치 아픈 사건에 휘말리게 된 내 불운을 한탄했다. 도대체 그놈에게 무슨 일이 있었던 거지? 차라리 망할 놈의 창문으로 뛰어내렸으면 일이 훨씬 수월할 뻔했다. 엘리베이터가 멈췄다. 장송곡을 연주하는 오르간이라도 있었으면 좋을 뻔했다. 딱 그 분위기였다.
　검사는 꽤 잘나가는 남자였는데 이번에는 주위에 사진 기자들이 달라붙어 있지 않았다. 얼굴에는 냉소적인 표정이 가득했고 말투는 얼음 같았다. 나더러 의자에 앉으라고 하더니 자기는 책상 모서리에 걸터앉았다. 팻이 자세한 정황을 보고하는 내내 내게서 눈을 떼거나 표정을 바꾸지도 않았다. 자신의 전문가적인 혜안으로 내 속을 꿰뚫어볼 수 있다고 생각했다면 오산이다. 검사에게 꼭 개구리처럼 생기셨다는 말을 해 주려던 찰나에 검사가 먼저 입을 열었다.

"해머 씨, 당신은 이 도시에서 이제 끝장난 몸입니다. 해머 씨도 그 사실은 알고 계시겠지요?"

내가 무슨 말을 하겠는가? 카드는 저놈이 다 쥐고 있었다.

책상에서 미끄러져 내려오더니 열중쉬어 자세로 내 앞에 섰다. 나더러 자기의 잘난 체격을 감상이라도 하라는 듯한 태도였다.

"사건을 꽤 잘 처리하셨던 적도 있는 걸로 알고 있습니다. 그런데 자기 자제를 잘 못하신 적이 너무 많았더군요. 이런 일이 일어난 게 유감이기는 하지만, 제 생각에 탐정님은 이 도시에서 일을 하시지 않는 편이 더 나을 것 같습니다."

이번 사건을 빌미로 채찍이라도 들고 휘두르겠다는 듯한 말투였다.

팻이 못마땅한 얼굴로 검사를 쳐다보았지만 말은 없었다. 나도 조개처럼 입을 꽉 다물고 있기는 싫었다.

"그럼 이제 그냥 평범한 시민이 되는 겁니까?"

"네. 맞습니다. 면허도, 총기 소지도 안 됩니다. 영구적으로 탐정 자격이 박탈되는 거지요."

"고발할 만한 혐의라도 있나요?"

"별로 없죠. 있었으면 좋겠지만."

내 비죽 웃는 표정에서 뭔가를 읽기라도 한 듯 검사의 얼굴이 목에서부터 붉게 달아올랐다. 내가 말했다.

"검사치고는 참 대책 없는 분이시군요. 제가 아니었으면 오래전에 신문 만화에 났겠어요."

"해머 씨! 그만하시죠."

"당신이나 입 닥치시죠? 아님 저를 체포하시든가. 그렇게 못하실 거라면 저도 시민으로서 제 권리를 행사할 수밖에 없습니다. 물론 그 권리 중에는 공무원의 행동에 이의를 제기할 권리도 포함되어 있죠. 당신은 검사 자리에 들어앉은 뒤부터 내 뒤를 캐고 다녔죠. 왜냐하면 내가 당신보다 실력이 좋아서 살인범 몇 명을 잡는 바람에 자꾸 신문에 이름이 오르다 보니 당신은 나만 한 명예를 못 누렸으니까. 내가 할 말이라고는 경찰이 시민을 위해 봉사한다는 게 참 웃기는 소리라는 얘기뿐이군요. 정말 일을 제대로 하려면 상식을 좀 갖춰야 할 것 같지 않습니까? 당신, 훌륭한 법조인일지는 모르겠지만 자기 분수를 좀 알고 경찰의 왕 노릇 따위는 그만하시죠."

"여기서 나가!"

검사의 목소리는 당장이라도 폭발할 것 같은 전기 퓨즈 같았다. 검사의 말을 들은 나는 일어나서 모자를 눌러썼다. 팻이 문을 열어 놓고 있었다. 검사가 말했다.

"브로드웨이에서 속도위반이라도 한 번 하는 날엔 내가 직접 나서서 법전에 있는 혐의라는 혐의는 모두 씌워 주고 말겠어. 그것도 꽤 그럴듯한 신문 기삿거리가 되겠지."

손잡이를 잡고 서서 검사를 향해 한 번 비웃어 주고 있는데 팻이 내 소매를 잡아끌어서 문을 닫고 나왔다. 복도를 걸어가는 동안에도 조용히 있던 팻이 계단까지 오자 더는 못 참겠다는 듯 말했다.

"마이크, 넌 바보야."

"미치겠군. 놈이 날 아주 갖고 놀려고 들잖아."

"좀 얌전하게 굴었으면 좋았잖아!"

"아니야!"

마른 입술에 침을 바르고 담배 한 개비를 문 다음 말을 계속했다.

"예전부터 나를 잡아 먹으려고 벼르고 있었다고. 그 멍청이, 내가 제대로 걸려들었다고 좋아하는 거 봤잖아."

"이제 넌 탐정 일도 끝이야."

"그래. 구멍가게나 하나 하지 뭐."

"그런 재미없는 소리는 집어치워. 넌 사설탐정인 데다 맘만 먹으면 훌륭한 경찰이 될 수도 있잖아. 같이 일하는 게 정말 행복했던 때도 있었는데……. 이젠 다 끝이로군. 사무실로 가서 술이나 한잔하자."

팻이 자기 사무실로 나를 밀어 넣더니 의자에 앉으라고 손짓했다. 책상 맨 아래 서랍에 술병과 술잔 몇 개가 들어갈 공간을 따로 만들어 놓고 그 위에 서류 용지를 조심스럽게 덮어 놓은 것이 보였다. 거기서 잔 두 개를 꺼내더니 하나를 내게 내밀었다. 말없이 건배를 하고 술을 마셨다. 팻이 먼저 말을 꺼냈다.

"그래도 꽤 괜찮은 직업이었어."

"그랬지. 정말 괜찮았어. 그런데 이젠 어떻게 되는 거지?"

팻이 술병과 잔을 치우더니 책상 뒤에 있는 회전의자에 앉았다.

"심문이 열리면 출석 요구를 받을 거야. 검사가 너한테 아주 못되게 굴겠지. 그때까지는 너하고 싶은 대로 다 하면서 지내면 돼. 내가 뒤를 봐줄게. 어차피 넌 너무 유명해서 어디로 숨을 수도 없는 몸이잖아."

"나 먹여 살려 줄 거지?"

팻이 웃으며 대답했다.

"좀 진지해져 봐. 지금 네 처지가 어떤 줄 알아? 블랙리스트에 요주의 대상으로 올라가 있다고."

나는 지갑을 꺼내 면허증을 빼내어 책상 위로 던졌다.

"이제 이건 필요 없겠군."

팻이 면허증을 들어 유심히 살펴보았다. 서류 캐비닛에 들어가 있는 큰 봉투에는 내 총과 보고서가 담겨 있었다. 팻이 내 면허증을 서류에 클립으로 끼워 캐비닛 안에 넣었다. 그러고 나더니 총에서 탄창을 빼고 말했다.

"대단해. 총알을 많이도 채워 놨군."

잭이 엄지손가락으로 클립에서 탄약을 빼내어 책상 위에 뿌려 놓았다.

"옛 친구한테 작별 키스라도 할래?"

내가 대답이 없자 팻이 말했다.

"무슨 생각을 하는 거야?"

옆으로 눈을 흘기다가 눈이 거의 감기는 바람에 또 웃음이 나왔다.

"생각은 무슨 생각을 했다고 그래. 아무 생각 안 했어."

팻이 표정을 찌푸리더니 탄약을 봉투에 담아 봉했다. 내가 계속 웃자 팻이 화를 내기 시작했다.

"야! 정말 미치겠네. 뭐가 그렇게 재밌어? 내가 그 표정을 모를 줄 알고? 한두 번 본 표정인 줄 알아? 도대체 네 머릿속에서는 무슨 생각이 굴러가는 거야?"

"그냥 생각만 하는 거야. 불쌍한 실직자 친구한테 너무 그렇게 무섭게 굴지 말아 줬음 좋겠어."

"그 생각 좀 들어보자."

나는 책상 위에 있던 담배 상자에서 담배 한 개비를 꺼냈다가 상표를 보고는 도로 제자리에 놓고 말했다.

"어떡하면 면허를 되찾을까 생각하고 있었어. 그것뿐이야."

내 말에 팻은 안심한 눈치였다. 팻은 의자에 앉더니 넥타이를 손으로 잡아당기며 말했다.

"그렇게 할 수만 있다면 좋겠지. 그런데 도대체 무슨 수로 그걸 되찾겠다는 건지 모르겠다."

나는 성냥을 집어 담배에 불을 붙였다.

"별로 안 어려워."

"안 어렵다고? 검사가 사과 편지라도 써서 면허증과 함께 우편으로 보내 주기라도 할 것 같아?"

"그럴 수도 있지 뭐."

팻이 회전의자를 발로 걷어차더니 나를 노려보며 말했다.

"이제 넌 총도 없으니 검사를 다그칠 수도 없잖아."

내가 웃으며 대답했다.

"물론 그야 그렇지. 하지만 아직 거래할 게 남아 있거든. 사과 편지를 써서 면허증을 다시 나한테 보내 주든가 아니면 내가 그놈을 엿 먹이든가 둘 중 하나가 될 테니 알아서 선택하겠지."

팻이 손바닥으로 책상을 탁 치며 다시 경찰 행세를 시작했다. 이제 장난은 그만하자는 투였다.

"마이크, 너 뭐 아는 거 있지?"

"너한테 말한 게 전부야. 내가 한 말은 전부 사실이었어. 조사해 보면 내 말이 다 맞다고 나올 거야. 그놈은 자살한 거라고. 나도 너랑 같은 생각이야. 자기 손으로 총을 쏘긴 했는데 왜 그랬는지, 언제 그랬는지는 나도 모르겠어. 아는 거라곤 그 방에서 죽었다는 것밖에 없는데 그건 별 도움이 안 되는 거고……. 이제 됐어?"

"안 됐다. 이 망할 놈아! 난 모르겠어."

이번에는 팻도 나를 향해 웃었다. 나는 모자를 눌러쓰고 아직도 실실 쪼개고 있는 팻을 사무실에 남겨 둔 채 방을 나왔다. 문을 닫고 나니 팻이 책상을 걷어차며 욕지거리를 퍼붓는 소리가 들렸다.

화창한 정오의 거리로 나와 일이야 어찌됐든 상관없이 휘파람을 불며 걸었다. 모퉁이에서 택시를 잡아타고 사무실 주소를 일러 주었다. 시내로 오는 내내 체스터 휠러와 양탄자 위에 누워 있던 그의 시체 생각을 했다. 완벽한 자살이었고, 손에는 내 총이 들려 있었다고 했다. 이제 나 해머는 평범한 시민이다. 면허증도, 총도, 직업도 없고, 숙취마저 다 가셔 버린 후였다. 택시 기사가 사무실 건물 앞에 내려 주었다. 택시비를 지불한 뒤 건물로 들어가 엘리베이터 버튼을 눌렀다.

벨다가 얼굴을 신문에 처박은 채 내 큰 가죽 의자에 웅크리고 앉아 있었다. 내가 들어가자 신문을 내려놓고 나를 바라보았다. 얼굴에는 눈물 자국이 범벅이 되어 있었고 눈은 빨갛게 충혈되어 있었다. 내게 무슨 말을 하려다가 감정에 겨워 울먹거리기 시작하더니 입술을 깨물었다.

"걱정 마."

코트를 벗고 벨다의 발목을 잡아끌었다.

"탐정님, 도대체 무슨 일이 일어난 거죠?"

벨다가 이렇게 여성스러운 모습을 보이기는 실로 오랜만이었다. 다 큰 미녀 비서도 결국에는 사람인가 보다. 이 편이 훨씬 더 좋았다.

벨다를 팔에 안고 매끄러운 머릿결을 손가락으로 쓰다듬어 주었다. 살짝 끌어안으니 벨다가 고개를 들어 자기 뺨을 내 뺨에 갖다 댔다.

"걱정 마세요, 공주님. 그렇게 걱정할 만큼 심각한 일은 아니랍니다. 면허증을 박탈하고 일반 시민으로 강등시켰을 뿐이에요. 날 못 잡아먹어 안달이던 검사님께서 드디어 덜미를 잡은 거죠."

벨다가 머리를 뒤로 젖히더니 내 갈비뼈를 살짝 두드리며 말했다.

"그런 나쁜 놈이 다 있단 말이에요? 실컷 두들겨 패 주지 그랬어요!"

벨다가 그렇게 군인 같은 말투로 이야기하니 웃음이 났다.

"욕만 좀 해 줬어."

"실컷 두들겨 팼어야 한다니까요!"

벨다가 내 어깨에 얼굴을 묻더니 훌쩍거리며 말했다.

"미안해요. 자꾸 우니까 바보 같죠?"

그러고 나서 내 주머니에 장식용으로 꽂혀 있던 손수건을 뽑아 코를 풀었다. 벨다를 책상으로 데려가서 말했다.

"여기 셰리주 좀 마셔 봐. 팻과는 조금 전에 사업 정리하는 기념으로 한잔했으니, 이제 우리 둘이 새로운 사업을 위해 한잔해야 하지 않겠어? 회사 이름은 뭐라고 할까? '탐정에 대한 잔혹 행위 예방 협회' 어때?"

벨다가 술 쟁반을 가지고 와서 두 잔을 따르며 말했다.

"하나도 안 웃겨요."

"오늘은 아침 내내 재미없다는 소리만 듣네. 알고 보면 되게 재미있는 이야긴데……."

셰리주 한 잔을 비우고 한 잔을 더 마셨다. 담배 두 개에 불을 붙여 하나는 벨다의 입술에 끼워 주었다. 벨다가 말했다.

"말 좀 해 봐요."

이제 벨다의 눈에 눈물이 가셨다. 대신 궁금하기도 하고 약간 화가 나기도 한 듯한 눈빛을 보내고 있었다. 오늘 들어 벌써 두 번째로 사건 전말에 대한 보고를 해 바쳐야 하는 상황에 이르렀다. 검사 사무실에서도 한바탕 벌써 했는데.

이야기를 다 해 주고 나니 벨다가 여자답지 않은 욕지거리를 해 대면서 담배를 휴지통에 던져 넣고 말했다.

"그 망할 놈의 공무원들은 탐정님한테 원수진 일이 뭐가 그리 많대요? 자기 출세에 방해가 될 만한 사람은 누구든지 짓밟아야 속이 풀리는 인간들이라니까! 여기 앉아서 탐정님 편지에 답장이나 하고 있을 게 아니라 나도 뭔가 도울 수 있었으면 좋겠어요. 그 잘난 검사 나으리 속 좀 뒤집어 놨으면 좋겠는데!"

벨다가 가죽 의자에 털썩 주저앉더니 양반 다리를 했다.

나는 발가락을 내밀어 벨다의 치맛자락을 살짝 내렸다. 어떤 사람들에게는 다리가 그저 땅을 딛고 서는 수단일 뿐이지만 벨다의 다리는 사람의 정신을 쏙 빼놓는 무기였다.

"아가씨, 이제 편지 답장이나 쓰던 시절은 다 지나갔어요."

벨다의 눈에 다시 눈물이 맺혔다. 하지만 이번에는 웃으며 눈물을 거두려고 애쓰면서 말했다.

"나도 알아요. 나야 언제든 백화점에 취직하면 그만이지만 탐정님은 어떡하시려고요?"

"그 타고난 좋은 머리는 다 어디 갔지? 늘 아이디어가 번뜩였잖아."

셰리주를 한 잔 더 따라 마시고 벨다를 바라보았다. 잠깐 동안 손톱을 물어뜯더니 고개를 들어 영문을 모르겠다는 표정을 지었다.

"지금 무슨 말씀을 하시는 거죠?"

벨다의 초록색 가죽으로 된 숄더백이 책상 위에 놓여 있었다. 내가 가방을 들어 바닥으로 떨어뜨렸다. 육중한 소리를 내며 가방이 나무 바닥으로 떨어졌다.

"당신은 총도 있고 무기 소지 허가증도 있잖아. 게다가 사설탐정 면허증도 가지고 있지 않나? 그럼, 이제부터 사장은 당신이 하면 되겠네. 나는 다리만 팔고."

벨다가 내 말뜻을 알아듣더니 예의 그 독특한 미소를 지었다. 내가 물었다.

"당신도 그거 좋아하지?"

"뭐 말이에요?"

"내 다리 말야."

나는 책상에서 미끄러져 내려와 벨다 앞에 섰다. 다시 발가락을 내밀어 벨다의 드레스를 속옷 위까지 걷어올렸다. 달력 사진에 넣으면 아주 예쁜 모델이 되었을 만한 여자다.
"당신 다리가 탐이 나긴 하지만 당신 핸드백에 있는 총이 무서워서 차마 그렇게 못하겠네."
벨다는 웃을 때 그 미소가 눈까지 번져 가곤 했다. 내가 말했다.
"이젠 내가 당신 부하 직원이야. 편지 따위는 잊어버리고 아주 중요한 일에 집중해 줘야 해. 내 면허증과 총을 다시 되찾아야 하거든. 검사가 나를 바보로 알고 제대로 물먹였잖아. 진심 어린 사과의 편지와 함께 그걸 돌려주지 않으면 신문에 대문짝만 한 기사가 나게 해 줘야 하지 않겠어? 어떤 작전을 세울 것인가는 당신이 알아서 하도록 해. 명령도 당신이 내리고 실행도 당신 몫이야. 나는 그저 연습 때 잠깐 코치만 해 주고 말 거니까. 하지만 당신이 영리한 사람이라면 우선 체스터 휠러의 시체부터 연구해 보겠지. 살았을 때는 꽤 착한 사람이었어. 평범한 가장이었지. 온갖 으스스한 기사가 신문에 잔뜩 나 있으니까 거기서부터 시작해도 될 거야. 그사이 나는 당신을 위해 물밑 작업을 펼치고 있을게. 그리고 당신이 지출 경비로 쓸 수 있도록 서명된 백지 수표를 서랍 안에 넣어 두지."
다시 셰리주를 한 잔 가득 따라 한입에 꿀꺽 삼켰다. 날씨는 화창했다. 얼굴에 미소가 감돌았고 기분도 좋았다.
그런데 결국 벨다가 한마디를 더 했다.
"마이크, 이거 재미없어요."
담배 한 개비에 또 불을 붙이고 모자를 머리에 눌러쓰며 말했다.
"무슨 소리! 이게 얼마나 재미있는지 당신은 절대 모를 거야.

체스터 휠러는 총알 한 방에 죽었어. 난 클럽에 항상 여섯 발을 채워 가지고 다니는데 팻이 클립을 꺼냈을 때는 총알이 네 개뿐이었지."

벨다가 혀를 이 사이로 내어 문 채 나를 바라보았다. 이제 소녀같이 부드러운 모습은 온 데 간 데 없었다. 어찌나 아름다운지 길을 가다가 멈춰 서서 뒤를 돌아보게 만들 정도로 멋진 곡선을 그리는 여성스러운 몸매였다. 앵두 같은 입술을 오므린 채 덤불숲 뒤에 숨어 먹이를 노리는 맹수처럼 강렬한 눈빛을 내뿜고 있었다. 내가 천천히 말을 이었다.

"당신이 그 총을 손에 들고 누군가의 배에 겨누었다면 방아쇠를 한 번 당기고 나서 혹시 모르니까 한 발 더 쏠 준비를 했을까?"

벨다가 혀를 입 안으로 집어넣고서 말했다.

"두 번씩이나 쏠 필요는 없겠죠."

그러곤 내가 사무실을 걸어 나가는 모습을 지켜보며 서 있었다. 어깨 너머로 벨다를 돌아보며 손을 들어 작별 인사를 보낸 다음 문을 꼭 닫았다. 벨다는 아직도 치마를 내리지 않은 채로 앉아 있었다.

언젠가 저 여자가 내 앞에서 저렇게 똑똑한 모습을 보이지 않는 날이 올까?

알 수 없는 일이다.

2장

 그날 밤의 사건에 대한 기사가 신문을 가득 메우고 있었다. 타블로이드판은 내 사진을 전면에 대문짝만 하게 실었고 관련 기사가 뒷면에까지 계속 이어졌다. 기삿거리를 찾으려고 내 뒤를 졸졸 따라다니던 기자들이 나를 아주 참혹하게 뭉개 버리는 기사를 올려놓았다. 동정적인 투로 글을 쓴 사람은 한 명뿐이었다. 그 기사는 아예 묘비명을 적어 올렸다. 운율까지 맞춰서. 그 망할 놈의 검사 녀석, 아마 신문을 보면서 배꼽이 빠져라 웃어 대고 있을 것이다.
 조금만 있어 봐라. 술이나 퍼마시면서 눈물깨나 흘리게 해 줄 테니.
 일찌감치 저녁을 먹고 설거지 그릇들을 싱크대에 쌓아 놓았다. 설거지야 나중에 해도 된다. 15분 동안 살갗이 빨개질 때까지 뜨거운 물로 샤워를 하고 다시 몇 초 동안 찬물로 몸을 헹군 다음 욕실 밖으로 나오니 푸들이 내 발치에서 놀아 달라며 아양을 부렸다. 면도를 끝내고 새로 다려 놓은 양복을 입은 다음 맨 위 서랍에서 현찰을 몇 백 달러 정도 꺼내 지갑에 넣었다.

거울을 보니 웃음이 나왔다. 이 험상궂은 얼굴과 재킷에 튀어나온 총 넣는 주머니만 아니면 꽤 봐줄 만했을 텐데……. 주머니라면 간단히 손을 볼 수 있었다. 그 자리에 빈 총집을 채워 넣으니 기분이 한결 나아졌다. 다시 한 번 거울을 보며 인상을 써 보았다. 잘생기지 못한 것이 정말 유감이다.

어젯밤 일은 몇 장면만 기억날 뿐 나머지는 필름이 끊겨서 도무지 생각나지 않았다. 기억을 되살리기 전에 우선 할 일이 있었다. 사건이 일어났던 호텔 근처에 주차 공간을 찾고 보니 이제 막 일곱 시가 지난 시각이었다. 나이 든 노인네들 구미에 맞을 만큼 구식으로 지어진 호텔이었다. 나이가 여든이 넘지 않은 다음에야 미혼 여성은 등록도 할 수 없는 곳이었다. 들어가기 전에 손목시계 뒷판을 따 내고 안에 있던 내용물을 꺼낸 다음 셔츠 주머니에 넣었다.

나를 본 데스크 직원은 별로 반기는 눈치가 아니었다. 손을 뻗어 전화기를 들려다가 멈추더니 데스크 벨을 세 번 큰 소리로 울렸다. 부랑배들이 호텔에 접근하지 못하게 하려고 고용한, 깡패처럼 어깨가 떡 벌어진 놈이 나타나자 그 직원은 한숨 놓은 듯한 표정을 지었다. 적어도 손의 떨림은 확실히 멈췄다.

내 신분을 밝힐 필요도 없었다.

"어젯밤에 시계 부속을 잃어버렸지 뭡니까. 찾으러 왔는데요."

"하지만 그 방은 아직 청소도 안 했는데요."

"지금 찾으러 들어가겠습니다."

두껍고 털이 난 손목을 뻗어 부속이 빠져 버린 빈 손목시계를 보여 주며 말했다. 깡패 녀석이 어깨 너머로 직원을 흘낏 쳐다보더니 말했다.

"하지만……."

"지금 가야 한다니까요!"

깡패가 말했다.

"제가 같이 올라가서 찾아 드리죠."

데스크 직원은 그렇게 결정이 나서 다행이라고 여기는 것 같았다. 열쇠를 내주면서 그제서야 겨우 기분 좋은 표정을 지었다.

"이쪽입니다."

깡패가 팔꿈치로 나를 쿡 찌르며 말했고 나는 그를 따라갔다. 엘리베이터 안에서 깡패는 뒷짐을 진 채 천장만 쳐다보고 있었다. 4층에서 내려 나를 복도로 안내하더니 402호 자물쇠에 열쇠를 꽂았다.

달라진 건 아무것도 없었다. 방바닥에는 아직도 피가 묻어 있었고 침대도 그대로인 데다가 흰 가루가 사방에 흩뿌려져 있었다. 깡패는 팔짱을 낀 채 문가에 서서 내가 가구 밑으로 머리를 숙이고 살펴보는 동안 계속 나를 감시했다.

방바닥에서 천장까지 샅샅이 살펴보느라 시간이 꽤 걸렸다. 깡패 녀석이 신경질이 났던지 벽에다 대고 손톱을 똑똑 두들겨 대기 시작했다. 더는 찾아볼 구석이 없어지자 깡패가 말했다.

"여기 없잖습니까? 가시죠."

"경찰들이 가고 나서 여기 누가 왔죠?"

"아무도 안 왔습니다. 청소부도 안 왔어요. 그만 가시죠. 아마 술집이나 어디 다른 데서 잃어버리신 것 같습니다."

나는 아무 대답도 하지 않았다. 내가 잤던 침대 커버를 한 번 뒤집어 보고 매트리스 모서리에 구멍이 있는 것을 발견했다. 총알이 그 위로 뚫고 들어간 자국이었다. 3센티미터만 더 위를 맞췄어도 지금쯤 나는 하늘나라에서 하프 연주나 하면서 아침 면도 따위는 잊어버리고 있었을 거다.

매트리스는 철판처럼 총알을 막을 수 있기 때문에 총알이 그다지 깊이 들어가지는 않았을 것이다. 하지만 집게손가락으로 넣어 보아도 만져지는 거라곤 말의 털과 용수철뿐이었다. 총알은 사라지고 없었다. 누가 나보다 한 발 선수를 친 것이다. 벌써 그놈한테 두 가지나 뺏겨 버린 셈이다. 빈 탄약통도 없어졌으니까.

침대 커버 밑에서 시계 부품을 찾은 척한 내 연기는 정말 훌륭했다. 깡패 녀석이 볼 수 있도록 부품을 높이 쳐들어 보인 다음 시계 케이스에 부품을 담았다. 깡패는 계속 툴툴거렸다.

"알았습니다. 알았다고요. 이제 가죠."

깡패에게 감사의 미소 비슷한 것을 지어 보이고서 밖으로 나왔다. 1층으로 내려가는 내내 그 녀석은 계속 내 옆에 들러붙어 있었고 심지어 내가 차를 타러 거리로 나서는 동안에도 현관에 서서 보고 있었다.

이제 곧 저 녀석도 쓴맛을 볼 것이다.

체스터 휠러가 자살한 게 아니라는 사실을 경찰이 알아내는 날이면 데스크 직원도 한 방 먹을 것이다. 이틀 전 나와 함께 있었던, 지금은 고인이 된 내 옛 친구는 실은 아주 깔끔하게 살해당한 것이다.

덕분에 나도 앞으로 골치 좀 아프게 생겼다.

전면에 빈 주차 공간이 있는 술집 하나를 발견하고 들어가 바텐더에게 1달러를 내밀었다. 술이 나온 후 받은 잔돈을 모서리에 있는 공중전화에 집어넣었다. 늦은 시각이었지만 팻은 일이 다 마무리되어야 퇴근하는 성격이었고, 운 좋게도 마침 그때 사무실에 있었다. 내가 말했다.

"일반 시민 마이크올시다."

팻이 수화기에 대고 웃는 소리가 들렸다.

"구멍가게는 잘되쇼?"

"아주 잘돼요. 진짜 잘돼 가고 있답니다. 방금 막 살해된 신선한 고기를 대량으로 주문받아 놨지요."

"그게 무슨 소리야?"

"말이 그렇다는 거죠."

"이런!"

"그건 그렇고, 휠러 사망 사건에 대한 내 혐의는 어떻게 풀려가고 있습니까?"

팻의 얼굴에 낭패한 기색이 스미는 것을 바로 느낄 수 있었다.

"지금까지로 봐선 무슨 혐의가 씌워질 것 같진 않아. 그런데 그건 왜?"

"그냥 궁금해서. 이봐, 그 제복 입은 경찰들이 호텔 방에 도착한 게 내가 정신 차리기 훨씬 전이었잖아. 내가 깨기 전에 그놈들이 방 안을 많이 쑤시고 돌아다녔어?"

"아니. 그러지는 않았을 거야. 사건이 워낙 명백했으니까."

"뭐 가지고 나간 것도 없고?"

"시체, 네 권총이랑 탄약 케이스, 휠러의 개인 소지품, 뭐 그런 것들을 가져갔지."

"그게 다야?"

"음……. 아마도."

잠시 말을 멈추었다가 내가 물었다.

"자살할 때는 보통 쪽지 같은 걸 남기지 않나?"

"일반적으로 그렇지. 술에 취하지 않은 멀쩡한 상태고 목격자가 없는 상황이라면 쪽지를 남기지. 미리 계획했던 자살이라면 그 동기를 설명하려 하는 게 보통이니까. 격정에 휩싸여서 저지른 경우라면 아예 시간 낭비하지 않으려고 유서도 안 남기겠지만."

"휠러는 격정적인 성격은 아니었어. 내가 알기론 그래. 어느 모로 봐도 평범한 사업가였거든."

"내 생각에도 그래. 그러니까 정말 이상하지? 네가 보기에 자살을 저지를 만한 성격 같았어?"

"아니."

"그 전에 자살에 관한 얘기도 한 적 없었잖아."

몇 초 정도 침묵을 지킨 다음 팻에게 물었다.

"팻, 내 총에 총알이 몇 개나 남아 있었지?"

"네 개 아녔어?"

"맞아. 그런데 난 지난주에 너랑 사격 연습장에 다녀온 후로는 총을 쏴 본 적이 없었거든."

"그래서?"

팻의 목소리에 불안한 기색이 감돌았다.

아주 부드러운 목소리로 내가 대답했다.
"그 총에는 항상 총알 여섯 개가 꽉 차 있어."
팻이 여자였다면 내 말에 비명을 질렀을 것이다. 대신 전화기에 대고 고함을 치는 바람에 대답도 할 수가 없었다. 팻이 소리 지르는 것이 들렸다.
"마이크! 이런 망할……. 대답 좀 해 봐. 마이크!"
나는 아직 수화기를 들고 있었다는 표시로 딱 한 번만 웃어 준 다음 전화를 끊었다.
이제 5분만 있으면 겁먹은 토끼마냥 검사가 팻의 사무실로 달려올 것이다. 물론 검사도 대단한 사람이긴 하지만 팻도 느려터진 곰은 절대 아니었다. 팻이 곧장 검사에게 내 말을 일러바쳐서 검사는 머리털이 곤두설 테고 그러면 감히 나를 건드릴 만한 짓을 함부로 하진 못할 것이다.
갈수록 일이 재미있어지고 있었다. 아까 앉았던 자리로 다시 돌아와 시켜 놓은 맥주를 마셨다.
저녁 식사를 끝낸 사람들이 술집으로 몰려들어 자리를 차지하기 시작했다. 여덟 시 반에 벨다에게 전화를 걸어 보았지만 집에 없었다. 한 시간 뒤에 다시 걸어보았는데 아직도 들어오지 않았다. 사무실에도 없었다. 아마 사무실 문에 걸린 명패를 바꾸러 간판 가게에라도 갔나 보다.
담배 자판기 맞은편 코너로 가서 생각을 해 보았다. 그날 밤에는 굳이 정신을 차릴 이유가 전혀 없었기 때문에 그저 되는 대로 술을 퍼마셨다. 그래서 뭔가를 기억해 내기가 쉽지 않았다.
그날 밤, 우리는 함께 5년의 세월을 바람에 날려 버리고 전우애를 다시 살려 내고 있었다. 우리는 다시 친구가 되었다. 같이 먹고, 자고, 싸우면서 쌓아 가는 그런 종류의 우정은 아니었지만 그래도 우린 친구였다. 우리는 두 명의 용감한 전우였다. 군대에서 만나 서로가 옆에 있다는 사실에 기뻐하며 가진 것을 모두 내어 줄 수 있는 사이였다. 5년 전 헤어지던 날 밤에도 우리는 진탕 술을 마시고 나가서 전쟁을 끝내 버리자며 악수를 했다. 그 모든 것이 예정된 일이었던가? 기이한 운명이 그로부터 5년 뒤에 우리를 그렇게 다시 만나게 한 것인가?

그날 밤 그 친구를 만나 함께 술을 마셨다. 이야기를 나누고 계속 술을 마셨다. 그 친구는 행복했을까? 나를 우연히 만난 순간에는 행복해했다. 그 전에는 술집에서 술을 시켜 놓고 웅크린 채 앉아 있었다. 생각에 잠겨 있었는지도 모른다. 혼자 술을 퍼마시고 있었을지도 모른다. 하지만 나를 다시 만나고는 정말로 기뻐했다. 무슨 생각을 하고 있었는지는 모르지만 나를 보자마자 지난 5년의 세월을 다 접어 버리고 함께 진탕 술을 마셨다. 그랬다. 우리는 다시 전우가 되어 있었다. 옛 친구를 만나면 누구나 그렇듯 우리도 함께 회포를 풀었다. 함께 얘기를 나누면서 어느새 우리는 같은 군복을 입고 곁에 있는 전우가 누구든 간에, 심지어 모르는 사람이라 할지라도 그를 위해 모든 것을 내어 줄 준비가 되어 있는 전우로 돌아가 있었다. 하지만 전쟁은 언젠가 끝나게 마련이다. 사람들은 싸우는 일에 지쳐 다시 평화를 찾게 마련이다. 하지만 우리가 이야기를 멈추고 나니 그 친구의 눈빛에 다시 먹구름이 감돌았다. 그 먹구름을 막을 의지도, 다른 생각으로 기분을 전환할 뜻도 없었다. 그는 일주일 동안 시내에 있었고 이제 집으로 돌아갈 참이라는 이야기를 했다. 자기 백화점에 필요한 물건을 사러 사업상 들렀다고 했다.

그랬다. 우리는 친구였다. 오랜 친구는 아니었지만 그래도 좋은 친구였다. 우리 둘이 함께 정글로 들어갔는데 어떤 더러운 일본 놈이 그 친구를 공격했다면 그 누르스름한 작자의 목구멍에 권총 개머리판을 쑤셔 넣어 주었을 것이다. 그 친구도 나를 위해서라면 마찬가지 행동을 했을 것이다. 그러나 우리가 있는 곳은 정글이 아니었다. 그날 밤 우리가 함께 있던 곳은 살인 따위를 저질러서는 안 되는 곳, 그럼에도 매일같이 살인이 일어나는 곳, 바로 뉴욕 한복판이었다. 내가 아끼는 친구가 내가 살고 있는 도시에 왔다가 일주일 만에 변사체가 된 것이다.

일주일이라……. 그 사이 그 친구는 무슨 일을 했을까? 무슨 일이 일어난 것일까? 누구와 함께 있었을까? 살인의 원인은 어디에 있었을까? 이곳 뉴욕? 아니면 오하이오 주의 콜럼버스라는 도시? 자리를 맡아 놓기 위해 의자에 모자를 올려놓고 잔돈을 가지고 다시 공중전화 박스로 갔다. 또 다른 질문이 남아 있었다. 그 친구는 무슨 일을 하려고 했던 걸까? 다시 얼굴이 굳어졌다. 그 답을 나는 알고 있었다.

전화번호 두 개를 돌렸다. 두 번째 돌린 전화번호에서 전화를 받았다. 그 친구는 나와 같은 사설탐정인데 나와는 달리 정직하고 부지런했다. 이름은 조 길. 내게 빚 갚을 일이 있으니 이 참에 은혜를 갚을지도 모른다. 내가 말했다.

"조, 나 마이크야. 기억나?"

조가 웃으며 대답했다.

"세상에! 너 같은 유명 인사를 내가 어떻게 잊겠냐? 일자리 구해 달라고 전화한 건 아니지?"

"그런 건 아니니 걱정 마. 그나저나 지금 바빠?"

"뭐 별로. 무슨 일이라도 있어?"

"일이야 많지. 요즘도 보험 회사 일 하나?"

조가 볼멘소리로 대답했다.

"요새 하는 일이라곤 그것뿐이야. 총은 만져 보지도 못하고 있어. 실종된 보험 수혜자나 찾으러 다니고 있지."

"그럼 나 좀 도와줄래?"

조는 아주 잠깐 망설이는 듯하더니 이내 대답을 했다.

"그러지 뭐. 내가 너한테 어디 한두 번 도움을 받았어야 말이지. 말만 해."

"좋아. 나하고 호텔 방에 같이 있다가 죽은 그 남자 있잖아, 체스터 휠러라는 사람……. 그 사람에 대한 정보를 좀 얻고 싶거든. 옛날 일 말고……. 저번 주에 무슨 일을 하고 다녔는지 그것만 좀 알았으면 해서. 오하이오 주 콜럼버스라는 도시에서 운영하던 백화점에서 쓸 물건을 사러 뉴욕에 와 있었다는데, 여기 와서 무슨 일을 하고 다녔는지 그 기록을 좀 알아야겠어. 가능할까?"

연필로 종이에 끼적이는 소리가 들렸다.

"몇 시간만 기다려. 일단 내가 조사를 시작해 보고 애들을 좀 풀어서 자세한 내막을 알아볼게. 어디로 연락하면 되지?"

잠깐 생각한 다음 대답했다.

"그린우드 호텔로 연락 줘. 80번가에 있는 싸구려 호텔인데 이것저것 꼬치꼬치 캐묻지 않아서 좋더라고."

"알았어. 나중에 봐."

수화기를 내려놓은 뒤 사람들 사이를 헤치고 내 자리로 돌아와 보니, 내 모자는 벽에 붙은 램프 위에 걸려 있었고 내 자리에는 벌써 다른 사람이 앉아서 내 돈으로 맥주를 마시고 있었다.

그래도 화가 안 났다. 다름 아닌 팻이었으니까.

바텐더가 맥주 한 잔을 더 갖다 주고 내 돈을 가져갔다. 내가 팻에게 말했다.

"잘돼 가시나?"

그제서야 팻이 천천히 몸을 돌려 나를 바라보았다. 눈에는 먹구름이 끼어 있었고 입술은 기분 나쁜 듯 비틀려 있었다. 피곤하고 지쳐 보였다.

"여기 뒷방이 있거든. 거기로 가서 얘기 좀 하자."

남아 있던 맥주를 마신 다음 새 맥주잔을 들고 뒷방으로 갔다. 팻을 향해 담뱃갑을 쓱 밀었더니 팻은 고개를 젓고 내가 불을 붙이길 기다렸다. 내가 물었다.

"내가 여기 있는 줄 어떻게 알았어?"

팻은 대답이 없었다. 대신 온화하면서도 강경한 어조로 자기가 묻고 싶은 말을 꺼냈다. 장난할 분위기가 아니었다.

"마이크, 대체 어떻게 된 거야?"

"뭐가?"

"알잖아."

테이블 위에 팔꿈치를 올려놓은 채 몸을 앞으로 숙이면서 내 눈을 뚫어져라 바라보고 있었다.

"마이크, 이번에는 너 때문에 흥분하지 않을 거야. 네 말 때문에 잠을 설치는 짓은 이제 안 하겠다고. 난 경찰이야. 적어도 남들은 그렇게 생각하지. 난 지금 이번 사건을 중요하게 다루고 있어. 그러니까 내가 묻는 말에 제대로 대답해 줘. 어떻게 된 일이지?"
담배 연기가 눈으로 올라와서 나는 고개를 돌리며 말했다.
"팻, 체스터 휠러는 살해당했어."
"누가 어떻게 죽였는데?"
"어떻게 죽였는지, 누가 죽였는지, 그런 건 몰라."
"그럼 왜 그렇게 생각하는 건데? 왜 살인 사건이라는 거지?"
"내 총에서 총알이 두 발이나 발사됐거든. 그게 이유야."
팻이 주먹으로 테이블을 세게 내리치며 말했다.
"야, 말 좀 제대로 해 봐. 내가 네 친구이긴 하지만 너한테 당하고 사는 데도 이젠 신물이 난다. 왜 늘 나보다 네가 먼저 살인 사건을 감지해 내는 거지? 정정당당하게 말 좀 해 보라고!"
"나야 늘 정정당당하잖아."
"중요한 정보는 숨겨 놓으면서 말이지?"
쓴웃음이 나왔다.
"그 총에서 총알이 두 발이나 발사됐다고 말했잖아. 그거면 충분한 거 아냐?"
"나한텐 충분하지 않아. 겨우 그것뿐이야?"
나는 고개를 끄덕이고는 담배 연기를 빨아들였다.
얼굴 표정이 풀어지는가 싶더니 팻은 천천히 한숨을 내쉬었다. 심지어 웃음기마저 감돌고 있었다.
"그래, 아마 그것뿐이겠지."
테이블 위에다 대고 담배꽁초를 비벼 끄며 내가 물었다.

"이제 내 말은 다 들었으니, 네가 하고 있는 일 얘기도 좀 해 주지 그래?"

"선례를 조사하고 있어. 전에 있었던 자살 사건들."

"조사해 보니 어때?"

"머리에 총을 쏴서 자살하는 건 흔히 있는 일이야. 그런 경우, 방 안에 후춧가루 뿌리듯 총알을 마구 뿌려 놓는 수가 많지. 표적이 아닌 곳에 총을 난사하는 거야. 그러다가 머리에 대고 제대로 쏠 배짱이 생기면 그때 자살을 하는 거지. 대부분 자동 권총을 다룰 줄 모르는 사람들인 경우가 많기 때문에 제대로 작동되는지 미리 확인해야 할 필요도 있고."

내 얼굴에 비치는 냉소적인 표정을 보더니 팻도 웃으며 대답했다.

"물론 꼭 그런 것만은 아니지. 네가 총알에 대해 알아보는 사이 나는 전문가 몇 명에게 휠러의 일정을 조사해 보라고 시켰어. 그래서 휠러가 죽기 전날 같이 있었던 사업상 친구 한 명을 찾아냈어. 그 사람 말로는 휠러가 요즘 눈에 띄게 우울해하면서 자살 얘기를 여러 차례 했대. 사업이 잘 안 되고 있었나 봐."

"그게 누구지?"

"핸드백 제조업을 하는 에밀 페리라는 사람이야. 나한테 뭐 불만 있으면 찾아와. 그렇게 겁주지 말고. 알았어?"

"알았어. 그런데 내가 여기 있는 줄 어떻게 알아냈는지는 끝까지 말 안 해 줄 거야?"

"통화 추적을 했지. 술집에서 전화를 했길래 여기 있으려니 한 거야. 네가 한 얘기가 맞는지 확인해 보려고 나도 호텔 방에 가 봤더니, 네 말이 맞더군. 침대 매트리스에 총알 구멍이 있더라."

"총알도 찾았겠지?"

"그래. 찾았어. 탄약 케이스도 있었고."

나는 꼼짝 않고 앉아 팻의 다음 말을 기다렸다.

"네가 복도에 떨어뜨린 바로 그 자리에 있더라. 나를 끌어들이려고 수수께끼 게임 따위는 하지 말았으면 좋겠어."

"야! 이 바보야!"

나는 똑바로 서서 팻을 쳐다보았고 머리에서 발끝까지 화가 치미는 것을 느낄 수 있었다.

"너 이 자식, 꽤 똑똑한 줄 알았더니만 순 바보잖아!"

이번에는 팻이 윙크를 했다.

"마이크, 이제 게임은 그만하자. 응?"

그러고는 나를 보며 잠깐 웃더니 나만 남겨 둔 채 술집을 나갔다. 내가 게임을 한다고? 망할 놈!

혼자서 고래고래 욕설을 퍼붓다가 술집 아가씨들이 시끄럽다고 불평을 해 대고 같이 있던 남자들이 내게 조용히 좀 하라고 소리를 질러 대는 바람에 입을 다물었다. 남자들이 내 얼굴을 보더니 자기 여자들에게 날 그냥 놔두라고 하고는 마시던 술을 계속 마셔 댔다.

하긴, 내가 자초한 일이지……. 머리를 좀 써 봤는데 팻이 한 수 위였다. 바보는 나였는지도 모른다. 휠러는 정말 자살했을 수도 있다. 어쩌면 시체 보관실에서 걸어 나와 호텔로 돌아와서 총알과 탄약통을 흘려 놓았는지도 모를 일이다.

하늘에 맹세코 말하건대 내가 일부러 총알을 떨어뜨려 놓은 건 아니었다. 담뱃갑을 주워 들고는 신선한 공기를 쐬러 길거리로 나왔다. 심호흡을 몇 번 하고 나니 기분이 좀 나아졌다.

모퉁이 약국에서는 문 닫을 시간이 되어 손님들을 내보내고 있었다. 팬시 용품과 화장품 진열대를 지나 뒤편에 있는 전화박스로 갔다. 선반에서 맨해튼 전화번호부를 꺼내 뒤지기 시작했다. 맨해튼이 다 끝나자 그 다음에는 브루클린을 뒤졌다. 거기에서도 알아낸 게 없어서 브롱크스 전화번호부까지 뒤지다가 제법 부촌에 사는 에밀 페리라는 인물을 찾아냈다.

붉은 벽돌로 지어진 단독 주택 바깥에 차를 세우고 시동을 끈 시각이 열한 시 십 분이었다. 내 앞에 주차된 차는 신형 캐딜락이었다. 말쑥하게 세차가 되어 있었고, 옆문에는 금 장식으로 E.P.라는 이니셜이 붙어 있었다.

대문에도 똑같은 이니셜이 새겨진 노커가 달려 있었다. 노커로 문을 두드리려고 들어올린 순간 창문으로 뭔가가 보여서 조용히 노커를 내려놓았다. 저기 보이는 저 사람이 에밀 페리인가? 크고 뚱뚱한 체격에 넥타이핀과 손가락에서 값비싼 보석이 번쩍거리고 있었다. 입술을 적셔 가면서 누군가에게 말을 하고 있었는데 상대가 누구인지는 보이지 않았다.

그 얼굴이란! 잔뜩 겁을 먹은 바보의 모습이었다.

노커를 살짝 내려놓고 그림자가 있는 곳으로 몸을 숨겼다. 10분이 지나도록 아무 일도 없었다. 관목 숲 사이로 창문이 보였는데 뚱뚱한 남자의 머리 꼭대기만 눈에 들어왔다. 아직도 자리에서 움직이지 않고 있었다. 계속 기다렸더니 몇 분 후에 문이 열리고 한 남자가 그 틈으로 빠져나왔다. 불빛이 없어서 내 바로 맞은편까지 왔을 때야 얼굴을 볼 수 있었다. 그 얼굴을 보는 순간 마음속으로 쾌재를 부르며 팻에게 실컷 웃어 주었다.

그 집에서 나온 남자의 이름은 레이니였다. 힘깨나 쓰는 녀석인데 오래전부터 폭력배 일을 해 왔다.

레이니가 길에 세워 둔 차에 올라탈 때까지 기다렸다. 레이니의 차가 요란하게 엔진 소리를 내며 사라진 다음에야 나도 내 차에 올라타서 시동을 걸었다.

결국 페리는 만날 필요가 없었다. 적어도 오늘 밤은 아니었다. 어차피 그 사람은 아무 데도 가지 않을 테니까. 길 끝에서 유턴을 하고 맨해튼 쪽으로 뻗은 길을 따라 달렸다. 그린우드 호텔에 도착한 것은 자정이 조금 지난 시각이었고, 호텔 종업원이 장부를 내밀기에 미리 현금으로 숙박료를 지불하니 방 열쇠를 주었다. 아주 재미난 운명의 장난이 또 시작되려 하고 있었다. 방은 402호였다.

내일 그 방에서 시체가 발견된다면 이번엔 바로 내 차례였다.

비를 피하려고 여우 굴에 들어가 있는 꿈을 꾸었다. 내 옆 여우 굴에 들어가 있던 남자가 나를 부르는 소리에 눈을 떴다. 그 순간 반사적으로 권총에 손을 뻗었다. 권총은 그 자리에 없었지만 목소리는 진짜였다. 복도에서 나는 소리였다. 침대 커버를 젖히고 일어나 문 쪽으로 갔다.

조가 들어와서 문을 닫으며 툴툴거렸다.

"젠장, 죽은 줄 알았잖아."

"그런 말 하지 마. 오늘 밤엔 혼자 자야 한단 말야. 뭐 좀 알아냈나?"

모자를 벗고 의자에 앉으며 조가 대답했다.

"그래. 알아냈지. 네가 알고 싶어할 만한 건 거의 다 알아냈어. 호텔 사람들이 별로 협조적이지는 않더라고. 경찰들이 왔다 가서 그런 것 같아. 도대체 그 사람들한테 뭘 어떻게 했길래 그래?"

"등에다 벌레 한 마리 넣어 준 것밖에 없어. 지금은 자랑스러운 강력반 반장님이 되신 내 친구께서 바보처럼 내가 자기한테 장난이나 치고 있다고 생각하고 있지 뭐야. 내가 증거물을 조작했다는 의심까지 하고 있어."

"정말 그랬어?"

"그럴지도 모르지. 뭐가 증거인지 내가 어떻게 알겠어? 어쨌거나 경찰들 말대로 정말 자살이었다면 그까짓 증거야 중요한 것도 아니잖아?"

조가 살짝 트림을 하더니 "맞아."라고 짧게 대답했다.

내가 조를 빤히 바라보는 사이 조는 주머니를 뒤적거려 메모지 한 무더기를 꺼내서는 집게손가락으로 툭툭 치며 말했다.

"여기다 값을 매길 거 같았으면 족히 400달러는 받을 텐데. 이걸 알아내느라 여섯 명이 밤잠을 설쳤고 세 명이 데이트를 못 나갔고 한 명은 마누라한테 죽도록 혼났다고. 마누라가 그만 직장 관두라고 했다나 뭐라나. 그런데 어떤 줄 알아?"

"어떻다니?"

"이 휠러라는 작자, 꽤 점잖은 사람이더라고. 여기저기 물어보고 다녀서 겨우 거취를 추적해 냈어. 그걸 몇 시간 만에 다 해야 했다는 것만 알아 달라고. 어쨌든 휠러는 8일 전 여기에 도착하자마자 호텔에 체크인을 했어. 오전에는 뉴욕에 있는 상점에 들러 가게에서 쓸 물품들을 주문했어. 여기까지는 별로 중요한 사항이 없고, 문제가 될 만한 건 이거야. 오하이오 주 콜럼버스 시에 있는 집으로 전보를 쳐서 테드 리라는 사람에게 전신환으로 5000달러를 송금해 달라는 부탁을 했어. 한 시간 후에 그 돈을 받았지. 아마 뭔가 특별한 걸 구매를 하려고 했던 것 같아. 저녁에 무슨 일을 했는지는 상세하게 알아내지 못했어. 약간 취해서 호텔로 돌아온 적이 몇 번 있었대. 하루는 내년도 유행 스타일을 선보이는 패션쇼에 참석했던가 봐. 쇼가 끝나고 나서는 칵테일 파티에 참석했고. 그리고 술을 좀 과하게 마신 모델 중 한 명을 부축해서 엘리베이터에 태우고 택시까지 잡아 줬대."

그 말을 들으니 웃음이 났다.

"모델이라고?"

조가 고개를 저으며 말했다.

"네가 생각하는 그런 거 아니야. 디저트로 스트립쇼나 보여 주는 남자들 전용 파티는 아니었으니까."

"알았어. 계속해 봐."

"그때부터 점점 더 심하게 술에 취한 상태로 주기적으로 호텔을 들락날락했대. 그러다가 너와 같이 와서 체크인을 하고는 밤사이에 죽은 거지. 호텔로서는 아주 성가신 일이 생겨 버린 거고. 그게 다야."

잠시 침묵을 지키고서 조의 말을 따라했다.

"그게 다란 말이지. 그럴 줄 알았어."

"뭐?"

"조, 넌 정말 형편없는 탐정이다."

조가 놀란 눈으로 나를 쏘아보았다.

"형편없는 탐정이라고? 넌 면허도 없는 주제에 나더러 형편없는 탐정이라고? 너 때문에 실컷 고생했더니 고맙다는 말 한번 아주 기가 막히게 하는구먼! 내가 찾아낸 실종자가 네 머리칼 숫자보다 많은 거 알기나 하고서 그런 소릴……"

"너 총으로 사람 죽여 본 적 있어?"

조의 얼굴이 하얗게 질리더니 가까스로 입에서 담배를 빼며 말했다.

"한 번 있지."

"기분 좋았어?"

조가 입술을 빨며 대답했다.

"아니. 이봐, 마이크. 이 휠러라는 친구……. 넌 그 사람하고 같이 있었잖아. 자살한 게 맞지 않아?"

"글쎄. 그렇게 만든 사람이 누군가 있긴 있어."

조가 침을 꼴깍 삼키는 소리가 들렸다.

"이제 내가 도울 일은 없지?"

"없어. 고마워. 메모지는 침대 위에 두고 가."

조는 시키는 대로 하고서 조용히 문을 닫고 나갔다. 의자 팔걸이 위에 기대앉아 여러 각도에서 생각을 해 보았다. 그중에 이번 살인 사건의 열쇠가 있는 것이 분명했다.

살인을 저질러 놓고 자살로 위장해야 할 만한 범행 동기가 분명 있었다. 사람을 죽일 만큼 대단한 동기일 것이다. 게다가 그 사실은 은폐해야 할 만한 범행 동기이다. 일이 참 우습게 돌아가고 있었다. 이번 사건을 살인이라고 보는 사람은 나뿐이었다. 어디선가 살인범은 자기가 정말 머리가 좋다고 자찬하며 기뻐하고 있을 것이다. 아닌 게 아니라 정말 머리 좋은 놈이다. 아마 권총 클럽에서 총알 하나쯤 없어진 건 아무도 눈치 못 챌 거라고 생각하고 있을 것이다.

계속 그 생각을 하다 보니 부아가 치밀어 올랐다. 두 번이나 화가 났다. 첫 번째로 화가 난 이유는 그 살인범이 나를 바보로 알았다는 사실 때문이었다. 도대체 내가 누군 줄 알고! 총이나 차고 다니는 싸구려 건달쯤으로 안 건가? 그냥 앉아서 당하고만 있을 바본 줄 알았나?

다시 한 번 더 화가 난 이유는 내 친구가 죽었기 때문이다. 다른 사람도 아닌 내 친구가 죽은 것이다. 자그마치 5년 만에 만났는데도 여전히 기쁜 마음으로 반겨 준 친구였다. 내 편이 되어 주고 자기가 줄 수 있는 건 뭐든지 내게 주다가 5년 만에 만나서는 다름 아닌 내 총에 죽은 것이다.

팻에게 군대 얘길 해 줄 걸 그랬다. 군대에 있었다는 건 총을 다루어 보았다는 것이고, 누구든 소총 조작법에 관한 훈련을 여러 차례 받는다는 사실을 팻에게 상기시켰어야 했다. 어쩌면 체스터 휠러는 정말 자살하려고 했던 건지도 모른다. 하지만 그보다도 휠러가 누군가에게 총을 쏘려 했거나 누군가가 휠러를 쏘려 했을 가능성이 더 크다. 한 가지 분명한 건, 체스터가 총에 대해 알 만큼 아는 친구였기 때문에 정말 자살할 생각이었다면 총이 제대로 작동하는지 확인해 보려고 미리 한 발을 쏘았을 리는 없다는 것이었다.

여기까지 생각하고 나서 몸을 뒤척이며 이불을 목까지 끌어 당겼다. 잠이나 자야겠다.

3장

33번가 모퉁이에 서서 조가 준 메모지에 적혀 있는 주소를 확인했다. 내가 가려고 하는 곳은 골목 중간쯤에 있었다. 주변의 화려한 주택과 어울리도록 최근에 리모델링을 한 오래된 집이었다. 주소를 살펴보고 있는데 모자 상자를 든 젊은 애들이 몰려와서 엘리베이터를 타기에 나도 따라 들어갔다. 모델이기는 한데 일에는 관심이 없는 애들이었다. 계속 먹는 얘기만 하고 있었다. 그렇다고 탓할 생각은 전혀 없었다. 워킹을 많이 해서 하반신은 잘빠졌지만 상반신은 뽕 브래지어라도 입지 않는 한 어디가 들어가고 어디가 나온 곳인지 분간하기도 어려울 지경이었다. 그냥 겉으로 보기에는 예쁘지만 침대로 데리고 가고 싶은 애는 하나도 없었다.

엘리베이터가 8층에서 멈춰 서자 여자들이 밖으로 나갔다. 복도를 걸어 '안톤 립섹 에이전시'라는 간판이 붙은 유리문으로 가더니 문을 밀고 안으로 들어갔다. 맨 뒤에 들어가던 여자가 내가 따라오는 것을 보곤 나를 위해 문을 잡아 주었다.
　벽 색깔은 옅은 파스텔 톤이었고 하늘색 천장에는 별 무늬가 박혀 있었다. 속기사들이 줄지어 앉아 타자기를 열심히 두드려 대고 있었고 한가운데에는 안내하는 아가씨가 사무실 입구를 지키고 있었다. 담배를 재떨이에 던져 넣고 아가씨를 향해 웃어 주었다. 애써 예의 바른 목소리를 내고는 있었지만 눈빛은 건방지기 짝이 없었다. 아가씨가 말했다.
　"무슨 일이시죠?"
　"요 전날 밤에 캘웨이 상사에서 디너파티를 했죠. 이 에이전시 소속 모델 몇 명이 참석해서 패션쇼를 열었고요. 그 모델들을 좀 만나봤으면 좋겠는데요. 한 명만이라도 좋습니다. 어떻게 안 될까요?"
　여자는 연필로 책상을 똑똑 두드렸다. 짜증스러운 소리가 났다. 분명 이런 이야기를 꺼낸 것이 내가 처음은 아닌 듯 싶었다.
　"사업상 용무가 있으셔서 그러시는 건가요? 아니면 개인적으로 알아볼 게 있어서 그러시나요?"
　책상 모서리에 기대어 서서 아가씨에게 능청스러운 미소를 보내며 대답했다.
　"둘 다일 수도 있죠. 어쨌거나 아가씨가 상관할 일은 아닌 것 같군요."
　"아, 네……. 안톤, 아니, 립섹 매니저님께서 모델 배정을 책임지시니까 그분께 전화를 드리죠."
　여자가 황급히 인터폰 버튼을 눌렀다. 내가 물어뜯기라도 할 줄 알았는지 내 얼굴에서 눈을 떼지 않았다. 인터폰이 그녀의 손가락에 따라 덜그럭거리더니 여자가 내게 들어가도 좋다고 말했다. 이번에는 이를 드러내지 않고 미소를 보내며 말했다.
"예쁜 아가씨, 그냥 장난이었어요."
"아, 그러셨군요."
대답은 그렇게 했지만 내 말을 믿지 않는 눈치였다.
안톤 립섹은 사무실 문에 금색으로 이름과 함께 '매니저'라는 직함을 새겨 놓았다. 필시 자기 직위를 대단하게 여기는 것이 분명했다. 구석에 처박힌 책상 위에는 버려진 사진과 스케치가 그득했다. 나머지 공간에는 이젤이 여러 개 세워져 있었고 그 위에 반쯤 그리다 만 스케치가 올려져 있었다. 매니저 일을 하느라고 꽤나 바쁜 모양이었다.
옷을 거의 벗다시피 한 여자들 사진을 잔뜩 찍어 대는 것이 그 사람이 하는 일이지 싶었다. 적어도 내가 보기에는 그랬다.
휘파람이 절로 나왔다.
"대단하신데요?"
"노출이 너무 많죠?"
내 쪽을 돌아보지도 않은 채 그가 말했다.
모델이 램프 너머로 나를 보며 물었다.
"저 사람 누구예요?"
안톤이 여자의 입을 막고 벗은 살갗에 차디찬 손을 얹고 상반신을 이리저리 돌려 댔다. 포즈가 제대로 잡혀 카메라 뒤로 가서 사인을 보내자 여자가 카메라 렌즈 쪽으로 가슴을 내밀고 미소를 지었다. 들릴락말락 하게 찰칵 하는 소리가 나자 모델이 다시 몸을 비틀며 팔을 머리 위로 뻗는 순간 브래지어가 들려 올라가면서 가

숨이 밖으로 비어져 나올 듯 움직였다.

나도 당장 탐정 때려치우고 매니저나 해야겠다.

안톤이 불을 끄고 머리를 뒤로 젖히며 말했다.

"아, 오셨군요. 뭘 도와드릴까요?"

그는 큰 키에 비쩍 마르고 눈썹은 일자인 데다가 말을 할 때마다 흔들거리는 뻣뻣한 염소 수염을 기르고 있었다.

"모델을 한 명 찾고 있습니다. 여기서 일하는 모델이거든요."

내 말을 듣더니 그의 눈썹이 창문 블라인드처럼 위로 올라갔다.

"자주 듣던 부탁이군요. 굉장히 자주 듣던 부탁이에요……."

내가 퉁명스럽게 응수했다.

"사실 전 개인적으로 모델은 별로 안 좋아합니다. 가슴이 너무 납작해서요."

안톤이 놀라는 표정을 짓는 순간 칸막이 뒤에서 사진을 찍던 모델이 구두만 신고 밖으로 나왔다.

"지금 그 말씀, 제 얘기는 아니죠?"

그녀에게 담배를 건네자 깊숙이 빨아들이며 담배를 태웠다.

"아가씨는 예외죠."

내가 대답했다.

그제서야 그녀가 미소를 지으며 내 얼굴에다 대고 담배 연기를 내뿜었다.

안톤이 예의 바르게 헛기침을 했다.

"좀 전에 말씀하셨던 모델 말입니다만, 아는 여자인가요?"

"아뇨. 제가 아는 건 그 모델이 요 전날 캘웨이 상사에서 주최했던 파티에 참석했다는 것뿐입니다."

"그렇군요. 아마 그날 파티에 갔던 아가씨라면 여러 명이 있을 겁니다. 리브스 양이 그날 아가씨들을 주선했는데 한번 만나 보시겠습니까?"

"네. 그러죠."

내 앞에 있던 모델이 다시 한 번 담배 연기를 내게 내뿜으며 속눈썹을 깜박여 인사했다.

"옷은 안 입으시나요?"

내가 물었다.

"굳이 입어야 할 상황이 아니면 안 입죠. 사람들이 자꾸 입으라고 할 때도 있긴 하지만요."

"저도 그러고 싶은데요."

"네? 무슨 말씀이죠?"

"옷을 입히고 싶다고요."

안톤이 헛기침을 하고 혀를 끌끌 차더니 여자를 밀며 말했다.

"이제 그만 좀 하시지. 마이크 씨, 이쪽으로 오시겠습니까?"

방 한 편에 있는 문을 향해 손을 뻗으며 안톤이 나를 안내했다.

"요즘 젊은 애들은 영 제멋대로라니까요. 어떨 때는 정말이지 저도……."

"네. 무슨 말씀이신지 알겠습니다."

안톤이 다시 한 번 헛기침을 하더니 문을 열었다.

안톤이 내 이름을 부르는데도 듣지 못했다. 책상 뒤에 있는 여자한테 정신이 팔려 있었기 때문이다. 어떤 여자들은 예뻤고, 어떤 여자들은 예쁘고 말고가 상관이 없을 정도로 멋진 몸매를 가지고 있었는데, 여기 책상 뒤에 있는 여자는 두 가지를 모두 갖추고 있었다. 그녀의 얼굴은 최고의 화가가 자연의 순리를 개선시켜 놓은 듯 초자연적인 아름다움을 풍기고 있었다. 최신 유행 스타일로 짧게 자른 밝은 갈색 머리카락이 후광처럼 빛나고 있었다. 크림처럼 희고 부드러운 살결이 목선에서 탄탄하고 넓은 어깨로 흘러내렸다. 젊고 싱싱한 가슴이 면 블라우스 아래로 짜릿하게 솟아올라 있었다. 일어서서 내게 손을 내밀더니 따뜻하고 기분 좋게 힘을 주어 내 손을 잡았다. 자기 소개를 할 때 들어보니 목소리도 깊고 풍부했다. 다시 의자에 앉아 다리를 꼬았을 때 긴 치마 아래에 감추어진 다리가 얼마나 사람을 감질나게 유혹할 수 있는지 발견하고 놀라움을 금치 못했다. 그제야 책상 위 명패에 적힌 이름을 보니 '주노 리브스'라고 씌어 있었다.

주노는 그리스 신화에 나오는 하급 여신의 이름이다. 그녀에게 잘 어울리는 이름이라 생각했다.

주노가 바에 있던 술병에서 한 잔을 따라 내게 권했다. 목이 긴 술잔에 달콤하고 향긋한 술이 담겨 있었다.

우리는 이야기를 나누었다. 무례한 말투로 이야기를 하다가 어느새 다시 정중한 말투가 되어 있곤 했다. 내가 하는 말 같지가 않았다. 한 시간 동안 내용 없는 대화만 주고받았던 것도 같다. 어쩌면 단 몇 분이었는지도 모른다. 어쨌든 우리는 이야기를 나누었고 주노는 여자로서 자기의 능력을 내게 시험하기라도 하는 듯 고의로 몸을 움직였고, 내가 무슨 말을 하는지도 모르는 채 횡설수설하면서 어리벙벙한 모습을 보이자 소리 내어 웃었다.

술잔을 책상에 내려놓는 그녀의 손톱에는 매니큐어가 칠해져 있어서 술잔에서 나는 크리스털 광채와 묘한 조화를 이루었다. 그녀가 입을 여는 순간 그 목소리에 다시 정신을 차렸다.

"해머 씨께서 찾고 계시는 여자 애 말인데요, 친구 분과 같이 나갔다고 하셨나요?"

"그랬을지도 모른다는 거죠. 그것도 만나서 알아봐야 할 것 같습니다."

"애들 사진을 보여 드리면 알아보실 수 있을지도 모르겠네요."

"아뇨. 그건 안 됩니다. 제가 그 여자를 직접 본 게 아니거든요."

"그럼 왜……."

"그날 밤에 무슨 일이 있었는지 알았으면 해서요. 부탁드립니다, 리브스 양."

"그냥 주노라고 부르세요."

그녀에게 웃어 주었다.

그녀도 희미하게 웃더니 말을 이었다.

"혹시 저희 애들이 뭘 잘못했나요?"

"여기 아가씨들이 뭘 했는지는 전혀 관심 없습니다. 그저 그날 무슨 일이 있었는지 알고 싶은 것뿐이죠. 제 친구가…… 죽었거든요."

여자의 눈빛이 부드러워졌다.

"저런, 정말 안됐네요. 어쩌다 그렇게 됐죠?"

"경찰에서는 자살이라고 하더군요."

주노가 아랫입술을 깨물더니 당황한 표정으로 말했다.

"그러시다면 해머 씨……."

복수는 나의 것 57

"마이크입니다."

"그렇다면 마이크 씨는 무슨 이유로 여기 모델을 만나려고 하시는 거죠? 어차피……."

"그 친구한테는 가족이 있거든요. 어떤 골치 아픈 기자가 이쪽으로 눈을 돌려서 그럴 듯한 스캔들이라도 신문에 내는 날에는 가족들이 상처를 받을 겁니다. 그럴 만한 소지가 있다면 미연에 방지하려고요."

내 말을 듣더니 다 이해할 수 있다는 표정으로 천천히 고개를 끄덕였다.

"그 말씀이 맞네요. 그날 파티에 나갔던 애가 누구인지 알아볼게요. 내일 다시 한 번 들러 주시겠어요?"

모자를 손에 들고 자리에서 일어나며 대답했다.

"좋습니다. 그럼 내일 뵙죠."

"꼭 오세요."

여자도 자리에서 일어서서 내게 다시 한 번 손을 내밀며 은근한 낮은 목소리로 말했다. 동작 하나 하나가 흐르는 물처럼 부드러웠고 눈에는 강렬한 불꽃이 살아 있었다. 내 손을 잡는 그녀의 손에 힘이 쥐어지는 것을 느끼는 순간 어떤 유혹이 밀려왔다.

문까지 가서 다시 한 번 작별 인사를 하려고 몸을 돌렸다. 주노의 눈이 나를 위아래로 훑어보며 미소 짓고 있었다. 입에서 말이 떨어지지 않았다. 그녀에게는 나를 따뜻하게 해 주는 무언가가 있었다. 마치 여신처럼 아름다운 몸매에 다른 사람들에게 못되게 굴 때조차도 착해 보일 것만 같은 눈을 가지고 있었다.

사실 그 눈은 그것 말고도 뭔가 다른 이야기를 하고 있었다. 내가 알아야만 하는, 그러나 기억하지 못하고 있는 이야기였다.

 엘리베이터로 와 보니 나를 기다리는 사람이 있었다. 복도 끝 라디에이터에 기대어 서서 편한 자세로 담배를 피우고 있었다.
 이번에는 그래도 옷을 좀 입고 있었다. 나를 보더니 하이힐 굽으로 담배꽁초를 비벼 끄고는 섹시한 포즈로 걸어왔다. 내 눈은 다시 그녀를 벗기고 있었다.
 "시키신 대로 했어요."
 여자가 말했다.
 "우선 자기 소개부터 하시죠."
 "얼어 죽을! 자기 소개는 무슨······."
 엘리베이터 위에 달려 있는 표시등이 빨간색으로 바뀌더니 엘리베이터가 덜컹거리며 멈추는 소리가 들렸다.
 "됐어요. 왔네요."
 여자가 내게 씩 웃어 보이는 순간 엘리베이터가 속도를 늦추다가 문 뒤에 정지해 섰다.
 "탈 거예요?"
 "네."
 "저 말이죠, 전 별로 내숭 떠는 스타일은 아니거든요. 이 안에서 한 판 해 드릴 수도 있는데."
 "여기서요?"
 "네."
 내가 짧은 웃음을 내뱉는 사이 엘리베이터 문이 열렸고, 그 안으로 여자를 밀어 넣었다. 어쩌면 이 여자가 한 말은 농담이 아니었을지도 모른다. 그런 이야기를 누가 듣는 것은 싫었다. 1층까지 내려왔을 때 여자가 내게 팔짱을 끼고는 거리로 나갔다. 브로드웨이까지 왔을 때 여자가 말했다.

"혹시 저에 대해 정말로 궁금해하실까 싶어서 말씀드리는 건데요, 제 이름은 코니 웨일스예요. 그쪽은 이름이 뭐죠?"

"마이크 해머입니다. 전에는 사설탐정 일을 했죠. 요즘 신문에 제 기사가 난 적도 있고요."

여자가 반쯤 미소를 지으며 입을 벌렸다.

"우와, 정말 대단한 분이시군요."

브로드웨이에서 북쪽으로 방향을 돌렸다. 코니는 어디로 가는 건지 묻지 않았지만, 멈추지도 않고 술집을 세 개나 연속으로 지나치자 팔꿈치로 내 옆구리를 쿡쿡 찔렀다. 그제야 코니가 뭘 원하는지 알고서는 뒤편에 아가씨 전용 테이블이 있는 술집으로 들어갔다. 될 수 있는 대로 눈에 띄지 않는 깊숙한 곳에 자리를 잡고 앉았더니 웨이터가 다가왔다.

우리는 둘 다 맥주를 시켰다. 그러고 나서 내가 말했다.

"데이트 비용이 많이 드는 아가씨는 아니군요."

코니가 웃으며 대답했다.

"제가 사정 봐드린 거예요. 부자는 아니시죠?"

"돈이야 있지만 아가씨한테 뺏기진 않을 겁니다."

내가 응수했다.

여자의 웃음소리는 마치 노랫소리 같았다.

"보통 대부분의 남자들은 내가 쳐다보는 것마다 다 사 주고 싶어서 안달들인데……. 사 주실래요?"

코니는 맥주를 홀짝이면서 새 동전처럼 반짝이는 눈빛을 술잔 너머 내게로 보냈다.

"맥주 한 잔 정도야 사 드리죠. 그 이상은 안 됩니다. 어떤 여자가 돈 좀 그만 쓰라고 했거든요."

코니가 정색을 하고 바라보며 말했다.

"그 여자 말이 맞네요."

"그렇죠."

나도 동의했다.

웨이터가 쟁반에 맥주 네 잔을 더 들고 돌아왔다. 그중 두 잔을 우리 앞에 하나씩 놓더니 테이블 위에 놓아 둔 돈을 집어 들고 사라졌다. 웨이터가 가고 나자 코니가 꼬박 1분 동안 뚫어져라 나를 쳐다보았다.

"아까 그 스튜디오에서는 뭘 하고 계셨어요?"

주노에게 했던 말을 그대로 들려 주었다.

코니가 고개를 저었다.

"그 말 못 믿겠어요."

"왜요?"

"몰라요. 그냥 틀린 말 같아요. 세상에 어느 기자가 자살 사건을 그렇게 크게 다루겠어요?"

일리가 있는 말이긴 했지만 난 이렇게 대답해 주었다.

"유서가 없었거든요. 가정 생활도 행복했고 돈도 많았던 데다 특별히 걱정거리가 있는 것도 아니었으니까요."

"그렇다면 좀 이해가 되네요."

코니에게 파티 이야기와 내 생각을 말해 주었다. 대충 무슨 일이 일어났는지 이야기해 주고서 물었다.

"혹시 그날 밤 거기에 있었던 여자들 중에 아는 사람 없습니까?"

코니가 이번에는 좀 더 깊은 목소리로 웃었다.

"아뇨. 없어요. 그 에이전시는 옷을 입는 애들과 안 입는 애들로 나누어져 있거든요. 저는 속옷 광고를 찍죠. 옷을 입는 애들은 자기들이 몸매가 안 되니까 우리를 질투하고 걸레 취급해요."

"너무하는군요. 그런 애들도 몇 명 보긴 했는데 뽕 브래지어 안 입으면 가슴이 어디 붙어 있는지도 모르게 생겼던데요."

코니는 내 말에 웃느라고 마시던 맥주를 토할 뻔했다.

"재미있는 분이네요. 정말 재밌어요. 그 말 기억했다가 써먹어야겠다. 한 방 제대로 먹여 줘야지……."

그사이 나는 맥주를 다 마시고 빈 잔을 테이블 가장자리로 치웠다.

"아가씨. 가고 싶다는 데로 다 데려다 줄게요. 그러고 나서 난 내 볼 일 좀 봐야겠습니다."

"그럼 제 아파트로 데려다 주세요. 거기서 탐정님 볼 일 보시면 되지 않겠어요?"

"조용히 안 하면 한 대 때려 줄 겁니다. 가죠."

코니가 몸을 뒤로 젖히더니 다시 웃어 댔다.

"여보세요, 내가 이 말 한마디만 해 주면 뭐든 다 내줄 남자가 숱하게 많다는 거 아세요?"

"딴 남자들한테도 그런 말을 하나 보죠?"

"아뇨."

유혹하듯 속삭이는 소리로 그녀가 대답했다.

빈 택시가 없어서 브로드웨이를 한참 걸은 후에야 택시 정류소 뒤에 차를 세워 놓고 낮잠을 자고 있는 택시 기사 한 명을 발견했다. 코니가 택시에 올라탄 다음 62번가 주소를 대더니 나를 잡아 태우고는 내 손을 잡았다.

"이게 그렇게 중요한 일인가요? 그 여자 애 찾는 거 말이에요."

코니의 손을 쓰다듬으며 대답했다.

"잘 모르시겠지만 제겐 아주 중요한 일입니다."

"제가 도와드릴 순 없을까요? 정말 돕고 싶어요. 진심으로요."

진짜 귀여운 얼굴이었다. 고개를 돌려 여자의 표정을 바라보고는 진지함을 읽을 수 있었다. 나도 모르게 고개를 끄덕이고 말았다.

"도움이 많이 필요해요. 분명 내 친구는 그 여자와 함께 나갔을 겁니다. 그 여자가 그걸 순순히 인정할지는 모르겠지만 그렇다고 해도 그 사람을 탓할 수는 없죠. 사실 나도 확실히 아는 게 없으니까요."

"주노는 뭐라고 하던가요?"

"내일 다시 오래요. 그사이에 그 여자를 찾아보겠다고 하더군요."

"주노…… 그 사람은……."

"그냥 사람이죠."

내가 말을 잘랐다.

"언뜻 보기에도 대단하죠. 주노가 있는 자리라면 보통 여자는 감히 기회를 잡아 볼 엄두도 내지 못해요."

코니가 짐짓 토라진 체하며 내 팔을 꼭 잡았다.

"하지만 난 다르다고 말해 주세요."

"당신은 달라요."

"또 거짓말을 하시네요."

코니가 웃었다.

"어쨌든 생각을 좀 해 봤거든요. 그 여자가 탐정님 친구 분과 같이 나갔다고 가정을 해 보죠. 그 친구 분, 금세 여자와 일을 벌이는 성격이었나요?"

모자를 다시 눌러쓰고 체스터 휠러가 어떤 사람이었는지 생각해 보았다. 내가 보기에는 워낙 가정적인 사람이라 바람 따위는 피울 줄 모르는 사람 같았다. 그래서 그런 성격은 아니라고 대답해 주었다. 하지만 모를 일이다. 감시하는 마누라도 없고 별반 양심에 가책을 느낄 일도 없이 혼자 시내에 나와 있는 남자가 무슨 짓을 할지는 아무도 모를 일이니까.

코니가 말을 계속했다.

"그렇다면 그 여자는 그저 다른 애들처럼 장난이나 치고 있었을 거예요. 남자한테 돈이나 쓰게 하면서 여기저기 좋은 곳을 돌아다녔겠죠. 그렇게 놀면 재미있다고들 하더라고요."

코니는 내게 뭔가 이야기해 주고 싶은 눈치였다. 고개를 저어 긴 머리를 어깨 주위에 흩뜨리고 말을 이었다.

"요즘 옷 입는 애들이 모델과 놀고 싶어하는 사람들을 연결해 주는 데를 뚫고 있었거든요. 전 가 본 적 없지만 거길 찾아내면 단서가 될지도 몰라요."

팔을 뻗어 집게손가락으로 코니의 턱을 들어올리며 말했다.

"거 참 재미있는 이야기로군요."

코니의 입술은 도톰한 데다 붉은색이었다. 혀로 입술을 핥아 촉촉하게 적시더니 나를 끌어당기려는 듯 입술을 살짝 벌렸다. 그대로 유혹에 넘어가려는 찰나, 택시가 목적지에 도착해서 급정거를 했다. 실망한 코니가 택시 기사를 향해 혀를 삐죽 내밀고 얼굴을 찡그리더니 내 손을 꼭 잡고 함께 택시에서 내렸다. 기사에게 택시비를 건네주고 잔돈은 팁으로 주었다.

"칵테일 마실 시간인데, 올라가실래요?"

"잠깐만입니다."

"쳇, 남자한테 이렇게 부탁해 보긴 처음이네요. 저한테 여자다운 매력을 못 느끼시나 보죠?"

"가슴이 예쁘잖아요."

"뭐, 그 정도면 시작으로는 괜찮네요. 일단은 그쯤으로 만족하죠."

코니의 집은 별로 화려하게 꾸며져 있지 않은 작은 아파트였다. 수동 엘리베이터가 작동이 안 돼서 3층까지 계단으로 올라갔다. 코니가 주머니를 뒤져 열쇠를 찾는 사이, 나는 마치 내 집인 양 불을 켜고 들어가 거실에 모자를 던지고 의자에 앉았다.

코니가 말했다.

"뭐 드실래요? 커피? 아니면 칵테일?"

"커피부터 마시죠. 점심을 안 먹었거든요. 계란 있으면 같이 좀 주시죠."

의자 팔걸이 너머로 팔을 뻗어 잡지를 집어 들었다. 멕시코에서 파는 엽서 사진보다는 좀 나은 듯한 여성 잡지들이 손에 잡혔다.

그중 절반에 코니의 사진이 나와 있었는데 보기 좋았다. 아주 좋았다.

커피 향에 이끌려 부엌으로 들어가 보니 코니가 프라이팬에 계란을 깨어 넣고 있었다. 아무 말도 없이 노른자만 빼고 전부 다 먹어 치웠다. 실컷 먹고 나서 부엌 벽에 기대 서서 담배 한 개비를 꺼내는 순간 코니가 물었다.

"맛있었어요?"

"맛있네요."

"나랑 결혼하는 사람은 좋겠죠?"

"그렇겠네요. 어느 놈이 될지는 모르겠지만."

"나쁜 사람!"

코니가 다시 웃었다. 나도 그녀에게 웃어 주고 엉덩이를 살짝 때리는 시늉을 하는데 코니가 몸을 빼지 않고 내 쪽으로 엉덩이를 내미는 바람에 내 손이 그녀의 엉덩이에 닿았다. 코니는 아픈 척 신음 소리를 냈다.

칵테일은 거실에서 마셨다. 손목에 차고 있던 시계의 분침이 한 바퀴를 돌고 두 바퀴를 돌았다. 빈 잔을 계속 채워 댔고 그때마다 금속 잔에 얼음 부딪치는 소리가 났다. 한 손에는 술잔을 들고 등은 소파에 기댄 채로 몽롱한 기분에 빠졌다. 성냥이 다 떨어져서 담배를 입에 물 때마다 코니가 라이터를 들고 내 쪽으로 왔다.

착한 친구 한 놈이 죽었다.

총알 두 개가 없어졌다.

복도에서 총알 하나, 탄피 하나가 발견되었다.

자살이라니.

젠장.

눈을 떠 코니를 바라보았다. 긴 소파 위에 앉아 몸을 웅크린 채 나를 바라보고 있었다.

"아가씨, 이제 뭘 할까요?"

"일곱 시가 다 됐네요. 옷 갈아입고 밖으로 나가요. 운이 좋으면 탐정님 친구 분께서 어딜 가셨는지 알아낼 수도 있겠죠."

몸이 너무 피곤해서 만사가 귀찮았다. 공중에 떠 있는 담배 연기를 쳐다보기에도 눈꺼풀이 무거웠고 술을 마신 탓에 배도 따뜻했다.

"사람이 죽었어요. 보고서도 경찰도 자살이라고 하지만 난 압니다. 그 사람은 살해당했어요."

코니는 몸이 뻣뻣해지더니 내 담배를 가져갔다. 나는 말을 계속했다.

"그 이유를 알고 싶어서 추적을 하다가 그 친구가 여자와 함께 있었을지도 모른다는 걸 알아냈죠. 그 여자가 일하는 곳을 알아내고는 여기저기 물어보고 다니기 시작했어요. 그런데 아주 예쁜 몸매에 얼굴도 예쁜 모델이 정보를 던져 주더니 같이 그 여자를 찾아보자고 하네요. 그러니 어떻게 된 영문인지 좀 알아야겠습니다. 다른 남자를 열 명은 거느릴 수 있는 여자가 왜 갑자기 내 걱정을 해 주는 겁니까? 직업도 없어서 기껏해야 맥주밖에 못 사 주는 주제에 여자 집까지 와서 계란에 커피에 칵테일까지 얻어먹는 남자를 왜 받아 주는 걸까요?"

코니가 화가 난 듯 숨을 몰아쉬는 소리가 들렸다. 들고 있던 담배를 손안에서 구기는 것이 보였다. 뜨거웠을 텐데 얼굴 표정으로는 알 수가 없었다. 코니가 일어나는데도 나는 움직이지 않고 있었다. 머리 뒤에 두 손을 깍지 낀 채로 쿠션에 기대 누워서 코니가 다가오는 걸 그냥 보고만 있었다.

너무 빠르게 팔을 휘둘러서 눈을 감을 새도 없었다. 따귀를 갈긴 것이 아니라 작고 단단한 주먹으로 얼굴을 때렸다. 입 안에서 피 맛이 느껴졌고 그 피가 턱을 타고 흘러내리는 사이 나는 웃음을 지었다. 코니가 매섭게 말했다.

"전 오빠가 다섯이나 있어요. 다들 덩치 크고 성질도 더럽지만 그래도 다섯 사람 모두 진짜 남자라고 할 수 있죠. 저를 원하는 남자는 열 명도 넘지만 그런 남자들은 트럭으로 줘도 안 가져요. 그러다가 당신을 만났죠. 당신의 그 바보 같은 머리를 날려 버릴 수 있었으면 좋겠네요. 눈이 있어도 볼 줄 모르다니……. 좋아요. 마이크, 제가 왜 당신 걱정을 하는지 보여 드리죠."

그러고는 블라우스 자락을 잡더니 목에서부터 찢어 냈다. 블라우스 버튼이 내 발치로 굴러 떨어졌다. 다른 옷도 마구 찢어 낸 다음 당당한 자세로 내 앞에 섰다. 손은 엉덩이에 올린 채 내 얼굴에다 가슴을 드러내고 있었다. 단단한 뱃살 아래 근육이 전율로 떨리고 있었다. 그런 채로 코니는 내 앞에 서 있었다.

팔이 아래로 툭 떨어져서 의자 팔걸이를 꽉 붙잡지 않을 수 없었다. 갑자기 셔츠 칼라가 답답해지면서 뭔가가 등줄기를 타고 올라오는 느낌이 들었다.

코니는 이를 악물고 있었다. 눈에는 사악한 기운이 감돌았다.

"당신 마음대로 해 봐요."

턱에서 또 다시 피가 흐르면서 좀 전에 코니한테 맞은 기억을 상기시켜 주었다. 나도 팔을 들어 있는 힘껏 코니의 입을 후려쳤다. 머리가 홱 돌아갔지만 코니는 그대로 그 자리에 서 있었다. 눈빛은 아까보다 더 사악해져 있었다.

"이래도 내 맘대로 했으면 좋겠어?"

"마음대로 해 봐요."

4장

 타임 스퀘어에 있는 중국 식당에서 저녁 식사를 했다. 사람들이 가득했지만 음식을 보고 있는 사람은 없었다. 나를 비롯한 모든 사람들의 시선이 코니에게 향해 있었지만 그 사람들을 탓할 수는 없었다. 깊이 패인 드레스는 확실히 도발적이었다.
 테이블 맞은편에 앉아서 사람의 피부가 정말 저렇게까지 부드럽고 매끄러울 수 있는지 생각했다.
 그렇게 말도 없이 계속 식사를 했다. 서로 바라보고 미소 지으며……. 처음으로 코니를 객관적인 시각으로 보았다. 단지 내가 원했던 여자로서가 아니라 이제는 내 것이 된 여자로 바라보았다. 코니가 아름답다는 건 누구나 알 수 있었다. 하지만 왜 그렇게 아름다운지 꿰뚫어보기란 쉽지 않았다.
 나는 그 이유를 알았다. 코니는 솔직하고 직선적이다. 원하는 것이 있으면 그 원하는 것이 무엇인지를 상대에게 알려 준다. 다섯 남자들 사이에서 자기도 남자처럼 자라면서 그런 상황을 즐긴 것이다. 코니에게 모델 일은 그저 직업일 뿐이었다. 그리고 그 직업에 따라오는 부수적인 화려함도 있는 그대로 받아들이고 즐기는 여자였다.

잔뜩 부른 배를 두들기며 행복한 것 같은 기분에 도취되어 기분 좋게 이야기를 나누다 식당을 나선 시각은 거의 아홉 시가 다 되었을 때였다. 내가 물었다.

"이제 스케줄이 어떻게 되지?"

코니가 내 손을 잡더니 자기 팔 아래에 끼며 대답했다.

"슬럼가에 가 본 적 있어요?"

"어떤 친구들은 나더러 늘 거지처럼 산다고 하는걸."

"그럼 이제 슬럼가에 가 보는 거예요. 요즘 옛날 골목이 인기거든요. 바우어리라고 하는 곳인데 알아요?"

궁금한 눈빛으로 코니를 바라보았다.

"바우어리?"

"잘 모르는 걸 보니 요즘 이 근처를 별로 안 다녀 봤나 보네요. 그 바우어리라는 데가 요즘 변했거든요. 완전히 다 변한 건 아니고 그냥 여기저기 조금씩이요. 얼마 전에 어떤 똑똑한 사람이 떼돈을 벌더니 그 거지 동네를 관광 명소로 바꿔 놨지 뭐예요. 잘사는 사람들한테 못사는 사람들은 어떻게 사는지 살짝 맛보기로 보여 줄 수 있을 만큼 재미있게 꾸며 놓은 거죠."

"대체 그런 곳은 어떻게 알아낸 거야?"

내가 손을 흔들자 택시 한 대가 다가와서 섰다. 안으로 들어가 행선지를 말하자 기사가 미터기를 켰다. 코니가 말했다.

"늘 똑같은 것만 보는 걸 지겨워하는 사람들이 있잖아요. 그런 사람들은 뭔가 새로운 걸 찾죠. 바우어리가 바로 그런 곳이에요."
"누가 운영하는 거지?"
코니가 어깨를 으쓱하며 내 어깨에 자기 어깨를 부딪쳤다.
"모르겠어요. 사실 저도 직접 아는 건 아니거든요. 게다가 지금은 하나만 있는 것도 아니고 열 몇 개가 넘거든요."
택시는 신호등을 뚫고 길을 달려 좀 더 한산한 거리로 들어서더니 맨해튼 가장자리까지 왔다. 기사에게 지폐 두 장을 건네주고 코니가 내리기 편하도록 문을 잡아 주었다.
바우어리. 그곳은 얼굴 없는 사람들이 돌아다니는 거리였다. 어두운 그림자 속에서 구걸하는 목소리와 발을 질질 끌며 걷는 소리가 등 뒤를 따라다녔다. 이따금 걸인들이 소매를 잡아끌고 능숙한 구걸 소리가 절박한 듯 들려오는 곳이었다. 몸에 너무 딱 붙는 옷을 입은 여자들이 끈적끈적한 눈빛을 보내며 싼값에 데리고 놀 수 있다는 신호를 보내고 있었다. 룸살롱 문이 자주 열렸다 닫혔다 하면서 깜박이는 불빛을 내보냈다. 사람들도 많았다. 길 양옆으로 술집이 즐비하게 늘어서 있고 그 안에서는 사람들이 술잔이나 수프 그릇을 붙잡고 앉아 있었다.
이런 곳을 돌아보기는 정말 오랜만이었다. 길가에 택시가 서더니 턱시도를 입은 남자가 빨강 머리 여자를 팔에 낀 채 웃으며 내렸다. 남자가 가는 방향으로 거지들이 몰려들었고 빨강 머리가 동전을 길 위에 흩뿌리자 거지들이 서로 동전을 줍느라 전쟁을 벌였다. 두 사람은 점점 더 큰 소리로 웃어 제쳤다.
그 미친놈을 한 대 차 주고 싶은 기분이었다. 그래, 잘났다!

코니와 나는 1.5미터 정도 거리를 두고 그들을 따라갔다. 남자는 중서부 지방 특유의 느린 말투를 썼고 여자는 브루클린 억양을 감추려 애쓰고 있었다. 여자는 남자의 팔을 꼭 잡은 채 놓지 않았고, 남자는 사람들이 슬며시 곁눈질로 자신들을 바라보는 것을 즐기는 듯했다. 마치 자기가 왕인 양 행세하고 있었다. 잘났군.

두 사람은 그 거리에서도 제일 지저분한 술집으로 들어갔다. 술집에서 나는 악취가 바깥까지 풍겼고 왁자지껄 소란스럽게 떠드는 소리가 한 블록 너머까지 울려 퍼지고 있었다. 간판에는 '닐의 술집'이라고 씌어 있었다.

그 동네 인물들은 다 거기 모여 있었다. 검은 눈에 이가 빠진 사람도 있었다. 얼굴에 경련이 일어나고 이가 득실거리는 데다 입만 열었다 하면 상스러운 말이 튀어나오는 사람들도 있었다.

나의 연구 대상은 그런 사람들을 바라보고 있는 사람들이었다. 그 사람들 쪽이 더 악질이었다. 그 관광객이라는 족속들은 그런 광경을 그저 재미 삼아 보고 있었다. 빌어먹을 돈만 많은 관광객들은 그저 재미있는 구경거리라고만 생각하면서 옆에 있는 거지들을 발로 차고 있었다. 하도 기가 막혀서 말이 안 나왔다. 웨이터가 뭐라고 중얼거리더니 다른 사람들이 있는 뒷방으로 우리를 안내했다. 거기에도 아까 있던 곳과 마찬가지로 두 종류의 인간들이 들어차 있었다.

모두들 벽에 씌어진 더러운 욕지거리를 서로에게 읽어 주며 신나게 놀고 있었다. 어떻게 돌아가는 판인지 한눈에 보였다. 그곳에 사는 거지들은 공짜로 싸구려 위스키를 마시며 죽치고 있었고 관광 온 사람들은 똑같은 싸구려 위스키를 비싼 값에 마시면서도 그만한 값어치가 있다고 생각하는 눈치였다.

진짜 볼 만한 광경이었다. 미친놈들.

코니가 아는 여자 두 명에게 웃어 보이자 그중 한 명이 우리 쪽으로 왔다. 자기 소개를 하는데 나는 굳이 자리에서 일어나지도 않았다. 이름은 케이트였고 잘사는 동네에서 온 여자였다.

"어머 코니, 너 여기 처음이지?"

"응. 처음이야. 그리고 아마 이번이 마지막이지 싶다. 냄새가 지독해서."

케이트의 웃음소리는 깨진 종소리 같았다.

"우린 여기 오래 있진 않을 거야. 친구들이 돈을 좀 쓰고 싶다고 해서, 여관으로 가려고. 같이 갈래?"

코니가 나를 쳐다보았다. 고개를 살짝 움직여서 나는 괜찮다는 뜻을 전했다.

"그러자, 케이트. 우리도 갈게."

"잘됐다. 그럼 와서 내 친구들 한번 만나 봐. 나머지는 좀 있다가 올 거야. 여기 관광을 하고 싶대. 그것도 포함해서……."

여기서 말을 끊은 케이트는 킥킥대며 웃었고 코니는 얼굴을 찡그렸다.

결국 코니와 나는 일어나서 그 친구들이 있는 곳으로 갔다. 코니와 함께가 아니었다면 나도 거기에 있는 다른 사람들과 똑같은 대접을 받았을 것이다. 코니를 보더니 뚱뚱한 놈 몇 명이 의자에서 재깍 일어났다. 조세프, 앤드류, 호머, 마틴, 레이몬드 등등의 녀석들이 있었다. 다들 손에는 커다란 다이아몬드를 끼고 큰 소리로 웃으며 두둑한 지갑을 넣어 둔 채 예쁜 여자를 끼고 있었다. 호머라는 한 명만 빼고. 호머는 별로 예쁘게 꾸미지 않은 여비서를 데리고 왔다. 그 비서는 호머의 정부였는데 그녀 자신도 그 사실을 숨길 생각이 전혀 없어 보였다.

그 자리에서 제일 맘에 드는 건 그 여비서였다. 코니도 그랬다.

손뼈가 으스러져라 악수를 나누고는 자리에 앉아 술을 몇 잔 마시고 지저분한 농담을 몇 마디 주고받고 나자, 앤드류라는 놈이 다른 데로 가면 더 재밌게 놀 수 있다고 큰 소리로 떠들었다. 다른 사람들도 앤드류에게 가세해서 자리를 털고 나왔다. 마틴이 웨이터에게 별로 줄 필요도 없는 팁을 10달러나 주었더니 웨이터가 우리를 따라 문까지 배웅 나왔다.

코니도 길을 몰라서 우리 둘은 그저 다른 사람들의 뒤를 따라갔다. 길 안내는 여자들이 하고 있었다. 취해서 길에 쓰러져 누운 사람들을 두 번인가 피해서 돌아가고, 길거리에서 난 싸움질을 피하느라 도로 옆 하수구 홈통 쪽으로 돌아가기도 했다. 그렇게 길에서 싸움이나 하는 놈들은 하수구에 처박아 주어야 했다. 내가 하도 화를 내니까 코니가 내 어깨에 뺨을 부비며 위로해 주었다.

바우어리 클럽은 길에서 좀 떨어진 곳에 있었다. 창문은 절반쯤 판자로 막아 놓고 간판에는 더러운 얼룩이 끼어 있는 지저분하고 낡은 곳이었다.

밖에서 볼 때는 그랬다. 안으로 들어가니 제일 먼저 느껴지는 것이 냄새였다. 사실 냄새라고 할 수도 없는 것이 꼭 무슨 술집에 온 것 같았다. 거기 드나드는 사람들만큼이나 지저분한 벌레 썩는 냄새에 담배꽁초 냄새 같은 것이 섞여서 났다. 다른 사람들은 눈치 채지 못했을지 몰라도 나는 느낄 수 있었다.

코니가 얼굴을 찡그리며 말했다.

"이게 그 유명한 호텔이야?"

주위가 하도 시끄러워서 코니가 하는 말이 잘 들리지도 않았다. 다들 인사하러 뛰어다니느라 바빴고 여자들은 무슨 여물통에 몰려든 돼지 떼 같은 소리를 냈다. 배가 불룩 나온 인간들은 뒤에 물러서서 흐뭇한 듯 웃고 있었다. 한바탕 소란이 지나가자 모두들 카운터 뒤에 앉아 팁을 받는 애꾸눈 벨 보이에게 코트와 모자를 맡겼다.

코니가 같은 모델 사무실에서 일하는 비쩍 마른 여자 애들 두 명과 인사를 나누는 사이 나는 바로 가서 맥주 한 잔을 시켰다. 술 생각이 간절했다. 그렇게 바에 앉아 있으니 주위를 둘러볼 수도 있었다. 방 뒤쪽에 좁은 문 하나가 있었는데 문이 열릴 때마다 그 위에 걸어 놓은 달력이 펄럭였다.

들락거리는 사람이 하도 많아서 그때마다 계속 달력이 펄럭거렸는데, 안에 있는 사람들은 모두들 반짝이가 달린 이브닝드레스나 턱시도를 입고 있었다.

코니가 나를 찾느라 두리번거리다가 내 쪽으로 왔다.

"여긴 그냥 프론트일 뿐이에요. 저 안에서는 무슨 재미있는 일이 벌어지는지 보러 가요. 정말 재미있는지는 모르겠지만 뭐 남들이 재미있다고들 하니까."

"그래. 안 그래도 따분해 죽을 지경이었으니까."

코니의 팔을 잡고 달력이 붙어 있는 문을 향해 가는 사람들의 행렬을 따라 들어갔다.

진짜 놀랄 만한 광경이었다. 정말 대단했다. 달력이 붙어 있는 문은 첫 번째 문일 뿐이었다. 그 문을 지나면 벽이 휘어진 방으로 들어가는데, 들어온 문을 닫아야 다른 문이 열리도록 되어 있었다. 방은 프론트와 밀실 사이에서 방음 구실을 하고 있었는데 그 밀실이라는 곳이 정말 대단했다.

벽을 따라 붙어 있는 크롬 도금이 된 테이블과 플러시 천으로 커버를 댄 의자에 수천 명은 됨직한 사람들이 들어가 앉아 있었다. 조명은 어두웠고 가운데에서 스트립쇼를 하고 있는 한 명의 완전히 벌거벗은 여자만이 스포트라이트를 받고 있었다. 사실 여자의 나체는 별것이 아니었다. 하지만 그렇게 될 때까지 차례차례 옷을 벗는 모습은 정말 볼 만했다. 쇼를 끝내더니 스포트라이트 밖으로 나와서는 자신의 모습을 있는 그대로 적나라하게 목격하고 흥분에 몸을 떨고 있는 깡마른 대머리 신사 옆에 가서 앉았다. 남자는 샴페인을 주문했다.

모두가 열에 들떠 있었다.

이제 왜 여기가 인기 있는 장소인지 알 것 같았다. 벽에 옷을 입거나 혹은 입지 않은 다양한 차림새의 모델 사진이 수백 개가 붙어 있었다. 어떤 것은 원판 사진이고 어떤 것은 잡지에서 오려 낸 것이었는데, 모두 친필 사인과 함께 클라이드라는 남자에 대한 애정을 표현하는 메시지가 적혀 있었다.

코니와 함께 술잔을 기울인 다음 눈으로 벽에 붙은 사진을 훑어 보았다.

"저기 당신 사진도 있나?"

"그럴지도 모르죠. 가서 볼래요?"

"됐어. 여기 이렇게 옆에 앉혀 두고 보는 게 더 좋은데 뭐."

밴드가 나와서 스탠드 뒤에 자리를 잡았다. 호머가 자리를 뜨더니 코니가 있는 테이블로 와서 춤을 신청했다. 두 사람이 떠나고 나는 호머의 정부와 앉아 식탁 밑으로 무릎을 부딪치는 장난을 했다. 그러다가 그 여자가 걱정스러운 눈빛으로 댄스 플로어를 바라보더니 자기를 데리고 나가 달라고 부탁했다.

나는 춤을 잘 못 췄지만 그 여자 덕에 그럭저럭 커버가 되었다. 내 뒤에 바짝 붙어 서서 춤을 추다가 혀를 내밀고 내 귀 끝을 핥는 바람에 기분이 나빠졌다. 호머는 나름대로 잘 추고 있었다.

한 시간쯤 지나니 파티가 흥이 나기 시작했다. 열한 시 삼십 분이 되자 사람들이 가득 들어찼고 자기 말소리를 자기가 알아듣기도 힘들 정도로 주위가 시끄러웠다. 앤드류가 또 돈 쓰는 이야기를 시작하자 여자들 중 한 명이 돈만 실컷 쓴다면 정말 재미있게 놀 수 있다고 큰 소리로 말했다. 한 명이 일어나서 웨이터에게 뭐라고 말을 하니 웨이터가 금세 다시 돌아와 몇 마디 말을 건네고는 커튼 달린 골방 쪽을 가리켰다. 내가 코니에게 말했다.

"드디어 올 것이 왔어."

코니가 얼굴을 찡그렸다.

"난 맘에 안 드는데요."

"어차피 똑같은 방이야. 저 뒤에 도박판이 벌어져 있을 거라고. 그럴싸해 보이려고 엿보는 구멍을 만들어 놓은 거고."

"정말이죠?"

"가 보면 알 거 아냐."

모두 일어나서 커튼 쪽으로 갔다. 음악 템포가 점점 더 빨라지고 있었다. 체스터 휠러 생각을 하다가 그 친구도 여기에 왔을지 궁금해졌다. 5000달러를 구하는 중이었다고 했다. 왜였을까? 놀려고? 빚을 갚으려고? 빚더미에 올라앉는 건 순식간이니까. 자살이라니? 5000달러 때문에 자살하는 사람도 있나? 왜 갚아야 했던 건가? 제대로 된 경찰한테 한마디만 찔러 주면 이런 장소 따위는 순식간에 문 닫게 만들고 빚 걱정 따위는 싹 잊어버릴 수도 있었을 텐데…….

여자들 중 한 명이 뒤를 돌아보고 소리쳤다.

"앗, 저기 클라이드가 있어요. 안녕하세요, 클라이드! 클라이드……. 여기 보세요!"

턱시도를 입은 날씬한 남자가 여자에게 차가운 미소를 보내더니 손을 흔들어 주었다. 나도 일그러진 웃음을 머금은 채 클라이드 쪽으로 가서 말했다.

"이거 내 친구 딩키 아냐."

테이블 위로 몸을 숙이고 있던 클라이드의 등이 뻣뻣하게 굳는 것이 보였다. 하지만 자기 볼일이 끝날 때까지 계속 이야기를 하고 있었다. 담배 한 개비를 입에 물고 불을 붙이는 순간 조명이 낮아지더니 무대 위에서 춤을 추고 있는 적나라한 누드로 스포트라이트가 비췄다.

그때 클라이드가 내게로 눈을 돌렸다.

"아니, 탐정 나리께서 여긴 웬일이신가?"

"나도 너한테 그걸 물어볼 참이었는데."

"여기서 꽤 오래 노신 것 같은데 이제 그만 나가시지?"

아직도 그 녀석의 등은 뻣뻣하게 굳어 있었다. 테이블 사이를 지나쳐 가면서 여기저기 사람들에게 미소를 던지고 있었다. 바에 도착하자 클라이드 앞에 술병 하나가 놓여졌고, 빠르게 한 잔을 비웠다.

담배 연기를 클라이드의 얼굴에다 대고 내뿜으며 말했다.

"잘 꾸며 놨는데?"

이제 대놓고 보기 싫다는 눈빛을 하며 클라이드가 말했다.

"내 얘길 못 알아들은 모양이군."

"네 말이야 들었지. 하지만 난 네가 시키는 대로 곧장 일어서는 네 졸개가 아니잖아. 안 그래, 딩크?"

"원하는 게 뭐야?"

담배 연기를 좀 더 내뿜었더니 클라이드가 몸을 피했다. 내가 대답했다.

"그냥 궁금해서. 그게 다야. 지난번에 법정에서 봤을 때는 휠체어에 앉아 선서를 했지? 다리에 총을 맞았잖아. 내가 네 다리에 총알을 박아 주었지. 생각나? 넌 살인범이 도망갈 차를 운전해 준 적이 없다고 증언했지만 내가 다리에 박아 준 그 총알 때문에 거짓말이 다 들통나 버렸지. 그 바람에 감방살이 꽤 했잖아. 이제 기억나?"

대답이 없었다.

"진짜 몰라보게 달라졌군. 운전기사 티도 아주 말끔하게 벗었고 말야. 이젠 아예 직접 살인을 하시나 보지?"

클라이드의 윗입술이 올라가면서 이가 드러났다.

"신문을 보니 이제 총도 못 가지고 다닌다던데. 몸조심 좀 하는 게 좋지 않겠어? 내 앞에서 꺼지라고!"

그렇게 말하고 술잔을 들어올리는 클라이드의 팔꿈치를 때려서 잔에 들어 있던 술이 그의 얼굴로 쏟아지게 했다. 클라이드의 얼굴이 흙빛으로 변했다.

"이런, 딩크. 너무 화내지 말라고. 경찰이 널 알아보면 어쩌려고 그래? 난 좀 더 둘러보다 갈게."

내가 자리를 뜨자, 지금은 클라이드가 된 내 옛 친구 딩키 윌리엄스는 내선 전화기를 집어 들었다.

방 건너편으로 가서 커튼 달린 방을 찾는 데 실내가 어두워서 1분이나 걸렸다. 커튼 뒤에는 또 다른 문이 있었지만 잠겨 있었다. 문을 두드리고 구멍으로 들여다보니 가운데 흉터가 있는 코와 눈이 보였다.

처음에는 들어갈 생각이 없었지만 자물쇠 돌리는 소리가 나더니 문이 안쪽으로 살짝 열렸다.

직감적으로 위험을 감지할 때가 있다. 머리가 두 쪽으로 쪼개지기 직전에 어떤 반사 작용으로 몸을 피하는 것이다. 머리를 보호하려고 제때 손을 들어 올렸고, 무언가가 내 손가락 관절에 와서 부딪치는 바람에 고통스러운 신음 소리가 목에서 튀어 나왔다.

바닥을 구르면서 몸싸움을 한 끝에 나를 치려고 한 손에 곤봉을 들고 있는 덩치 큰 남자의 못생긴 얼굴을 보았다. 놈은 내 위에 올라타고 있었지만 나를 때려눕힐 만큼 동작이 민첩하진 못했다.

나도 고양이과는 아니지만 그래도 잽싸게 몸을 일으켰다. 내가 아직 균형을 못 잡고 있는 사이 그 깡패 녀석이 내 머리에 대고 곤봉을 휘둘렀다. 그런데 너무 지나치게 힘을 실은 나머지 제대로 맞추지 못했다. 하지만 나는 실수하지 않았다. 나도 체격이 컸지만 녀석은 나보다 더 컸다. 나는 이미 한 손을 다친 상태였고, 나머지 한 손까지 다치고 싶지는 않았다. 벽에 기대서서 녀석을 거의 두 동강 낼 만큼 한 방 세게 걷어찼다. 놈은 비명을 지르려고 했지만 그러지도 못한 채 신음 소리만 내고 있었다. 배를 움켜쥔 채 바닥에 쓰러진 상태였다. 이번에는 제대로 겨냥을 했다. 놈의 얼굴을 걷어차니 이가 부러져 나왔다.

놈이 갖고 있던 곤봉을 들어 무게를 가늠해 보았다. 살인용으로 만들어진 것이었다. 너무 커서 주머니에는 안 들어가 팔 아래에 있는 빈 권총집에 집어넣고 거의 의식을 잃은 채 자기가 흘린 피 범벅 위에서 꿈틀대고 있는 녀석을 향해 욕을 해 주었다.

그 방은 똑같이 생긴 여러 개의 방들 중 하나였다. 의자 하나가 문 옆 벽에 기대어져 있었고 벽에는 방음 장치가 되어 있었다. 재미 삼아 그 바보 녀석을 의자로 끌고 가서 앉힌 다음 의자를 다시 벽에 기대어 놓았다. 고개가 아래로 떨어져서 피는 거의 보이지 않았다. 자기도 모르는 사이에 엄청난 양의 피를 흘릴 거라고 생각했다.

일을 제대로 처리했다는 생각이 들자 밀실의 다른 문을 열어 보았다. 문은 열려 있었다.

어두컴컴한 데 있다가 갑자기 밝은 조명 안으로 들어섰더니 순간 눈앞이 흐려져서 코니가 내게 다가오는 것도 잘 보이지 않았다. 코니가 말했다.

"마이크! 어디 있었어요?"

내 팔짱을 낀 코니의 손을 살짝 눌러 주며 대답했다.

"여기에도 친구가 있더라고."

"누군데요?"

"아, 당신은 모르는 사람이야."

그때 코니가 내 손등에서 피가 흐르는 것을 보고 손가락 관절 위의 피부가 벗겨졌다는 것을 알아챘다. 코니의 얼굴색이 약간 하얗게 질렸다.

"마이크, 도대체 뭘 하고 온 거예요?"

코니를 향해 웃어 주며 대답했다.

"어디에 꼈어."

코니가 또다시 질문했지만 듣지 않았다. 나는 실내 구조를 파악하느라 정신이 없었다. 이건 금광이었다. 왁자지껄한 소음 사이로 룰렛 바퀴가 돌아가는 소리가 들렸고, 바퀴가 멈출 때마다 흥분한 사람들이 비명을 울려 댔다. 주사위, 카드 판 등 온갖 종류의 게임 도구들이 자신의 행운을 시험해 보라는 듯 사람들을 유혹하고 있었다.

그 방은 벽마다 벽화가 그려져 있는 옛날 서부 개척 시대의 도박장처럼 꾸며져 있었다. 천장의 조명은 마치 바퀴나 수소의 멍에 같은 것으로 꾸며져 있었다. 한쪽 벽에는 놋쇠 난간으로 전면이 둘러쳐진 15미터 길이의 마호가니 테이블과 전혀 사용하지 않는 타구와 진짜 총알이 뚫고 들어갔던 구멍이 남아 있는 거울이 있었다.

미녀에게 둘러싸여 봤으면 하는 바람을 가진 사람이라면 여기가 바로 그곳이었다. 널린 게 미인이었다. 다들 직업 여성이었다. 화장을 짙게 하고 속살을 너무 많이 드러낸 미인들이었다. 자신의 예쁜 모습을 남들에게 과시하기 좋아하는 모델들이었다. 이건 꼭 슈퍼 모델들이 바글대는 탈의실 같았다. 예쁜 여자들이 하도 많아서 전부 다 제대로 보기가 불가능할 정도였다.

그야말로 믿을 수 없는 광경이었다.

고개를 저었다. 코니가 웃으며 말했다.

"믿기 어렵죠? 아까도 말씀드렸지만 이건 일종의 유행 같은 거예요. 한번 불 붙고 나면 전염병처럼 퍼져 나가는 거죠. 금세 유행병처럼 퍼져 나가서 다들 이곳으로 몰려들다가 결국에는 또 시들해질 거예요."

"그러면 또 다른 곳으로 옮겨가겠군."

"그렇죠. 예쁜 여자들은 다 이리로 몰려드니 남자들도 여자들을 따라 여기로 오는 거예요."

"그런 일이 바우어리 같은 누추한 동네에서 벌어지다니……. 팻이라면 이런 광경을 한 번만 볼 수 있어도 자기 오른팔이라도 내놓을 거야. 어쩌면 왼팔까지 내놓을지도 모르지."

멈춰 서서 다시 한 번 둘러보았다. 미인이 하도 많으니 이제는 그냥 평범하게 느껴질 지경이었다. 배불뚝이 아저씨들과 대머리 신사들도 너무 많았다. 그런 남자들이 그림을 망쳐 놓고 있었다. 군중들 속에서 한바탕 실컷 놀고 있는 호머와 앤드류를 발견했다. 어떤 여자가 호머의 가방에 도박용 칩을 한가득 넣어 주고 있는 걸 보니 한 판 크게 딴 것이 분명했다. 가방에 넣고 남은 칩은 여자의 손수건 속으로 들어갔다.

코니와 나는 그곳을 실컷 둘러보고 나서 구석에 놓인 가죽 의자에 앉아 술에 취해 흥청망청대는 사람들을 지켜보았다. 카우보이 복장을 한 웨이터가 하이볼과 크래커를 공짜로 가져다주었다. 웨이터가 사라지자마자 코니가 물었다.

"마이크, 무슨 생각해요?"

"나도 모르겠어. 내 친구도 이런 걸 좋아했을까 뭐 그런 생각을 했나 봐."

"그 친구도 다른 사람들과 마찬가지 아니었을까요?"

"그 친구도 남자 맞냐고 물어보는 거나 마찬가지군."

"그런 셈이네요."

"아마 그랬겠지. 세상에 어떤 남자가 이렇게 예쁜 여자들이 넘쳐나는 곳을 좋아하지 않겠어? 이 도시에 혼자 와 있었으니 감시하는 부인도 없는 데다 무척 심심했을 거 아냐. 낮에 할 일은 다 끝냈으니 좀 쉴 곳이 필요했겠지. 그냥 거기까지만 생각하자. 그 친구, 이런 곳에 가자고 조금만 꼬드겨도 금방 넘어갔을 게 뻔하니까."

담배에 불을 붙이고 술잔을 들었다. 술을 길게 들이키고서 담배를 깊숙이 빨아 마시는데, 웨이터 한 명이 사람들을 밀치면서 길을 만드는 통에 실내 전경이 한눈에 들어왔다.

거기 주노가 앉아서 안톤 립섹이 한 말을 비웃고 있었다.

들고 있던 술잔에서 얼음이 쨍그랑 소리를 내기 시작했고 그 묘한 느낌이 다시 척추를 타고 올라오는 걸 느낄 수 있었다. 코니에게 말했다.

"잠깐 혼자 있을 수 있지?"

"주노는 정말 아름답죠?"

머리털 나고 처음으로 얼굴이 붉어지는 것을 느꼈다.

"저 여자는 달라. 다른 사람들을 병자처럼 보이게 만드는 여자야."

"나도요?"

"아직 저 여자가 옷 벗은 건 본 적이 없으니까. 그 전까지는 당신이 최고야."

"거짓말 마요."

코니의 눈이 나를 보며 웃고 있었다.

일어나서 나도 코니에게 웃어 주며 말했다.

"정말 진실을 알고 싶다면 얘기해 줄게. 저 여자는 내가 평생 본 여자 중 가장 아름다워. 15미터나 떨어진 곳에서 저 여자를 보기만 해도 몸이 달아오를 정도니까. 여자가 가질 수 있는 매력은 모두 다 가진 여자라고나 할까? 저 여자에게 말을 할 땐 혀가 무거워지는 느낌이고 저 여자가 나더러 한 번 뛰어 올라 보라고 하면 '얼마나 높이 뛰면 되겠냐.' 라며 뛰어 오를 것 같고, 바보짓을 해 보라고 해도 '얼마나 할까요.' 라며 기꺼이 해낼 거야. 그래도 말야, 이런 말을 한다고 당신한테 무슨 의미가 있을지는 모르겠지만 어쩐지 저 여자가 좋지는 않아. 이유는 모르겠지만 아무튼 싫어."

코니가 팔을 뻗어 내 담뱃갑에서 담배 한 개비를 꺼내 불을 붙이고 말했다.

"그 말, 제겐 의미가 커요. 마이크, 저 잠깐 어디 좀 갔다 올게요. 오래 걸리지는 않을 거예요."

자리에서 일어나는 코니의 손을 살짝 잡아 주고 주노가 있는 곳으로 갔다. 나를 보더니 햇살 같은 미소를 지었다. 몸속에서 희한한 느낌이 일어났다.

주노가 내민 손을 잡자 그녀가 말했다.

"마이크, 여기서 뭐하고 있는 거예요?"

주노가 나를 올림포스의 의자로 인도하고 내키지 않는 듯 내 손을 놓았다. 안톤 립섹뿐 아니라 더 많은 사람들이 내게 보내는 질투의 시선을 느꼈다.

"마이크, 당신을 보면 유혹하고 싶은 기분이 든다니까요."

안톤이 "오, 그래?"라고 말하며 수염을 움직였다. 눈치가 빠른 녀석이었다.

주노가 그곳에 모인 사람들을 둘러보며 말을 계속했다.

"남자가 많긴 해도 진짜 남자는 별로 없네요. 마이크 당신은 무척 매력 있어요."

그건 주노도 마찬가지였다. 다른 여자보다 옷을 좀 많이 입었다고 할 수도 있겠지만 지금 그대로도 적당하게 느껴졌다. 목까지 올라오는 검은색 드레스의 소매는 장갑까지 내려와 있었다. 넓은 어깨부터 선을 그리면서 내려온 몸매가 가느다란 허리로 이어져 조명 불빛을 받아 반짝이는 몸에 딱 달라붙는 실크 드레스에 감추어져 있었다. 드레스 아래로 가슴이 봉긋하게 솟아 숨을 쉴 때마다 부드럽게 움직이고 있었다.

"좀 마실래요?"

나는 고개를 끄덕였다. 주노가 입을 열어 목소리를 내자 바텐더도 얼굴에 활기를 띠는 듯하더니 내 앞에 하이볼을 내놓았다. 안톤도 함께 건배를 하더니 일어나서 룰렛장으로 갔다. 나는 의자를 이리저리 빙빙 돌리며 주노의 주의를 독차지하려 했다.

내 바람대로 되는 것 같았다. 주노는 권총 구멍이 나 있는 거울에 비친 내 모습을 보며 미소를 짓고 있었다.

"실은 탐정님께 전해 드릴 뉴스가 있어요. 말 안 하고 간직하고 있어야 내일 다시 볼 수 있겠지만."

술잔을 잡고 있는 내 손에 힘이 들어갔다. 거울에 난 권총 구멍이 시야를 가려서 고개를 돌려 주노를 직접 바라보았다.

"그 여자 말씀이신가요?"

"네. 그 애를 찾았어요."

내장이 쪼그라들어서 밖으로 꺼냈으면 좋겠다는 느낌을 받아 본 적이 있는가? 내가 그랬다.

"말씀해 보세요."

"이름은 메리온 레스터예요. 물론 직접 만나보고 싶으시겠죠. 주소는 채드윅 호텔이에요. 오늘 오후에 불러서 얘기해 본 애들 중 세 번째였는데, 내가 사건에 대해 전부 들려줬더니 좀 겁을 먹은 것 같긴 해도 무슨 일이 있었는지 순순히 털어놓더라고요."

"좋습니다. 좋아요. 무슨 말을 하던가요?"

재빨리 잔을 비우고 빈 잔을 테이블 반대쪽으로 밀어 놓았다.

"사실 별로 한 말은 없어요. 탐정님 친구 분께서 그 애를 택시에 태워서 집까지 데려다준 건 맞대요. 2층까지 업고 올라가서 옷도 입고 신발도 신은 채 그대로 침대에 눕혀 놓았대요. 진짜 신사다웠다고 하더군요."

"젠장! 미치겠군."

주노의 손이 내 손을 잡았고 미소 짓던 표정은 몹시 걱정스러운 표정으로 바뀌었다.

"그러지 말아요. 그렇게 나쁜 건 아니잖아요. 별일 없었다니 다행 아닌가요?"

속에서 화가 치밀어 올랐다. 상스러운 욕이라도 해야 직성이 풀릴 것만 같았다.

"그러네요. 다만 이제 처음부터 다시 생각해야 한다는 게 문제죠. 어쨌든 고맙습니다."

주노가 내 쪽으로 가까이 다가오자 머리에 향수 냄새가 들어차면서 아찔한 기분이 들었다. 주노의 눈은 회색이었다. 짙은 회색 눈이었다. 깊고 연민 어린 눈이었다. 눈만으로도 말을 할 수 있을 것 같은 눈이었다.

"그래도 내일 오실 거죠?"

못 간다고 말할 수도 있었다. 하지만 그러고 싶지 않았다. 고개를 끄덕이는 순간 입에서 나도 모르게 상소리가 나왔다. 심지어 주먹을 꽉 쥐는 바람에 손가락 관절의 찢어진 피부가 쓰라릴 정도였다.

"네. 가겠습니다."

그렇게 말하는 순간 다시 그 희한한 느낌이 느껴졌다. 그게 무엇인지는 알 수가 없었다. 젠장, 도무지 모르겠군.

누가 손으로 어깨를 두드려서 돌아보니 코니였다.

"마이크, 나 취했어요. 안녕하세요, 주노 선생님."

올림포스가 또 한 번 새벽 햇빛 같은 미소를 지었다.

코니가 말했다.

"이제 집에 가도 돼요?"

의자에서 일어나 여신을 바라보았다. 이번에는 악수를 하지 않았다. 눈빛만 교환했다.

"잘 있어요, 주노."

"잘 가요, 마이크."

안톤 립섹이 돌아와서 우리 둘에게 고개를 끄덕였다. 나는 코니의 팔을 잡고 문으로 데려갔다. 조세프, 앤드류, 마틴, 호머, 레이몬드, 모두들 우리를 향해 같이 놀자고 소리를 지르다가 내 표정을 보더니 입을 다물었다. 그중 한 명이 중얼거렸다.

"저 자식 꽤 열 받았나 본데?"

한 대 맞아서 쭈그러든 것 같은 얼굴을 한 그 녀석은 아까 내가 있었던 그 자리에 앉아 있지 않았다. 나머지 두 녀석은 자리를 지키고 있었는데 거기서 뭘 하고 있는지는 뻔히 알 수 있었다. 나를 기다리고 있었던 거다. 키 크고 마른 녀석은 나와 서로 아는 사이였는데 입술을 적시고 있었다. 나머지 한 놈은 생판 모르는 얼굴이었다. 아마 스물두 살쯤 됐을 것 같았다.

다들 코니를 바라보며 저 여자를 여기서 어떻게 내보내야 자기들이 저지를 일을 목격하지 못하게 할까 궁리하는 눈치였다. 내가 아는 바보 녀석이 다시 입술을 적시더니 두 손을 비비며 말했다.

"기다리고 있었수다, 탐정님."

그러고는 슬슬 몸을 푸는 듯한 동작을 취했다. 벽에 기대고 있던 몸을 일으키더니 턱시도 상 아래에서 어깨를 으쓱거리며 덩치를 과시했다.

"그러니까 당신이 그 마이크 해머라는 분이십니까? 내가 보기엔 별거 아닌 것 같은데."

나도 코트 버튼을 풀었다. 빈 권총집에 들어 있던 곤봉이 정말 우스워 보였다. 녀석에게 한마디로 응수해 줬다.

"그야 알아볼 방법이 있지."

놈이 또 입술을 적시자 침이 턱으로 흘러내렸다. 코니가 나보다 앞서 걸어가서 문을 열었다. 두 녀석 옆을 지나치는데 둘 다 꼼짝도 하지 않았다. 잠시 후면 뼈도 못 추리게 될 것이다.

이 방에는 빈 테이블이라곤 하나도 없었다. 쇼는 끝났고 좁은 댄스 플로어는 발 디딜 틈 없이 꽉 차 있었다. 밤을 즐기는 관광객들은 제멋대로 활개를 치며 신나게 놀고 있었고 부끄러운 기색 따위는 전혀 없어 보였다. 사람들 물결 속에서 클라이드를 찾았다. 딩키 윌리암스라고 불리던 시절에 비하면 정말 몰라보게 달라졌다. 하지만 그는 보이지 않았다. 보관소에서 가방이랑 짐을 챙기고 동전함에 10센트 동전을 던져 넣었다. 코니가 욕을 해서 나도 따라서 욕을 했다.

이곳 바우어리 여관에서는 그런 욕을 해도 전혀 이상할 것이 없었다. 바에 앉아 있던 사람들 중에 우리가 하는 욕을 듣고 고개를 돌린 사람은 둘뿐이었다. 그중 하나가 클라이드였다. 그를 향해 엄지손가락을 들어 뒤로 나오라고 손짓하며 말했다.

"어이, 딩크! 같잖은 여자 하나 꿰차고 있군."

클라이드의 얼굴이 다시 일그러졌다.

사실 여자 얼굴은 보지도 않은 채 한 말이었다. 그 여자는 벨다였다.

5장

 사무실에 있는 큰 가죽 의자에 앉아 있는데 벨다가 열쇠로 자물쇠를 따고 들어왔다. 맞춤 정장을 입고 있었는데 그야말로 백만 달러짜리 여자처럼 보였다. 길고 검은 머리카락이 창문으로 들어온 아침 햇빛을 반사시키는 모습을 보는 순간, 이 세상 모든 아름다운 여자 중에서도 최고의 여자를 바로 내 등잔 밑에 두고 있었구나 하는 생각이 들었다.
 벨다도 나를 보더니 말했다.
 "여기 계실 줄 알았어요."
 목소리는 얼음 같았다. 핸드백을 책상 위에 던져 놓더니 전에 내가 쓰던 의자에 앉았다. 그래, 이제 여기 주인은 저 여자였지.
 "벨다, 당신 동작이 꽤 빠르군."
 "탐정님도 만만치 않아요."
 "어젯밤 내 옆에 있던 여자 얘기라면 나도 그건 인정하지."

"그래요. 다리품깨나 팔았겠어요. 아주 근사하던걸요. 딱 탐정님 타입이에요."

벨다를 보며 웃었다.

"이 일을 어쩌지? 나는 당신 옆에 있던 남자에 대해 좋은 말이 안 나올 것 같은데."

얼음 같던 벨다의 목소리가 부드럽게 녹아 내렸다.

"마이크, 난 질투가 많은 여자거든요."

몸을 많이 수그리지 않아도 벨다에게 금방 몸이 닿았다. 의자 다리에는 부드럽게 움직이는 바퀴가 달려 있었다. 손가락으로 벨다의 머리카락을 쓸어 넘기며 무슨 말인가를 하려다가 그만두었다. 대신 코끝에 키스를 해 주었다. 내 손목을 잡은 벨다의 손가락에 힘이 들어갔다. 눈을 반쯤 감고 있어서 내가 핸드백을 밀어 놓는 것도 보지 못했다. 안에 들어 있던 총의 무게 때문에 핸드백이 기울어지더니 바닥으로 떨어졌다.

이번에는 벨다의 입술이 내게 키스를 했다. 부드럽고 따뜻한 입술이었다. 가벼운 키스였지만 결코 잊지 못할 키스였다. 벨다를 두 팔에 넣고 그녀가 움직일 수 없을 때까지 꽉 끌어안고 싶은 기분이었다. 하지만 그렇게 하지 않았다. 벨다에게서 몸을 빼고 다시 의자에 앉자 그녀가 말했다.

"전에는 이런 적 없었잖아요. 날 다른 여자들과 똑같이 취급하지 마세요."

담배 한 개비를 더 꺼내 불을 붙이는데 손이 떨렸다.

"저더러 일하라고 하셨잖아요."

"그래. 어디 한번 얘기 좀 들어봅시다."

벨다가 나를 바라보며 자기 의자에 기대 앉아 말했다.

"휠러에게 관심을 집중하라고 하셨죠. 그래서 그렇게 했어요. 자세한 내용은 서류상에 거의 다 나와 있었고 여기에서는 더 알아낼 게 없더군요. 그래서 콜럼버스로 가는 첫 비행기를 타고 가서 휠러의 가족과 회사 동료들을 만나고는 그 다음 비행기로 다시 돌아왔어요."

벨다는 바닥에 떨어진 핸드백을 주워서 작은 검은색 메모장을 꺼내 표지를 넘기고 첫 페이지를 폈다.

"여기 있는 게 제가 알아낸 것 중 가장 핵심적인 내용이에요. 모두들 체스터 휠러 씨가 부지런하고 양심적인 남편이자 아버지이자 사업가였다는 걸 인정하더군요. 가정 불화도 전혀 없었대요. 멀리 출장 나갈 때마다 집에 자주 편지를 쓰거나 전화를 했고요. 이번에도 그림엽서 두 장, 편지 한 통, 전화 한 통을 했더군요. 뉴욕에 도착하자마자 전화해서 일정이 순조롭게 돌아가고 있다고 말했대요. 아들에게 따로 엽서 한 장을 보냈는데 그림 없는 관제엽서였다는군요. 그 다음 엽서는 바우어리 소인이 찍혀 있었고 바우어리 클럽이라는 곳에 간다는 말을 써놓았대요. 그러고 나서 아내에게 그냥 평범한 곳이더라는 편지를 썼어요. 스물두 살짜리 딸에게 보내는 추신란에 뉴욕에서 일하는 딸의 고등학교 동창을 만났다는 말도 썼고요. 그게 체스터 휠러 씨의 사망 소식을 전해 듣기 전에 마지막으로 휠러에게서 받은 소식이었다고 해요. 직장 동료들도 캐 보았지만 전혀 얻어낸 것이 없었어요. 사업은 순조로웠고 돈도 많이 벌었으니 걱정거리라곤 없었대요."

나는 부드러운 어조로 벨다에게 말했다.

"알아낸 게 없다고? 말도 안 돼."

내 머리는 팻과 나누었던 짧은 대화를 기억해 내고 있었다. 그때 팻은 에밀 페리라는 남자가 휠러의 사업이 망해 가서 휠러가 무척 우울해하고 있었다는 말을 했다는 얘기를 해 주었다.

"사업이 잘되고 있었다는 게 확실해?"

"네. 신용 평가도도 조사했는걸요."

"무슨 영문인지 모르겠군. 계속해 봐."

"제가 찾은 유일한 단서는 이 바우어리 클럽이라는 곳이었어요. 집에 와서 머리를 굴려 보고 그게 뭐하는 곳인지 알아냈죠. 이곳을 운영하는 주인은 탐정님도 아는 사람이었어요. 제가 연기를 좀 했더니 넘어가더군요. 쉽진 않았지만. 탐정님을 그다지 좋아하지 않는 것 같던데요?"

"그럴 만도 하지. 내 총에 맞은 적이 있거든."

"탐정님 나가시고 나서 5분도 안 있다가 잠깐 자리를 비우겠다고 하더니 뒷방으로 가더군요. 다시 자리로 돌아왔을 때는 뭔가 흡족한 듯한 표정이었어요. 손에는 피가 묻어 있었고요."

참으로 딩키다운 짓이다. 졸개 두어 명이 뒤를 보게 하고서 잘난 척 거드름을 피우며 주먹 쓰기를 좋아하는 녀석이니까.

"그게 다야?"

"그래요, 그리고 한 가지 더. 클라이드가 저를 다시 만나고 싶어하더군요."

갑자기 뒷목이 당기는 듯한 느낌이 들었다.

"그 망할 놈! 그딴 놈은 실컷 두들겨 패 줘야 하는데!"

벨다가 고개를 가로 저으며 웃었다.

"탐정님이야말로 질투 좀 하지 마세요. 어울리지도 않아요. 제가 클라이드를 만나는 게 중요한가요?"

나는 마지못해 인정했다.

"그래. 중요해."

"아직도 이게 살인 사건이라고 확신하세요?"

"갈수록 더 확신이 드는걸. 그것도 아주 대단한 살인 사건이야. 교묘하게 위장된 완전 범죄에 가까운 살인 사건."

"그럼 이제 제가 뭘 어떻게 해야 할까요?"

우선 생각을 좀 해 보고 나서 벨다를 바라보며 말했다.

"클라이드라는 놈을 잘 조종해 봐. 눈을 크게 뜨고 무슨 일이 벌어지는지 살펴보라고. 내가 벨다라면 그 탐정 면허증은 잘 숨겨 놓고 총도 집에 두고 다니겠어. 놈이 눈치를 채고 뭔가 감을 잡는 날엔 다 끝장이니까. 내 생각을 따라 준다면 놈과 이 사건 사이의 관계를 알아낼 수 있을 거야. 우선 휠러가 있지. 어쩌면 휠러는 그날 밤 모델을 데리고 나가서 바우어리 호텔로 갔다가 살인 사건과 관련된 어떤 일에 휘말렸을지도 몰라. 클라이드가 그 호텔에 오지 않았다면 그곳을 아예 고려 대상에서 제외할 수도 있겠지만 그냥 지나치기엔 아무래도 뭔가 있는 것 같단 말야. 한 가지 문제가 있긴 해. 주노가 그날 밤 휠러와 함께 파티장을 나갔던 여자 애를 찾았거든. 그런데 그 애 말이, 자기는 휠러와 함께 있었던 게 아니래!"

"하지만 마이크, 그렇다면……."

"그러면 다른 시간에 다른 여자와 갔을 거라고 추측해 볼 수도 있지. 젠장, 확실한 건 한 가지도 없군. 확인되지 않은 가설이 너무 많아. 그래도 최소한 뭔가 수사를 시작할 거리는 있으니 다행이지. 클라이드라는 인물을 오래 따라다녀 보면 뭔가 나올 거야."

벨다가 다리를 벌리고 두 팔을 쫙 펴며 일어서는 순간 스커트와 재킷이 터질 듯 팽팽하게 그녀의 몸에 착 달라붙었다. 벨다에게서 눈을 떼려고 일부러 고개를 숙여 성냥을 바라보았다. 클라이드 녀석, 크게 한번 당하고 말 것이다. 모자를 눌러쓰고 벨다가 나갈 수 있도록 문을 열어 주었다.

거리로 나와 벨다를 택시에 태우고 택시가 모퉁이를 돌아 시야에서 사라질 때까지 지켜보았다. 아직 아홉 시 반밖에 안 되어 가까운 공중전화 박스로 가서 전화기에 동전을 넣고 경찰서 본부 전화번호를 돌렸다. 팻은 출근했지만 자리를 비운 상태였다. 전화 교환원에게 30분 후 경찰서 옆 모퉁이의 스파게티 가게에서 기다리겠다는 메시지를 남기자 교환원이 알았다고 대답했다. 전화를 끊자마자 내 차를 찾아서 올라탔다. 무척 바쁜 하루가 될 것 같았다.

팻이 먼저 와서 반쯤 마신 커피 잔을 앞에 두고 나를 기다리고 있었다. 내가 들어오는 것을 보더니 웨이터를 불러 커피 한 잔을 추가로 주문하고 빵도 좀 시켰다. 의자에 털썩 주저앉으며 내가 말했다.

"안녕하십니까, 형사님. 경찰서 일은 다 잘 돌아가나요?"

"순조롭게 돌아가고 있지."

"이런, 그것 참 안됐군요."

팻이 마시던 커피 잔을 내려놓았다. 얼굴에는 아무 표정도 없었다.

"마이크, 괜히 일 벌이지 마."

팻의 말에 짐짓 화가 났다.

"누구? 나 말야? 내가 뭐 없는 일을 만들기라도 한다는 얘긴가?"

웨이터가 커피와 데니시 빵을 가져왔기에 나는 빵을 커피에 적셔 먹고 다시 말을 이었다. 팻이 궁금증을 견디다 못해 말했다.

"좋아. 어디 얘기나 해 봐."

"팻, 어리석게 굴지 않을 거지?"

팻의 얼굴은 여전히 굳어 있었다.

"들어나 보자니까······."

굳이 태연자약한 척 애쓸 것도 없이 마음에서 우러나오는 대로 이야기를 펼쳐 나갔다. 입에서 큰 소리가 나면서 얼굴이 찌푸려지는 것이 느껴졌다.

"팻, 너는 똑똑한 형사야. 그건 누구나 다 아는 사실이지. 특히 내가 잘 알고 있고 너 자신도 그걸 알고 있어. 그리고 넌 그것 말고 한 가지 다른 사실도 알고 있어. 바로 나도 너만큼이나 똑똑하다는 사실이지. 휠러는 살해당한 거라고 내가 말했을 때 넌 내 머리를 쓰다듬으며 행동 조심하라고 말했지? 하지만 팻, 다시 한 번 말하는데 휠러는 살해당한 거야. 너도 이 사실을 인정하고 내 수사를 돕든가, 그게 아니면 나 혼자라도 수사하겠어. 내가 언젠가는 탐정 면허증을 되찾을 거라고 한 말 기억하지? 반드시 그렇게 하고 말 거야. 그렇게 되면 널 비롯한 여러 사람들의 얼굴에 먹칠을 하게 될 텐데 난 그렇게 되기를 바라지 않아. 너도 알다시피 난 실없는 소리는 안 해. 벌써 생각이 대충 정리됐거든. 윤곽이 슬슬 잡혀 가고 있어. 아무래도 살인이라는 증거를 뒷받침하는 단서들이 나타나고 있단 말이야. 곧 살인범을 잡으면 어떤 검사님은 남몰래 눈물을 훔쳐야 하는 사태가 발생할 거라고."

그래서 팻더러 어쩌라는 말을 하고 있는 건지는 나 자신도 알 수가 없었다. 어쩌면 팻이 화를 버럭 내고 나와 친구 관계를 끊어 버릴 거라고 생각했는지도 모르겠다. 아무튼 팻이 냉정한 얼굴로 이런 대답을 할 줄은 전혀 예상 못 했다.

"마이크, 사실 난 벌써 오래전부터 네가 의심 가는 대로 수사를 진행하도록 내버려 두고 있었어. 나도 휠러가 살해당했다고 생각하거든."

팻은 내 표정을 보며 살짝 웃더니 계속 말을 이었다.

"뭔가 음모가 있는 것 같아. 어떤 소문이 검사 귀에 들어가서 검사가 조사를 해 보더니 시체 검시관과 함께 전문가 소견을 발표했어. 휠러의 죽음은 자살이 분명하다는 내용이었지. 그리고 내게는 이 사건에 대해 관심 끊고 다른 사건에나 주력하라는 명령이 하달되었고."

"그 자식이 이제 너마저도 별로 마음에 안 들어하는 모양이지?"

"쳇, 그런가 봐."

"그래서?"

"마이크, 네가 알고 있는 건 뭐야?"

"그냥 약간. 조금만 지나면 더 알게 되겠지. 감을 잡을 수 있을 만한 정보가 생기는 대로 너한테도 가르쳐 줄게. 그 검사가 지껄여 댄 말 때문에 네 명성에 손상이 가거나 하진 않았지?"

"명성이 올라가면 올라갔지 떨어지진 않았어."
"잘됐네. 오늘 밤에 전화해서 자세한 얘기를 해 줄게. 그동안 너는 레이니라는 전직 깡패의 행방을 좀 알아봐 줘."
"레이니라면 나도 아는 놈인데?"
"그래?"
"응. 얼마 전에 폭력 혐의로 잡아들인 적이 있었거든. 피해자가 결국 고소를 못하는 바람에 놈은 풀려났지. 자기는 분쟁을 조정했을 뿐이라고 진술서에 적어 놓고 나갔더라고."
"분쟁? 길거리 패싸움이었겠지."
"아마 그럴 거야. 돈이 많은 것 같은데도 바우어리 따위에 방을 얻고 살고 있어서 이상하다 생각했지."
"어디?"
내 눈이 빛나는 걸 보더니 팻의 표정이 심각해졌다.
"바우어리. 왜?"
"거 참 재미있네. 요즘 그 동네 얘길 많이 듣는군. 그놈에 대해 조사 좀 해 줄 수 있지?"
팻이 탁자에 담배를 톡톡 두들기며 물었다.
"이거 다 뭔가 확실한 게 있어서 알아보는 거 맞지?"
"당연하지. 난 절대로 물러서지 않을 거야. 그런데 한 가지 궁금한 게 있는데 어쩌다가 자살에서 타살로 생각을 바꾼 거지?"
팻이 이를 드러내며 웃더니 대답했다.
"너 때문이지. 네가 헛것을 쫓아다닐 사람은 아니잖아. 이번엔 흥분하지 않고 냉정하게 사건을 처리하겠다고 말은 했지만 어쩔 수가 없었어. 경찰서로 돌아왔는데 생전 처음으로 강도질을 해 본

도둑놈마냥 몸이 떨려서 지하실로 내려가 시체를 다시 한 번 살펴봤어. 전문가 두 명을 데리고 갔는데 그 사람들 말이 휠러 몸에 나 있는 자국을 보니 머리에 총을 맞기 전에 몸싸움이 있었던 것 같다고 그러더라."

"별로 대단한 싸움은 아니었을 거야. 휠러는 몸을 가늘 수 없을 정도로 취한 상태였으니까."

"그래. 대단한 건 아니었어. 그냥 몸에 흔적만 좀 남았더라고. 그건 그렇고 마이크, 복도에 있었던 총알이랑 탄피 말인데……. 네 짓이야?"

나는 짧은 쓴웃음을 짓고서 대답했다.

"아니라고 저번에도 말했잖아. 절대 아니야. 어떤 놈이 주머니에 구멍이라도 나서 흘렸나 보지."

팻이 곰곰이 생각해 보고 고개를 끄덕이더니 말했다.

"그 호텔을 다시 한 번 조사해 봐야겠어. 그렇다면 그 호텔 투숙객이나 방문객의 짓일 테니까. 그런데 어쩌자고 문도 안 잠그고 잔 거야?"

"잠근다고 살인범이 못 들어왔겠어? 아무리 요란법석을 떨어도 세상 모른 채 계속 잠만 자고 있었을 텐데 뭐. 총을 쏜 순간에도 소리가 무척 컸을 텐데 호텔 안에 있던 사람들도 못 들었잖아. 오래된 호텔이라 워낙 벽이 두꺼워서 방음벽 노릇을 톡톡히 해 준 거지."

팻이 계산서를 집어 들더니 그 위에 커피 값을 올려놓으며 말했다.

"그럼 오늘 밤에 연락할 거지?"

"물론이지. 나중에 또 보자고. 검사한테도 내 대신 안부 좀 전해 줘."

채드윅 호텔까지는 15분 정도 걸렸다. 밖에서 보기에만 그럴 듯할 뿐 내부는 로비조차도 볼품없는 호텔이었다. 데스크 안내원은 언뜻 보기에는 아줌마 타입이지만 일단 말을 들어보면 아줌마라는 생각이 들지 않는 여자였다. 메리언 레스터라는 사람을 만나고 싶다고 했더니 꼬치꼬치 캐묻거나 귀찮은 안내 멘트를 주절주절 늘어놓지도 않고 바로 대답해 주었다.

"312호실입니다. 계단 올라가실 때 살살 가세요. 삐걱거리거든요."

안내원이 시킨 대로 살살 올라갔지만 그래도 계단은 삐걱거렸다. 312호실의 문을 노크하고 인기척을 기다리다가 다시 노크했다. 세 번째 노크를 했을 때 바닥에 발을 질질 끌면서 문으로 다가오는 소리가 들리더니 문이 빠끔 열리고 커다란 파란 눈동자가 문틈으로 나를 내다보았다. 머리에는 헤어 롤을 말고 있었고 목까지 올라오는 몸에 딱 붙는 실크 란제리를 입고 있었다. 누구냐고 묻기 전에 먼저 선수를 치며 내 소개를 했다.

"안녕하십니까, 메리언 양. 주노 선생님께서 만나 보라고 하셔서 왔습니다."

그 큰 눈이 더 커지더니 문이 활짝 열렸다. 문을 닫고 들어가 신사처럼 모자를 벗었다. 메리언이 입술을 적시고 목청을 가다듬더니 말했다.

"저, 실은 지금 방금 일어났거든요."

"그래 보이네요. 잠을 잘 못 주무셨나요?"

"아뇨."

메리언이 좁은 복도를 지나 작은 거실로 나를 안내하더니 앉으라고 손짓을 했다. 내가 앉자 그녀가 말했다.

"아직 이른 시간이라서요. 괜찮으시면 옷 좀 걸치고 올게요."

내가 그러라고 하자 방으로 들어가 서랍이며 옷장 문을 열어 대는 소리가 들렸다. 메리언은 내가 아는 다른 여자들과는 달랐다. 5분 만에 그녀가 다시 돌아왔다. 이번에는 옷도 제대로 입고 머리에 달고 있던 헤어 롤도 풀어 놓은 상태였다. 약간 화장을 해서 눈도 아까처럼 커 보이지 않았다.

등받이가 반듯하게 달린 의자에 우아한 포즈로 앉더니 은상자에 담긴 담배를 꺼내려 손을 뻗으며 말했다.

"무슨 일로 저를 찾아오셨죠? 성함이……."

"마이크 해머입니다. 그냥 마이크라고 부르세요."

성냥불을 켜서 메리언 앞으로 내밀어 주며 물었다.

"주노 선생님께서 제 얘기를 하셨죠?"

메리언이 고개를 끄덕였다. 콧구멍으로 두 줄기 담배 연기가 뿜어져 나왔다. 목소리는 가늘게 떨리고 있었다. 그녀는 다시 한 번 입술을 적시더니 말했다.

"그래요. 마이크 선생님이 휠러 씨가 돌아가시던 날 밤에 같이 있었던 그분 맞죠?"

"맞습니다. 바로 제 코앞에서 일이 벌어졌는데도 너무 취한 나머지 세상 모르고 잠만 잤죠."

"죄송하지만 저는 별로 말씀드릴 만한 게 없는데요."

"그냥 그날 밤에 있었던 일만 얘기해 주시면 됩니다. 그거면 충분해요."

"주노 선생님께서 말씀하시지 않던가요?"

"예. 하지만 메리언 양에게서 직접 듣고 싶어서요."

메리언은 담배를 깊이 빨더니 재떨이에 담배꽁초를 비벼 끄고 대답했다.

"그분께서 저를 집에 데려다 주셨어요. 제가 술을 좀 과하게 마셨거든요. 어지럽더라고요. 휠러 씨가 저를 택시에 태우고 같이 오셨던 것 같아요. 정말이지 기억이 잘 나질 않아요……."

"계속하세요."

"필름이 끊겼던가 봐요. 그 다음으로 기억나는 건 아침에 깨 보니 옷도 다 그대로 입은 채 제 침대에 누워 있었던 것뿐이거든요. 숙취가 심했죠. 나중에 휠러 씨가 자살했다는 소식을 듣고서는 정말로 마음이 안 좋았어요."

"그게 다인가요?"

"그게 다예요."

정말 안됐다는 생각이 들었다. 메리언 같은 여자는 마음만 먹으면 얼마든지 남자를 즐겁게 해 줄 수 있는 여자였다. 진짜 안된 일이다. 메리언은 내 말을 기다리고 있었고, 아직 시간도 얼마 안 된 터라 이렇게 물었다.

"처음부터 한번 얘기해 주시죠. 그러니까 그날 밤 쇼에서 있었던 일부터요."

메리언이 손으로 머리를 쓸어 넘기더니 천장을 바라보며 말했다.

"캘웨이 상사에서 리브스 씨, 아니 주노 선생님을 통해 예약이 들어왔어요. 주노 선생님께서……."

"그런 세세한 일을 항상 주노 선생님께서 관리하십니까?"

"아뇨. 늘 그런 건 아니에요. 어떤 때는 안톤 선생님께서 하시기도 하죠. 아시겠지만 주노 선생님은 아주 중요한 분이시거든요. 모든 거래를 다 담당하시고 중요한 계약도 그분이 성사시키세요."

"왜 그런지 저도 알겠더군요."

내가 웃으며 맞장구를 쳐 주었다. 메리언도 따라 웃으며 말했다.

"이 도시에서는 아마 저희 에이전시가 제일 잘나갈 거예요. 모델들 월급도 많고 찾는 사람들도 많은데, 그게 다 주노 선생님을 통해서 들어오는 의뢰죠. 주노 선생님의 전화를 받는 건 대규모 영화사에서 전화를 받는 거나 마찬가지예요. 사실 모델 여럿을 바로 영화사로 진출시킨 적도 있고요."

"그렇겠네요. 그럼 그날 밤 쇼 얘기로 돌아가서……."

내가 재촉하자 메리언이 말을 이었다.

"네. 전화가 오자마자 주노 선생님이 저희들에게 통보를 해 주셨죠. 캘웨이 상사에 연락해서 쇼에 입고 나갈 옷과 치수를 맞추는 데 두 시간은 족히 걸렸어요. 매니저 한 분이 디너 파티장으로 데려다 주셔서 연설이니 뭐니 하는 걸 다 듣고 앉아 있다가 한 시간 전에 옷을 입으러 갔어요. 15분 정도 쇼가 진행된 다음 다시 평상복으로 갈아입고 파티 참석자들 사이에 끼었죠. 술이 나왔는데 제가 좀 과하게 마셨고요."

"휠러 씨는 어떻게 만난 거죠?"

"제가 파티장에서 나올 때였던 것 같아요. 엘리베이터 버튼을 제대로 못 누르고 있었거든요. 휠러 씨가 저와 함께 엘리베이터를 타고 1층까지 내려와서 택시에 태워 주셨어요. 그 다음은 아까 말씀드린 그대로고요."

결국 똑같은 이야기군. 아무 일도 없었다······.

의자에서 일어나 모자를 썼다.

"감사합니다. 별다른 정보는 없었지만 어쨌든 고마워요. 이제 다시 주무시러 가셔도 좋습니다."

"도움이 못 돼서 죄송해요."

"아뇨. 약간은 도움이 됐는걸요. 또 뵙게 될지도 모르겠습니다."

나보다 앞장서서 걸어가 현관문을 열어 주며 메리언이 대답했다.

"그러세요. 다음번에는 좀 더 제대로 된 분위기에서 이야기를 나눌 수 있었으면 좋겠네요."

간단하게 악수를 나누는데 메리언이 이마를 찌푸리며 말했다.

"주노 선생님께서 기자들 얘기를 하시던데······."

"일이 이 지경이니 아무 기사도 못 쓸 겁니다. 신경 쓰지 마세요."

"그럼 다행이네요. 안녕히 가세요."

"안녕히 계세요. 또 뵙죠."

차 운전석에 앉아 맞은편에서 달려오는 차량 행렬을 바라보며 인상을 찌푸렸다. 시작부터 엉망진창이더니 갈수록 일이 더 꼬이기만 하고 있었다. 살인이 괜히 일어나는 법은 없다. 이렇게 교묘하게 위장해서 단서 하나 나오지 않게 하는 치밀한 사건이라면 더더욱 그렇다.

아무튼 미칠 노릇이다. 도대체 어디에 단서가 있는 거지? 분명 어딘가에 있을 텐데! 돈일까? 아니면 복수? 애정? 어쩌다가 휠러처럼 착한 녀석이 죽어야 했을까? 클라이드처럼 못돼 먹은 녀석도 활개를 치고 다니는 마당에 왜 착한 놈만 죽어야 하는 거냐고!

브롱크스 주택가에 차를 세우면서도 머리는 계속 복잡하게 돌아가고 있었다. 진입로에 큰 승용차가 서 있었는데 문짝에 금색의 고대 영어 활자로 E.P.라는 이니셜이 새겨져 있었다. 시동 키에서 차 열쇠를 빼고 정원수 사이로 난 판석 길을 따라 집 쪽으로 갔다.

이번에는 제대로 노크를 했다.

검정과 하양이 섞인 유니폼 차림의 가정부가 문을 열더니 문손잡이를 잡고 서서 인사했다.

"안녕하세요? 무슨 일로 오셨죠?"

"페리 씨를 뵙고 싶습니다."

"페리 씨께서 방문객은 사절하겠다고 하셨습니다. 죄송합니다."

"당장 페리 씨한테 가서 만나야만 할 사람이 왔다고 전하시죠. 해머 씨가 와 있는데 만나지 않으면 레이니라는 사람한테 당한 것 이상으로 심하게 당하게 해 주겠다고 그러더라고 하세요."

나는 문을 닫지 못하게 막고 서 있었다. 내 표정을 본 가정부는 감히 나를 말리지도 못했다. 내가 다시 말했다.

"어서 가서 그렇게 전하세요."

얼마 안 있어 가정부가 돌아오더니 말했다.

"페리 씨께서 서재에서 기다리고 계십니다."

가정부는 복도 끝 방을 가리키더니 도무지 무슨 영문인지 모르겠다는 표정으로 멀뚱멀뚱 서 있었다.

페리는 겁쟁이 뚱보였다. 정말로 겁에 잔뜩 질려 있었다. 책상 뒤 커다란 가죽 의자를 차지하고 앉아서 온몸을 바들바들 떨고 있었다. 책 한 권이 펼쳐진 채 책상 위에 엎어져 있고 재떨이에 담배가 타고 있는 걸로 봐서 방금 전까지만 해도 평화로운 한때를 즐기고 있었던 것 같았다.

모자를 벗어 책상 위에 던져 놓고 잡동사니를 좀 치운 다음 모서리에 걸터앉으며 내가 말했다.

"페리, 당신 순 거짓말쟁이더군."

페리가 입을 떡 벌리더니 턱을 덜덜 떨기 시작했다. 짧고 뚱뚱한 손가락으로 마치 즙이라도 짜 내려는 듯 의자 팔걸이를 꽉 쥐고서 잘 들리지도 않는 목소리로 말했다.

"네가 어떻게 감히 내 집에서……. 네가 어떻게 감히!"

담뱃갑에서 담배 한 개비를 꺼내 입에 물었다. 성냥이 없어서 페리의 담배로 불을 붙여 물었다.

"레이니가 뭐라고 했지? 한 대 때려 주겠다고 협박이라도 했나?"

나는 담배 연기 사이로 페리를 바라보며 말을 이었다.

"아니면 등 뒤에서 한 방 쏴 주겠대?"

페리의 시선이 창문에서 문으로 옮겨 갔다.

"무슨 말을 하는 건지……."

내가 말을 끊었다.

"레이니라는 건달 녀석 얘기잖아. 그놈이 어떻게 하겠다고 했느냐고."

페리의 목소리가 떨렸고 얼굴에는 병색마저 감돌았다.

"한 번만 더 물을 테니까 대답해. 레이니가 너한테 해 줄 수 있는 일이라면 난 더 잘할 수 있다고 얘기한 거 들었지? 내가 훨씬 더 확실하게 손봐 줄 수 있다고. 더 아픈 부위에 총알을 박아 주고 수고비까지 청구할 거야. 지금 난 네가 아는 사람 얘기를 하자는 것뿐이라고. 이름은 휠러, 체스터 휠러지. 호텔 방에서 시체로 발견됐는데 자살로 판명 난 상태야. 휠러가 사업이 안 돼서 의기소침해하고 있었다고 네가 경찰한테 진술했다면서?"

에밀 페리는 불쌍하게 고개를 끄덕이더니 혀로 입술을 축였다. 몸을 앞으로 숙여 페리의 얼굴 가까이에 대고 쏘아 붙였다.

"넌 아주 못돼먹은 거짓말쟁이야. 휠러의 사업에는 아무 문제도 없었어. 네가 꾸며낸 얘기지?"

페리는 고개를 저으려고 했다. 눈에는 공포가 어려 있었다.

"휠러한테 무슨 일이 있었는지 알아?"

나는 페리의 바로 코앞에 붙어 서서 다그쳐 물었다.

"휠러는 살해당했어. 넌 뭔가 알고 있지? 내가 네 뒤를 캐고 있는 걸 살인범이 알면 너도 똑같은 신세가 될걸? 네가 입 다물고 있다고 살인범이 널 신용해 줄 것도 아니고, 너도 창자에 총알이나 맞게 될 거라고."

페리의 눈이 휘둥그레졌다. 숨을 참고 있다가 턱을 떨더니 뺨이 하얘지면서 기절했다. 책상 모서리에 앉아 담배를 마저 다 태우며 페리가 정신을 차리기만 기다렸다.

5분 쯤 있으니 페리가 일어나 석고 덩어리마냥 의자에 앉았다. 양복 입은 석고 덩어리였다.

페리는 눈을 뜨더니 책상 위의 물병으로 손을 뻗었다. 내가 얼음물 한 잔을 따라 페리에게 건네주었다. 꼴깍꼴깍 소리를 내며 잘도 마셔 댔다.

차분한 목소리로 내가 말했다.

"휠러가 누군지 알지도 못하지?"

나는 페리의 표정에서 대답을 읽을 수 있었다.

"얘기 좀 할까?"

페리는 싫다는 뜻으로 간신히 고개만 저었다. 나는 일어나서 모자를 썼고 문을 닫고 나가기 전에 뒤를 돌아보며 말했다.

"시민 노릇을 하려면 제대로 해야지……. 경찰은 네 말을 믿잖아. 내가 어떻게 할 참인지 알아? 나가서 레이니가 너한테 어떻게 하기로 약속했는지 알아내서 나도 그대로 너한테 해 줄 생각이야."

페리의 얼굴이 파랗게 질리더니 내가 문을 닫기도 전에 쓰러졌다. 망할 녀석, 이번에는 제 손으로 알아서 냉수를 마시든지 하겠지.

6장

하늘에 먹구름이 가득 끼었다. 도로를 달리는 차 지붕 위에 모자처럼 눈이 쌓였다. 모퉁이 식당에 들어가 추위를 달래려고 커피 두 잔을 마신 다음 다시 차를 타고 시내를 가로질러 내 아파트로 가서 코트와 장갑을 챙겼다. 거리로 나와 보니 회색 눈송이가 빌딩 숲 사이를 45도 각도로 뚫고 도로 위에 내려앉고 있었다.

열두 시 십오 분쯤 주차장을 찾아 차를 세우고 호텔 방을 잡았다. 열쇠를 받자마자 택시를 잡아타고 33번가에 있는 안톤 립섹 에이전시로 갔다.

이번에는 안내 데스크의 예쁘고 새침한 아가씨가 지난번처럼 이것저것 따져 묻지 않았다. 리브스 양을 부탁한다고 말했더니 바로 인터폰으로 연락해 주었다. 수화기 저편에서 들려오는 낮고 풍부한 목소리에는 반가운 기색이 어려 있었다. 리브스 양께서 나를 기다리신다는 설명을 굳이 들을 필요도 없었다.

주노는 올림포스의 신들이 보기에도 자랑스러워할 만한 여자였다. 긴 소매 드레스를 입고 나를 맞이하러 걸어오는 모습은 완벽 그 자체였다. 어쩜 그렇게 옷을 잘 입는지! 몸을 전부 가리면서 보는 이로 하여금 상상의 나래를 펴게 만들고 있었다. 얼굴과 손만 샘플처럼 내밀고 있었지만, 그 샘플만으로도 눈으로 그녀의 옷을 벗겨 내고 따뜻한 여신의 피부를 느끼게 만들기에 충분했다. 걸음걸이는 경쾌한 노랫소리 같았고 악수를 나누는 눈동자 속에는 악마가 들어가 있는 듯 짧은 눈빛의 스침만으로도 전율이 등골을 타고 흘렀다.

"이렇게 와 주셔서 반가워요."

"온다고 했으니 와야죠."

드레스 버튼이 목까지 채워져 있었고 액세서리는 펜던트 하나만 걸고 있었다. 햇빛을 받은 펜던트가 초록색 광채를 내는 순간 입에서 휘파람이 나왔다. 분명히 어마어마한 가격의 에메랄드인 것 같았다.

"마음에 드세요?"

"대단한 보석이네요."

"전 예쁜 걸 좋아하거든요."

"그러세요? 저도 그런데."

고개를 돌린 주노의 얼굴에 기쁜 미소가 잠시 떠올랐다가 사라졌다. 주노의 눈동자 속 악마도 함께 기쁜 웃음을 지었고 주노는 다시 자기 책상으로 갔다.

바로 그 순간 창문에서 들어온 회색 햇빛이 주노의 머릿결 속으로 스며들어 금빛으로 빛났고, 그 모습을 보는 내 심장이 어찌나 세차게 뛰는지 곧 몸밖으로 튀어나올 것만 같았다.
　입에서 쓴맛이 났다.
　창자가 조여 오는 것 같더니 그 망할 놈의 음악 소리가 머리에서 다시 울려왔다. 등뼈를 간질이던 그 기묘한 느낌이 무엇인지 이제야 알 것 같았다. 이제서야 주노의 어떤 점이 내가 자꾸 주노를 향해 손을 뻗어 그녀를 잡고 싶게 만드는지 알 것 같았다.
　주노를 보면 자꾸 다른 여자 생각이 났다.
　아주 오래전에 만났던 그 여자.
　머릿속에서 깨끗이 지워 버리고 미움조차 잊은 줄만 알았던 그 여자……. 그녀도 눈부신 금발 머리를 하고 있었다. 이미 죽은 여자, 내 손으로 죽인 여자였다. 죽여야만 했던 여자, 죽지 않으려고 발버둥쳤던 여자…….
　손을 내려다보니 핏줄이 선 채 격렬하게 떨고 있었다.
　"마이크?"
　목소리는 그녀와 달랐다. 주노의 목소리임을 확인하자 손의 떨림이 멈췄다. 그녀의 머릿결에서 반짝이던 금빛도 사라지고 없었다.
　주노가 자신의 코트를 가져와 내게 들게 한 후 소매에 팔을 넣었다. 그녀의 모자에 달린 밍크 털과 코트가 세트를 이루었다.
　"점심 먹으러 갈 거죠?"
　"일 때문에 온 것도 아닌걸요."
　내 말에 소리 내어 웃더니 내게 기대 서서 장갑을 꼈다.
　"그런데 마이크, 좀 아까는 무슨 생각을 한 거예요?"
　나는 얼굴을 돌리며 대답했다.

"아무것도 아닙니다."

"솔직하지 못하시네요."

"그러게요. 저도 압니다."

주노가 고개를 돌려 어깨 너머로 간청하는 눈빛을 보내며 물었다.

"저 때문에 그러신 건…… 아니죠?"

억지로 미소를 보이며 대답했다.

"당신 때문이 아닙니다. 잠깐 하면 안 될 생각을 했던 것뿐이에요."

"다행이네요. 그렇다면 뭐 안 좋은 생각을 하셨던 모양인데, 저 때문에 기분 나빠하시는 건 싫거든요."

주노가 마치 소녀처럼 내 손을 잡더니 방 한 편에 있는 문으로 끌고 가서 말했다.

"사무실 사람들 다 있는 데서 탐정님을 만나기는 싫어요."

복도 끝으로 가서 엘리베이터 버튼을 눌렀다. 엘리베이터를 기다리는 사이 내 시선이 자기에게서 떠나지 못하고 있음을 느낀 주노가 내 팔을 자기 팔 안에 감싸 안고 꼭 끌어당겼다. 밍크코트를 입은 여신 주노는 실제 그리스 신화 속 여신보다 더 아름다웠다.

그때 주노의 머리카락에 아까 보았던 그 황금색이 다시 빛나는 것을 보았다. 머릿속은 활활 타오르고 가슴은 고통으로 요동치는 순간, 샬럿의 이름이 나도 모르게 입술 사이로 새어 나오려는 것을 느꼈다. 하느님! 옛 추억을 떠올린다는 게 이런 것입니까? 사랑했지만 내 손으로 지옥에 보내야 했던 여자를 기억한다는 게 이런 것이었나요? 주노에게서 눈을 떼고 벽에 붙은 버튼을 계속 눌러 대는 사이 문 너머로 금속성 소리가 나면서 엘리베이터가 도착했다.

엘리베이터가 멈춰 서자 안에 있던 안내원이 점잖게 고개를 끄덕이고 나지막한 목소리로 인사말을 건넸다. 안에 있던 두 남자가 주노를 보더니 질투 어린 눈길로 나를 노려보았다. 누구나 주노를 보면 저런 식으로 반응을 하는 것 같았다.

거리는 카펫처럼 깔린 흰 눈이 바람에 물결치고 있었다. 코트 깃을 세우고 택시를 잡으려고 내다보는데 주노가 말했다.

"택시 잡을 필요 없어요. 저 모퉁이에 제 차가 있거든요."

그러곤 코트 주머니를 뒤지더니 열쇠 두 개가 걸려 있는 금으로 된 열쇠고리를 꺼내며 말했다.

"이거 받으시고 운전 좀 해 주세요."

주노와 나는 머리를 수그린 채 다리를 때리는 세찬 바람을 맞으며 걸었다. 주노가 가리킨 차는 쇼 케이스에 진열된 전시용 차처럼 완벽하게 손질이 되어 있는 신형 캐디 컨버터블이었다. 주노를 위해 차 문을 열어 주고 나는 반대편 운전석으로 갔다. 이렇게 잘 관리한 좋은 차는 마치 살아 있는 생명체 같은 느낌을 준다.

부르릉 시동이 걸리자 차가 출발하고 싶어서 안달하는 것 같다는 느낌이 들었다.

"분부만 내리십시오. 어디로 모실까요?"

"몇 달 전에 시내에서 발견한 곳이 있거든요. 제대로 음미해 보면 그 맛이 가히 세계 최고라고 할 만한 스테이크가 나오더라고요. 세상에 호기심 많은 사람들은 다 와 보는 곳 같아요. 모두 멋진 사람들이더라고요."

"멋지다뇨?"

주노가 낮은 소리로 재미있다는 듯 웃으며 대답했다.

"단어를 잘못 선택했네요. 거기 있는 사람들은, 뭐랄까……. 하여튼 굉장히 특이한 사람들이에요. 정말이지 그런 곳은 본 적이 없어요. 하지만 음식 맛은 진짜 좋아요. 가 보시면 아실 거예요. 브로드웨이까지 가 주시면 거기서부터는 제가 길 안내를 할게요."

나는 고개를 끄덕이고 피아노 메트로놈처럼 차 앞 유리 와이퍼를 좌우로 작동시킨 채 스템 가까지 차를 몰았다. 눈이 골칫거리였지만 그래도 덕분에 도로 통행량이 좀 줄어든 듯해서 몇 분 만에 시내로 진입했다. 주노가 의자에서 몸을 앞으로 빼고 유리창 너머로 길거리를 유심히 살펴보았다. 우리가 어디로 가고 있는지 주노가 알 수 있도록 차의 속력을 줄였다.

"마이크, 다음 골목이에요. 저기 모퉁이에서 오른쪽으로 돌면 나오는 작은 식당이거든요."

주노를 보고 웃으며 말했다.

"우리 지금 뭐하고 있는 건데요? 동네 순례라도 하는 겁니까?"

"무슨 말씀이세요? 그런 거 아녜요. 맛 집 기행이라면 또 모를까."

차를 세울 때 그녀의 눈이 반짝 빛났다. 내가 재미있다는 듯이 웃자 그녀가 말했다.

"탐정님은 뭐든 다 알고 있는 사람 같아요. 표정을 보니까 여기도 와 보신 적이 있는 것 같은데요?"

"한 번 와 봤죠. 옛날엔 동성애자들이 많이 오는 곳이었는데 그때도 음식 맛은 좋았어요. 주노 양께서 여기에 멋진 사람들이 많더라고 한 것도 그러고 보니 당연한 말씀이네요."

"마이크! 정말이에요?"

"아가씨, 세상을 더 살아 보셔야겠어요. 너무 고상한 세계에서만 사신 것 같네요. 내가 여기 있는 걸 누가 보기라도 하면 아마 나한테 휘파람을 불어 댈걸요? 물론 들어갔을 때의 얘기지만."

내 말에 주노는 무슨 뜻인지 모르겠다는 표정을 지었다. 내가 좀 더 자세하게 설명해 주었다.

"지난번에는 쫓겨났거든요. 쫓아내려고 했다는 게 더 맞는 말인가? 저쪽에서 자꾸 사람들을 더 불러오는 바람에 결국에는 그냥 내 발로 자진해서 걸어 나올 수밖에 없었죠. 치사하게 무슨 여자들 싸움마냥 머리카락까지 잡아 뽑지 뭡니까? 아주 좋은 사람들이었어요."

주노가 웃음을 참으려 입술을 깨물고 있다가 말했다.

"그런 줄도 모르고 나는 친구들한테 여기 스테이크가 얼마나 맛있는지 모른다고 떠들고 다녔군요! 생각해 보니 친구 중 몇 명은 제가 이 식당 얘기를 자꾸 하니까 난처해했던 것 같네요."

"뭐, 그 사람들도 다 나름대로 재미있어했을걸요? 그럼 들어가서 제3의 성을 가진 사람들은 어떻게 사는지 한번 보죠."

주노는 머리에 묻은 눈을 털어 내고 내가 열어 준 문 안으로 들어갔다. 모자 보관소로 가려고 바를 지나치는 사이 의자에 줄지어 앉아 있는 녀석들을 재빨리 훑어보았다. 거울 속에서 눈길이 마주친 놈이 다섯 정도 있었지만 내가 이내 피했다. 바 끝에 있던 어떤 놈이 너무 많이 취해서 정신을 잃은 다른 남자에게 수작을 걸려 하고 있었다. 그 취한 남자가 나를 보고 씩 웃더니 몸의 중심을 잃

복수는 나의 것 117

고 고꾸라질 듯 휘청댔다. 바텐더도 있었는데 내가 여자와 함께 온 것을 보고 꽤나 당혹스러워하는 눈치였다.

모자 보관소에 있던 여자는 남자가 될 수만 있다면 콧수염이라도 기를 것 같은 여자였다. 그 여자는 나를 차갑게 쏘아보더니 주노를 향해 미소를 지으며 천천히 훑어보았다. 여자가 돌아서서 코트를 걸러 가 버리자 그제야 주노가 얼굴이 빨개져서 나를 바라보았다. 웃음이 나왔다.

"이제 여기가 어떤 곳인지 알겠죠?"

주노가 손으로 입을 가리고 웃었다.

"마이크, 내가 바보였어요! 지난번에는 그냥 친절한 사람들이라고만 생각했지 뭐예요."

"그야 물론 친절하죠. 주노 당신에게야……. 하지만 나한테 쌀쌀맞게 대하는 거 봤죠? 내가 원래 보통 여자들하고는 꽤 잘 지내는 편인데 말입니다."

길고 좁다란 식당 양옆으로 내실이 늘어서 있고 가운데에는 테이블 몇 개가 놓여 있었다. 테이블에는 아무도 없었지만 내실은 절반 이상이 동성애 커플로 채워져 있었다. 머리를 말아서 목 근처에 늘어뜨린 웨이터가 다가와 우리 앞에서 무도회식 절을 하더니 맨 끝에 있는 내실로 안내했다.

스테이크를 먹기 전에 칵테일을 먼저 가져다 달라고 주문했다. 웨이터는 다시 그 무도회식 절을 한 번 더 했는데 그 태도가 어찌나 나긋나긋하던지 키스를 받는 것 같은 느낌이었다. 주노가 보석 달린 담배 상자에서 킹 사이즈 담배 한 개비를 꺼내며 내게 말했다.

"저 웨이터, 당신이 마음에 드나 봐요. 한 대 피울래요?"

고개를 젓고 내 구겨진 담뱃갑 안에 딱 두 대 남은 담배 중 하나를 꺼냈다. 내실 밖의 바에 있던 어떤 사람이 주크박스에 동전을 넣고 별로 시끄럽지 않은 곡을 틀었다. 저음의 색소폰 음이 감미로운 선율을 전해 주는, 이야기를 멈추고 멜로디에 취해 조용히 앉아 있고 싶게 만드는, 그런 근사한 노래였다. 노래를 듣는 사이 칵테일이 나왔고 주노와 나는 한 잔씩 집어 들었다.

"마이크, 우리 건배해요."

유리잔 너머로 주노의 눈이 나를 향해 빛나고 있었다.

"아름다움과 올림포스의 신전과 비천한 사람들과 함께 이 세상에서 숨쉬는 여신인 당신을 위하여!"

"비천하지만 멋진 사람들을 위하여!"

주노가 덧붙였다.

그리고 잔을 비웠다.

칵테일을 몇 잔 더 마셨고 그때마다 계속 건배를 했다. 스테이크가 나왔는데 주노 말마따나 세계 최고의 맛이었다. 기분 좋은 포만감에 휩싸여 공중으로 담배 연기를 내뿜으면서 세상에 살아 있어 행복하다는 생각을 할 수 있는 순간이었다.

"마이크, 무슨 생각해요?"

"살아 있는 게 얼마나 좋은 건가 하는 생각을 하고 있었습니다. 여기 오지 말걸 그랬나 봐요. 일 생각이 싹 달아나네요."

주노가 얼굴을 찡그렸다.

"아직도 친구 분이 죽은 이유가 뭔지 생각하고 있는 건가요?"

"네. 실은 그 메리언이라는 아가씨를 만나 봤거든요. 주노 양

말대로 별로 알아낼 것이 없더군요. 그래도 노력은 계속해야겠죠. 포기하기엔 아직 이르니까."
 "뭘 포기하기엔 아직 이르다는 거죠?"
 "제 탐정 면허증을 포기할 수 없다고요. 탐정 때려치우고 슈퍼마켓에 취직하긴 싫거든요."
 주노는 내가 무슨 소릴 하는 건지 도통 모르겠다는 표정이었다. 나는 그냥 미소만 짓고 있다가 이내 웃음을 터뜨렸다. 지금 이렇게 즐거워할 만한 처지가 못 되긴 하지만 언젠가 서광이 비치고 문제 해결의 답이 나타나리라는 근거 없는 확신이 들었다.
 "뭣 때문에 웃으세요? 절 비웃으시는 건가요?"
 "그럴 리가요. 제가 어떻게 감히 주노 양을 비웃겠습니까?"
 주노가 나를 향해 혀를 날름 내밀었다.
 "그냥 인생 돌아가는 게 재미있어서 웃었어요. 인생이라는 게 한없이 어려운 것 같다가도 어느 순간 아주 쉬워지기도 하잖아요. 바우어리에서 봤던 등판을 다 드러낸 야한 옷을 입은 아가씨들 말인데요······. 당신은 뭔가 알고 있죠? 거기서 당신을 만날 거라곤 생각 못 했는데······."
 주노는 우아한 포즈로 어깨를 으쓱하고서 말했다.
 "뭐 안 될 거 있나요? 그런 곳에 가면 좋은 계약도 많이 따 낼 수 있거든요."
 "하긴, 그 바닥을 주름 잡고 계시는 분이니까······."
 내 말에 기분이 좋았는지 주노가 고개를 끄덕이며 말했다.
 "저절로 그렇게 된 건 아니에요. 사무실 안팎에서 정말 열심히 일했기 때문이죠. 저희 회사는 최고의 고객만 상대하고 모델도 최상급만 선발해요. 안톤만 해도 개인적으로 잘 알려진 사람은 아니지만, 그건 그 사람이 자기 사진을 남들에게 광고해서 인정받으려는 성격이 아니기 때문일 뿐이에요. 그 사람 작품만큼은 다른 어느 사진작가도 따라올 수 없을 만큼 훌륭하거든요. 그 사람이 자기 일에 얼마나 열심인지는 직접 보셔서 잘 알고 계시겠지만요."

"그런 일이라면 저라도 열심히 하고 싶겠던데요?"

주노가 또 한 번 혀를 날름 내밀고 말했다.

"어련하시겠어요. 아마 사진은 한 장도 안 찍고 다른 일에만 열심이시겠죠."

"분명히 아주 열심일 겁니다."

"그러다간 회사 운영 윤리에 저촉되는 사태가 발생하겠네요."

"미치겠군! 불쌍한 사진사 좀 어여삐 여겨 주십시오. 사실 고생은 사진사가 하고 재미는 모델 아가씨가 보는 거 아닙니까?"

여기까지 말한 다음 담배를 입에 물고 곁눈으로 주노를 힐끗 보며 말했다.

"그 클라이드라는 사람 사업 한번 거창하게 하던데요?"

그의 이름을 언급하자 주노의 눈썹이 치켜올라 갔다.

"그 사람 아세요?"

"그럼요. 아주 오래전부터 알았죠. 언제 기회가 되면 그 사람한테 제 얘기 한번 물어보세요."

"별로 친한 사이는 아니지만 기회가 생기면 물어볼게요. 그 사람, 지하 조직에 들어가면 딱 어울릴 사람 같지 않아요?"

"영화 속에서 튀어나온 사람 같죠. 그 클럽은 언제부터 운영한 건지 아십니까?"

주노가 생각을 해 보느라고 집게손가락으로 자기 볼을 톡톡 두드리며 대답했다.

"아마 6개월쯤 됐을 거예요. 도매가로 모델 사진을 잔뜩 사러 저희 회사에 왔던 게 그때쯤이었거든요. 모델 애들더러 사진에다 사인을 해 달라더니 클럽 개업식에 애들을 초대했어요. 물론 비밀리에 이뤄진 일이었죠. 저는 나중에 애들이 클럽 얘기를 하도 해서 가 보았고요. 알고 보니 시내에 있는 모델 에이전시마다 전부 다니면서 똑같이 초대를 했더라고요."

"그 녀석이 머리는 좀 있네요. 당신 사진을 벽에 걸어 놓으면 그림이 좀 될 테니까. 사실 모델 여자 애들을 노리갯감으로 이용해 먹고 있는 건데 본인들은 그것도 모르고 있을 테고요. 그렇게 차려 놓으면 사람들이 돈을 다발로 싸들고 와서 뿌려 댈 거라는 걸 용케도 생각해 냈네요. 도박까지 즐길 수 있다는 소문이 퍼지면서 사업은 더욱 번창했을 거고요. 이제는 관광객까지 끌어들이고 있다죠? 사람들은 아주 재미있는 곳이라면서 좋아하겠죠. 클럽을 어슬렁대며 돌아다니다가 벽에 붙은 모델 사진을 오려 내서 재미 삼아 보라고 고향집에 보내기도 하고 말입니다."

주노가 찡그린 얼굴로 나를 보았다. 내가 말했다.

"그런데 누가 그놈에게 돈을 대 주는지 그게 궁금하단 말입니다."

"그놈이라뇨?"

"클라이드 말입니다. 그런 곳을 운영하려면 든든한 물주가 있어야 할 것 아닙니까. 클라이드는 누군가 영향력 있는 인물에게 이익의 상당 부분을 떼어 주고 있는 게 분명해요. 그렇지 않으면 개업식 첫날부터 경찰이 들이닥쳤을 테니까요."
주노가 더는 못 들어주겠다는 듯 말했다.
"마이크, 그런 수법은 금주령 시대에나 있던 거라고요."
말을 하던 주노가 갑자기 호기심 어린 목소리로 바꾸더니 다시 말을 고쳐서 물었다.
"아니면 혹시……. 아직도 그런 수법이 남아 있을까요?"
아름다운 자태를 거만하게 뽐내며 앉아 있는 이 여자를 빤히 바라보다가 내가 말했다.
"세상의 좋은 면만 보고 사셨군요. 세상에는 주노 양께서 알고 싶어하지 않을 일들이 얼마든지 벌어지고 있답니다."
주노가 고개를 저었다.
"지금도 그런 일이 벌어지고 있다니 믿을 수가 없네요."
주먹으로 다른 쪽 손바닥을 치며 내가 대답했다.
"믿기 어려우시겠죠. 하지만 사실입니다. 제 옛 친구 딩키 윌리암스를 제 손으로 혼내 주면 어떻게 될까 궁금하네요."
이 말을 하고서 혼자 씩 웃은 뒤 한마디 덧붙였다.
"어쩌면 이게 다 함정일지도 모르죠……."
나는 말끝을 흐리고 벽을 응시했다.
주노가 웨이터에게 신호를 보내자 칵테일을 더 가져왔다. 시계를 보니 벌써 오후가 절반은 지나가 있었다.
"이것만 마시고 일어날까요?"
주노가 손바닥으로 턱을 괴고 미소 지으며 대답했다.
"헤어지기 싫은데요."
"저한테도 쉬운 일은 아니네요."

주노는 계속 웃고만 있었다. 내가 말을 이었다.

"나 말고도 남자가 열 명은 줄을 서 있는 어떤 예쁜 아가씨에게 왜 나와 함께 있는 거냐고 물은 적이 있었거든요? 그 아가씨 대답이 아주 근사하더라고요. 그런데 주노 양은 왜 나와 함께 있는 겁니까?"

주노의 깊고 그윽한 눈빛은 나를 끌어당기는 듯했다. 주노는 여전히 미소를 짓고 있었지만 그 미소는 점점 더 희미해져 갔다. 입을 열지 않아도 말소리가 새어 나올 것 같은 입술이었다.

"저는 제 비위를 맞추려 드는 사람들이 싫어요. 저를 여왕처럼 떠받드는 사람들도 싫고요. 실은 누군가 저를 거칠게 대하는 사람이 있었으면 하고 바랐지요. 그런데 그런 사람은 당신뿐이에요."

"전 거칠게 대한 적 없는데요?"

"겉으로야 그렇죠. 하지만 생각으로는 거칠게 대하셨잖아요. 말조차도 예의를 갖추지 않으시는걸요."

신화 속 여신들이 다 그러하듯이 주노에게도 사람의 마음을 꿰뚫어보는 능력이 있었다. 그녀의 말이 옳았다. 정확히 맞는 말이었다. 내가 머릿속으로 무슨 생각을 하는지는 나도 모를 노릇이긴 하지만, 가끔 주노를 보고 있으면 테이블 맞은편의 주노가 앉아 있는 자리를 덮쳐서 얼굴을 주먹으로 치고 싶은 생각이 들 때가 있었다. 그런 생각만으로도 손등에 힘줄이 불쑥불쑥 튀어나오는 것 같았다. 아마 이 여신은 내겐 무리인가 보다. 어쩌면 내가 밑바닥 인생에 너무 익숙해져 있는 건지도 모르겠다. 이런 생각을 머리에서 떨쳐 내고 주노를 바라보던 시선을 거두며 말했다.

"이제 그만 나가죠. 아직 오후 시간도 남아 있고 밤에도 해야 할 일이 있어서요."

주노는 좀 더 같이 있길 원했지만 나는 어서 나가고 싶었다. 결국 주노가 방밖으로 나가면서 말했다.

"잠깐만요. 화장 좀 고치고 올게요."

돌아서서 걸어가는 주노의 뒷모습을 바라보았다. 균형이 잘 잡힌 포즈로 사뿐사뿐 걸어가고 있었다. 그런 주노의 모습을 바라보고 있는 건 나뿐이 아니었다. 온몸이 그림물감 얼룩투성이인 젊은 아가씨 한 명도 주노를 물끄러미 바라보았다. 강렬하고 뜨거운 시선으로 주노의 뒷모습을 좇고 있었다. 잠시 후 주노가 찡그린 얼굴로 돌아왔는데 그 얼굴을 보니 웃음이 나왔다. 저런 표정조차 아름다워 보이는 여자가 있다는 게 신기했다. 보통 여자라면 안 될 일이다.

일주일치 봉급은 됨직한 돈을 카운터에 식사비로 지불하고 문가에서 주노를 기다렸다.

잠시 누그러지는 듯했던 눈발이 다시 세차게 흩날리기 시작했다. 눈이 더 내리기 전에 서둘러 퇴근하려는 차량들이 매연의 온기를 거리에 내뿜고 있었다. 주노의 차에는 스노우 타이어가 장착되어 있어서 눈길에 미끄러질 염려는 별로 없었지만, 그래도 돌아오는 길은 시내로 나갈 때보다 두 배나 더 오래 걸렸다.

주노가 사무실로 가지 말고 리버사이드 드라이브 코스로 가 달라고 했다. 그 번화한 거리 한가운데에 차를 세웠다. 주노가 다른 빌딩과 어깨를 나란히 하고 있는 회색 석조 건물 하나를 가리켰다. 건물 앞에는 적갈색 제복과 코트를 입은 경비원이 거만한 자세로 서 있었다. 주노가 의자 등받이에 몸을 기대고 한숨을 쉬며 말했다.

"이제 집에 다 왔어요."

"차는 여기다 두실 겁니까?"

"탐정님 사무실로 돌아가려면 이 차를 타고 가셔야 하지 않겠어요?"

"이 차에 휘발유 넣어 드릴 돈이 없거든요. 그냥 택시 타고 가죠."

차에서 내려 주노가 내리도록 문을 열어 주었다. 적갈색 코트 차림의 경비원이 다가와 모자를 벗으며 인사를 했다. 주노가 경비원에게 말했다.

"이 차 좀 차고에 넣어 주세요."

경비원이 차 열쇠를 받으며 대답했다.

"알겠습니다. 리브스 양."

주노가 나를 바라보며 미소 지었다. 흩날리는 눈발이 그녀의 코트 깃과 모자에 내려앉아 반짝이는 하얀 눈빛으로 그녀의 얼굴을 비추고 있었다.

주노가 물었다.

"들어가서 한 잔 하실래요?"

대답하기가 망설여졌다. 주노가 계속 재촉했다.

"딱 한 잔만요. 한 잔만 마시고 보내 드릴게요."

"좋습니다. 하지만 딱 한 잔만입니다. 그 이상은 안 돼요."

주노의 집은 펜트하우스는 아니었지만 올림포스 신전의 여신으로서 품위를 지키기에는 충분했다. 큰 집인데도 화려하게 꾸미지는 않았다. 가구 및 가재도구들은 편안하고 안락한 생활에 꼭 맞는 고상한 취향의 제품들이었다. 주노가 칵테일을 만드는 동안 모자를 벗지 않고 코트도 그대로 입은 채 그녀의 나긋나긋한 몸동작을 지켜보았다. 움직임에 독특한 균형이 잡혀 있어서 보고 있으면 한번 만져 보고 싶은 생각이 들게 했다. 소파 위에 걸려 있는 거울 속에서 그녀와 나의 눈빛이 마주쳤을 때 그녀도 나와 같은 바람을 갖고 있음을 알 수 있었다.

주노가 유연한 동작으로 한 바퀴를 돌더니 내게 칵테일 잔을 내밀며 허스키하고 낮은 목소리로 말했다.

"전 이제 갓 서른을 넘었어요. 그동안 많은 남자를 만났죠. 관계한 남자도 많았지만 내가 원해서 한 남자는 없었어요. 그런데 당신은 내가 원하게 될 것 같은 남자예요."

순간 그녀의 머릿결이 다시 한 번 빛나면서 등골이 오싹해지고 머리에서 음악 소리가 울려 나왔다. 칵테일 잔을 들고 있던 손가락에 힘이 들어가면서 손잡이가 부서져 유리 조각이 손바닥에 박혔다. 뒷목이 뜨겁게 달아오르고 이마에서는 땀이 솟았다. 시선을 돌리고 가슴 아픈 과거의 추억을 지워 버리려 손잡이가 부서져 버린 잔에 남아 있는 칵테일을 단숨에 마셨다.

아름다운 사랑으로 완성되지 못한 쓰라린 기억이 자꾸 되살아나 나를 뒤흔들고 있었다.

깨진 유리 조각을 모아 창문턱에 올려놓고 나니 주노가 내게 말했다.

"아까 보았던 그 눈빛이네요."

이번에는 기억을 머리에서 밀어내 버렸다. 주노의 비단 같은 머리카락 사이로 손가락을 넣어 쓰다듬으며 말했다.

"이 죄 값은 나중에 물어드리죠. 도무지 떨치기 힘든 기억이 있답니다. 당신과는 상관없는 일이고요."

"그 죄 값, 지금 받으면 안 될까요?"

그녀의 귀를 살짝 잡아당기며 내가 말했다.

"안 됩니다."

"왜죠?"

"왜냐하면……."

주노가 입을 삐죽 내밀고 눈빛으로 나를 설득하고 있었다.

모든 일에는 적당한 때와 장소가 있는 법이라는 말을 주노에게 할 수는 없었다. 때와 장소가 적합하더라도 주노는 적당한 상대가 아니었다. 나는 비천한 인간에 불과하니까. 인간이 여신의 옷을 벗겨 자기 눈을 즐겁게 하고 여신의 몸을 만져 자기 육체의 욕망을 충족시키는 건 있을 수 없는 일이다.

어쩌면 그런 것이 이유는 아닐 수도 있다. 다만 그녀를 보고 있으면 내가 가질 수 없었던 무언가가 생각나서일지도 모른다.

절대 가질 수 없었던…….

주노가 천천히 말했다.

"그 여자는 누구죠? 예뻤나요?"

말하지 않으려 했지만 나도 모르게 대답이 나왔다.

"예뻤죠. 누구보다 아름다웠고 그녀를 사랑했습니다. 하지만 그녀는 해서는 안 될 일을 저질렀고 그래서 내가 그녀를 심판했죠. 그녀에게 사형 선고를 내렸답니다. 그녀의 배를 총으로 쏘았고 그녀가 죽는 순간 나도 함께 죽었습니다."

주노는 아무 말 없이 눈동자만 움직였다. 부드러운 눈빛으로 나를 보면서 적어도 자신에게만은 내가 죽은 사람이 아니라고 말하고 있었다.

담배에 불을 붙여 입에 물고서 그녀의 말에 넘어가기 전에 얼른 집에서 나왔다. 돌아서는 내 등 뒤에 꽂힌 그녀의 시선을 느낄 수 있었다. 사실 그녀도 나도 내가 결국 그녀에게 다시 돌아오리라는 것을 알고 있었다.

주노……. 결혼과 출산의 여신. 하급 여신들의 우두머리. 어째서 미와 사랑의 여신인 비너스가 아니었을까? 주노는 여왕이면서도 여왕이 되기를 바라지 않았던 여신. 여자이기를 원치 않은 여자였다.

어둠이 일찍 내려왔지만 흰 눈에 반사된 빛으로 도시는 어느 때보다도 환하게 반짝이고 있었다. 건물마다 퇴근하는 사람들이 코트 깃을 꼭 붙잡은 채 거리로 나오고 있었다. 나도 퇴근 행렬에 끼었다.

택시를 잡아타고 타임 스퀘어 광장으로 갔다. 광장에 도착하자 택시에서 내려 간단히 맥주라도 마시러 술집으로 들어갔다. 술집에서 나와 보니 주위에 빈 택시가 없어서 브로드웨이를 걸어 33번가로 향했다. 발을 한 발짝 내디딜 때마다 눈발을 헤치며 인파와 씨름을 해야 했다. 발은 눈에 젖고 바지 주름도 다 펴져 있었다. 절반쯤 갔을 때 신호등이 바뀌면서 좌회전 차량이 밀려와 보행자들이 인도에 발이 묶이고 말았다.

누가 눈길에 미끄러져 상점 쇼윈도에 부딪혔는지 유리 깨지는 소리가 났다. 상점 점원이 밖으로 뛰어 나왔다. 무슨 일인지 보려고 몰려든 군중으로 길이 꽉 막혀 버렸다. 사태를 수습하려고 달려온 경찰 한 명이 군중 사이를 뚫고 길을 만들었고, 나는 그 경찰이 만들어 놓은 길을 따라 난장판에서 빠져나왔다.

33번가에 도착해서 주차장까지 타고 갈 택시를 잡으려고 주위를 두리번거리다가 결국 포기하고 계속 걸었다.

그때 내 뒤에서 쨍그랑 하고 유리 깨지는 소리가 또 한 번 들렸다. 이번에는 누가 건드려서 깨진 것도 아니었다. 순간, 재빨리 도망가는 파란색 승용차가 눈에 들어왔다. 차 뒷좌석에 앉은 남자가 눈만 내민 채 유리창 너머로 나를 바라보고 있었다.

차가 시야에서 사라질 때까지 입술을 깨문 채 그 남자를 노려보았다.

"하루 사이에 똑같은 일이 브로드웨이 거리에서 두 번이나 일어났단 말야? 이 미친놈아! 정신 나간 놈!"

내가 소리를 질러 대자 사람들이 내 쪽을 쳐다보았다.

어떻게 주차장까지 가서 차를 몰고 나왔는지는 기억도 나지 않았다. 아마 차를 몰면서 혼잣말을 중얼대고 있었나 보다. 신호등에 걸려 서 있는 사이 옆에 멈춰서 있던 차 안의 사람들이 나를 보더니 미친놈이라는 듯 고개를 설레설레 저었다. 정말 미쳤는지도 모르겠다. 세계에서 제일 번잡한 거리 한가운데서 총알을 맞을 뻔했으니 겁을 먹고 미쳐 버렸는지도 모를 일이다.

첫 번째 유리창이 깨졌을 때만 해도 그저 사고려니 생각했다. 하지만 두 번째 유리창은 총알을 맞고 산산이 부서져서 그 파편을 인도 위에 흩뿌렸다.

내 사무실이 있는 건물은 지하에 주차장이 있는데 그 주차장이 오늘은 웬일로 비어 있었다. 차를 몰고 들어가 구석에 주차를 시켰다. 주차 요원에게 열쇠를 건네주고 주차 등록증에 사인을 한 다음 엘리베이터를 타고 사무실까지 올라갔다.

엘리베이터에서 내려 복도를 걸으며 빈 사무실의 검게 코팅된 유리창을 바라보았다. 안에 불이 켜져 있는 사무실은 하나뿐이었는데 바로 내 사무실이었다. 문손잡이를 흔들자 빗장이 덜커덕 하고 풀리면서 문이 열렸다.

안에는 벨다가 있었다.

"마이크! 지금 여기서 뭐하는 거예요?"

벨다 옆을 지나쳐서 서류 캐비닛으로 가 맨 밑 서랍을 홱 잡아당겼다. 잘 정리된 봉투 더미 뒤에 내가 찾고 있던 것이 손에 잡혔다.

"마이크! 무슨 일이에요?"

벨다는 입술을 깨문 채 내 옆에 서서 내가 25구경 자동소총을 주머니에 찔러 넣는 것을 지켜보고 있었다.

"어느 놈도 나한테 총을 쏘진 못 해!"

내가 말했다. 목소리는 건조하고 쉬어 있었다.

"언제 그런 일이 있었는데요?"

"방금. 10분도 안 됐어. 그 자식, 감히 백주 대낮에 그런 짓을 하다니! 그게 무슨 뜻인지 알아?"

벨다의 얼굴에 일그러진 표정이 잠시 스쳐 지나가더니 이내 대답했다.

"알죠. 갑자기 탐정님이 중요한 인물이 됐다는 뜻이잖아요."

"그래. 죽여야 할 만큼 중요한 인물이라는 얘기지."
내가 대답해 주길 바라면서 벨다가 천천히 물었다.
"혹시……. 누구 짓인지 봤어요?"
"얼굴만 봤어. 그것도 절반만. 남자인 건 알겠는데 누구인지는 모르겠어. 그놈이 분명 다시 한 번 나타날 테니 그때 본때를 보여 줘야지."
"조심하세요. 지금은 탐정 면허증도 박탈당한 상태잖아요. 까딱하다 설리번법 위반으로 체포되면 검사 아저씨가 꽤나 좋아하실걸요?"
일어나 피식 웃으며 대꾸했다.
"법은 사람을 보호하려고 있는 거야. 검사가 날 감방에 넣으면 거기서 재미있게 지내다 나오지 뭐. 검사 얼굴에 헌법 책을 들이밀어 볼까? 제1조에 적힌 내용이 신체의 자유에 관한 거지 아마? 그래도 놈이 설리번법이니 뭐니 하는 걸 들먹이면 그땐 놈하고 한 판 붙는 수밖에 없고……."
"어련하시겠어요. 볼 만하겠네요."
그때 사무실에 들어온 후 여지까지 눈에 들어오지 않던 벨다의 옷차림이 눈에 띄었다. 왜 이제서야 눈에 띈 거지? 허리 아래에서부터 내려오는 검은색 이브닝드레스 위로 허리선이 날씬하게 들어가 있었고, 마노 보석처럼 빛나는 머릿결을 어깨 위로 흘러내려 매혹적인 향취를 내뿜고 있었다.

옷은 몸에 착 달라붙어 있었다. 다른 말로는 묘사가 불가능했다. 그저 착 달라붙어 있다고 밖에는 달리 표현할 말이 없었다. 옷과 몸이 딱 붙어서 그 사이에는 아무것도 없는 것이 확연히 드러났다.

"그것밖에 안 입고 온 거야?"

"네."

"추운데."

나도 모르게 얼굴 표정이 찡그려졌지만 어쩔 수가 없었다. 벨다에게 다시 물었다.

"어디 갈 데라도 있나?"

"탐정님 친구 클라이드라는 사람 만나러요. 저녁 식사에 초대 받았거든요."

그 말을 듣는 순간 나도 모르게 주먹이 쥐어졌다. 클라이드 그 망할 자식! 찡그린 표정을 애써 웃는 얼굴로 바꾸었다. 쉽게 미소가 지어지지는 않았다.

"이렇게 예쁜 줄 알았으면 내가 초대할 걸 그랬군."

내가 이런 말을 하면 벨다가 얼굴을 붉히면서 내 얼굴을 때리던 때도 있었다. 또 어떤 때는 있던 약속도 다 취소하고 나와 햄버거를 먹으러 나가던 때도 있었다. 그런데 그런 때는 다 지나간 모양이다. 팔꿈치까지 올라오는 긴 장갑을 끼면서 아무렇지 않은 표정으로 벨다가 내게 한 방 먹였다.

"마이크, 이건 어디까지나 일 때문에 만나는 거예요. 노는 것보다는 일이 언제나 우선이잖아요."

얼굴색 하나 바꾸지 않고 하는 말이었다.

토라진 듯한 말투로 내가 물었다.

"내가 오기 전에 여기서 뭘 하고 있었지?"

"책상 위에 적어 놓은 메모를 보시면 다 아실 거예요. 캘웨이

상사에 가서 그날 밤 찍었던 모델 사진을 전부 받아왔어요. 보고 싶으시죠? 예쁜 여자라면 사족을 못 쓰시잖아요."

"그런 말 마."

순간 눈에 고인 눈물을 감추며 벨다가 황급히 시선을 돌리고 코트를 가지러 책상 쪽으로 갔다. 그사이 나는 혼잣말로 클라이드에게 욕을 퍼부었다. 나쁜 자식, 벨다는 나를 만날 때도 저렇게 근사하게 차려입은 적이 없었는데! 벨다 같은 여자를 밑에 두고 일을 하다 보니 이런 일도 생기는가 보다.

다시 한 번 이번에는 부드러운 어조로 말했다.

"나 만날 때도 그렇게 멋있게 꾸미고 한번 나와 보지 그랬어."

벨다는 코트를 입는 중이었고 방 안은 그녀의 숨소리까지 들릴 만큼 조용했다. 여전히 눈물을 머금은 채 벨다가 나를 돌아보며 말했다.

"마이크, 당신만 원한다면 난 언제라도 당신이 원하는 모습으로 당신을 만나러 올 거라는 걸 모르세요?"

순간 벨다를 품안으로 당겨 세차게 끌어안았다. 너무 꼭 끌어안은 나머지 벨다의 몸에 내 손가락 자국이 빨갛게 남을 정도였다. 벨다가 흐느끼며 내 품에서 빠져나가 등을 돌렸다. 너무 급하게 움직이는 바람에 나도 모르게 내 손끝이 그녀의 허리를 스쳤다. 벨다는 서둘러 문을 열고 밖으로 나갔다.

불 붙이는 것도 잊은 채 담배만 입에 물고 멍하니 서 있었다. 아직도 복도를 달려 나가는 벨다의 발소리가 귓가에 울리는 듯했다. 멍하니 전화기로 손을 뻗어 습관적으로 팻의 전화번호를 돌렸다. 팻이 "여보세요."라는 말을 세 번이나 했을 때에야 겨우 대답을 하고 내 사무실로 좀 와 달라고 말했다.

   손을 펴 보니 땀이 축축하게 배어 있었다. 담배에 불을 붙이고 앉아서 다시 벨다 생각에 잠겼다.

7장

 30분이나 지나서 팻이 도착했다. 발을 동동 굴러 신발에 묻은 눈을 털어 내면서 사무실로 들어왔다. 코트와 모자를 벗고 서류가방을 책상 위에 올려놓더니 의자를 당겨 내 앞에 앉으며 말했다.
 "마이크, 무슨 일이라도 있었어? 표정이 왜 그래?"
 "눈 때문에. 눈이 오면 원래 이러거든. 넌 오늘 어땠어?"
 "좋아. 아주 좋아. 검사가 나더러 이번 일에 상관하지 말라고 또 한 번 경고를 주더라. 그놈 잘리기만 해 봐. 콧등에다 대고 주먹을 날려 버리겠어."
 팻의 말에 내가 놀란 표정을 짓자 팻이 덧붙였다.
 "그래. 나도 알아. 이렇게 말하는 건 나답지 않겠지. 그냥 그렇게 말해 버리고 싶어. 행정 절차에 묶여 사는 거 이젠 나도 신물이 난다고. 너도 면허증 뺏겨 봤으니 행정 절차라는 게 어떤 건지 알겠지?"

"걱정 마. 다시 찾을 거야."

"뭐, 그럴지도 모르지. 그 전에 자살이 아닌 타살이라는 것부터 증명해야겠지만."

"오늘 까딱하면 살인 사건 하나가 더 늘어날 뻔했어."

"누구?"

"나."

"너?"

"아슬아슬 했다고. 그것도 사람 많은 길거리에서 당할 뻔했지 뭐야. 소음기를 썼는데 애꿎은 유리창만 두 개나 깨졌어."

"빌어먹을! 오늘 33번가에서 유리창이 깨졌다는 신고가 들어온 게 그거였구먼! 그 유리창에 총알 자국이 안 남았으면 그냥 우연한 사고로 넘어갈 뻔했거든. 또 하나는 어디 있는 유리창이었는데?"

내가 대답해 주자 팻의 입에서 "빌어먹을!"이라는 소리가 또 나왔다. 전화기를 들어 본부에 전화를 걸더니 깨진 유리 조각에 총알 자국이 있는지 찾아보라는 지시를 내렸다. 팻이 전화를 끊은 다음 내가 물었다.

"이 소식을 검사가 들으면 뭐라고 할까?"

"농담 마. 그놈은 무슨 얘길 해도 곧이곧대로 듣지 않을걸? 네 명성이 얼마나 자자한지 알지? 보나마나 이번 일도 명절맞이 이벤트 삼아서 네가 짜고 한 짓이라고 주장할 게 분명해."

"아직 명절 되려면 멀었는데?"

"그리고 케케묵은 혐의를 들춰내 가면서 네 멱살을 잡고 자기가 대단한 일이라도 한 것처럼 신문에 떠들어 대겠지. 망할 놈!"

"성실한 형사님께서 그렇게 말씀하시면 쓰나……."

팻의 얼굴이 어두워지더니 대답했다.

"형사가 성실하기만 해 가지고는 살인범을 잡지 못할 때가 있어. 지금 난 잔뜩 약이 올라 있다고. 지금도 사면초가인 데다가 어쩌면 상황이 더 불리해질지도 모르게 생겼으니 약이 안 오르고 배기겠냐……. 그러니 나도 검사가 내 뒤통수를 칠 때를 대비해서 준비를 해야 하지 않겠어?"

웃음이 나왔다. 어찌나 우습든지! 내가 10년 동안 써먹던 말을 이제 팻도 따라하고 있었다.

갈수록 재미있군…….

팻에게 물었다.

"레이니는 어떻게 됐어? 찾았어?"

"찾았지."

"그래?"

"그래. 찾았어. 섬에다 경기장을 만들어 놓고는 합법적이랍시고 격투기 사업을 하고 있더라. 그놈한테서는 아무것도 건질 게 없었어. 그런데 그놈은 왜?"

책상 위에 있던 술병을 들어 두 잔을 따르고 말했다.

"팻, 그놈은 이번 사건과 관련이 있어. 어디서 어떻게 관련이 돼 있는지는 모르지만 뭔가 있는 건 확실해."

우리는 말없이 건배를 하고 술잔을 내려놓았다. 타는 듯 독한 술이 뱃속까지 흘러 들어가는 것이 느껴졌다. 술잔을 내려놓고 창문턱에 앉아서 말했다.

"에밀 페리를 만나러 갔어. 거기 레이니가 먼저 와 있었는데 페리를 아주 제대로 겁주고 있더라고. 나라도 그렇게는 못했을 거야. 페리는 휠러의 사업이 고전을 면치 못해서 휠러가 자살 얘기를 한 적이 있다고 진술했지만 조사해 보니 휠러의 사업은 잘되고 있었더라고. 이것도 알 수 없는 부분이야."

내 말을 듣고 팻이 천천히 휘파람을 불었다.

팻이 생각을 정리할 때까지 잠시 기다렸다가 말했다.

"팻, 딩키 윌리암스라는 놈 기억나?"

팻이 머리를 위아래로 끄덕였다.

"기억하지."

팻의 얼굴은 어느새 형사의 표정이 되어 있었다.

별로 대수롭지 않은 일인 척하며 팻에게 물었다.

"요새 그놈 뭐하고 지내는지 혹시 알아?"

"아니."

"그놈이 바로 이 도시에서 대규모 도박장을 운영하고 있다고 말하면 넌 뭐라고 할래?"

"네 머리가 돌았나 보다고 하면서 그럴 리가 없다고 하겠지? 그래 놓고서 슬쩍 부하들을 풀어 조사를 해 봐야지."

"그럼 가르쳐 주면 안 되겠군."

순간 팻이 주먹으로 책상을 세게 내리치는 바람에 그 위에 있던 담뱃갑이 책상 위로 튀어 올랐다.

"안 가르쳐 주긴 뭘 안 가르쳐 줘? 벌써 다 말해 놓고서! 날 뭘로 보는 거야? 데리고 놀기 좋은 신참 형사?"

팻이 또 화내는 걸 보니 재미있었다. 창문턱에서 내려와 의자에 앉았다. 팻의 얼굴은 홍당무처럼 새빨개져 있었다.

"이봐, 팻. 넌 아직 경찰이야. 경찰의 신조와 사명감을 중시하는 사람이지. 네게는 경찰로서 수행해야 할 의무가 있단 말야. 그런데 그 의무를 다 지키다간 결국 살인범을 놓치고 말 거야."

팻이 뭐라고 말대꾸를 하려는데 내가 손을 저어 막으면서 말을 계속했다.

"일단 들어봐. 이 사건에는 우리가 추리했던 것 이상의 뭔가가 있다고 난 벌써부터 생각하고 있었거든. 딩크도 가담돼 있고 레이니도 들어가 있고 에밀 페리 같은 작자들도 관련돼 있어. 우리가 아직 모르는 놈들이 더 많이 있을지도 모르지. 딩키 윌리암스는 지금 이 순간에도 허가증도 없는 클럽을 운영하면서 떼돈을 벌고 있다고. 내가 이런 말을 했다고 어디 가서 떠벌리고 다니지는 마. 현실을 인정하기 싫을지 모르겠지만 딩키 윌리암스가 술집을 운영한다면 누군가 뒤에서 한몫 챙기는 놈이 있을 거야. 아주 단단히 한몫 챙기고 있겠지. 힘깨나 있는 인물일 게 분명하고. 그게 아니면 여러 명이 똘똘 뭉쳐서 힘을 휘두르고 있는 것일 수도 있어. 그런 조직과 싸우고 싶은 마음이 있어?"

"싸울 거라고 내가 아까 말했잖아!"

"경찰 배지 계속 달고 싶어? 그런 막강한 세력과 싸우고서도 경찰 배지를 차고 다닐 수 있을 것 같아?"

팻이 쉰 목소리로 나직이 대답했다.

"할 거야."

"솔직히 내 말을 듣고 보니 생각이 달라지지 않아? 마음만 가지고 되는 일이 아니라고! 내 말 좀 들어봐. 나는 조직 내부에 끈이 있어. 수사는 우리 둘이 같이 할 수도 있고 따로 할 수도 있지.

하지만 네가 내 수사 방식을 따라 줄 게 아니라면 너도 네 나름대로 사건을 바닥부터 파헤쳐 봐. 그치만 쉽진 않을걸?"

나한테 탐정 면허증만 있었어도 그냥 나 혼자서 했을 것이다. 하지만 지금 나한테 있는 거라곤 사무실 문에 걸린 아무 소용없는 명패뿐이었다.

팻이 기가 막힌다는 듯 나를 보며 말했다.

"내가 너한테 이렇게 당하고 있는 꼴을 보면 누가 나더러 강력계 반장이라고 하겠냐? 지금 한 얘기를 녹음해서 얻을 수만 있다면 그 검사 녀석은 자기 팔이라도 잘라 주려고 할걸? 아무튼 좋습니다요, 탐정님. 분부만 내리십쇼. 명령대로 합지요."

두 손가락을 뻗어 팻에게 거수경례를 붙이고서 말했다.

"우선 살인범을 잡아야 해. 놈을 잡으려면 휠러가 왜 살해당했는지 알아야 하고. 클라이드라는 놈이 뭘 하고 다니는지 알아내면 뭔가 단서가 나올지도 몰라. 보나 마나 더러운 이야기겠지만 그래도 어디서부터 수사를 시작해야 할지 감이 오겠지."

"클라이드가 누군데?"

팻의 목소리에는 불안한 기색이 스며 있었다.

"딩키가 새로 쓰는 가명이 클라이드야. 신수가 아주 훤해졌더라고."

팻이 씩 웃으며 말했다.

"그 이름이 문제로군. 실은 전에 다른 데서도 그 이름을 들었거든."

팻이 자리에서 일어나 내 담뱃갑에서 담배 한 개비를 꺼냈다. 나는 앉은 채로 팻의 다음 말을 기다렸다. 팻이 말했다.

복수는 나의 것

"이제 처세를 잘해야겠어."

"그래?"

"그래. 넌 참 머리 좋은 녀석이야. 경찰로 일했으면 좋았을 텐데 말야. 그랬으면 지금쯤 경찰 총장이 되어 있거나 진작 죽은 목숨이 됐거나 둘 중 하나였겠지."

"하긴. 오늘 오후에도 죽을 뻔했지."

"조심해야 해. 클라이드란 놈이 이 동네 깡패들을 모조리 주무르고 있거든. 주차 딱지에서 살인 청부업에 이르기까지 놈의 손이 닿지 않는 일이 없어. 그놈 이름만 대면 다들 허리를 굽실거릴 정도니까. 우리의 옛 친구 딩키가 정말 제대로 출세를 했더라고."

"미치겠군. 그 별것도 아닌 놈이."

"우리가 알던 옛날의 딩키가 아니라니까! 지금 그 녀석 줄이 닿지 않는 데가 없다고."

그러곤 팻은 침묵을 지켰다. 이런 상황이 싫었다. 팻에게 묻고 싶은 건 많았지만 어떤 대답이 나올지가 두려웠다. 결국 내가 말했다.

"호텔은 어때? 조사해 봤어?"

"조사했지. 휠러가 죽던 날 밤 다른 방에 투숙객으로 들어온 손님들이 많더라. 다들 알리바이가 있고."

순간 입에서 욕이 튀어나왔다. 팻은 듣고 있다가 다시 한 번 씩 웃더니 물었다.

"내일 나 좀 볼래?"

"그래. 알았어."

"가게 유리창 근처에는 가지 마."

팻은 모자를 눌러쓰고 나가면서 문을 닫았다. 나는 벨다가 내 책상에 올려놓은 사진을 보러 갔다. 메리언 레스터라는 여자가 모피 칼라가 달린 코트를 입은 채 카메라를 보며 웃고 있었다. 행복해 보였다. 두 시간쯤 뒤에 정신없이 취해서 오래 살지 못하고 죽을 내 친구 손에 이끌려 침대까지 에스코트를 받을 여자 같지는 않아 보였다.

사진을 모두 폴더에 담아 책상 서랍에 넣었다. 술병에는 아직 술이 반 정도 남아 있었고 술잔은 비어 있었다. 서둘러 술을 마셔 대기 시작했다. 얼마 안 가서 술병은 비고 술잔만 가득 차더니, 곧 술잔마저도 다 비어 버리고 나자 기분이 한결 좋아졌다. 전화선을 당겨 전화기를 끌어다가 다이어리에 적어 놓은 전화번호를 돌렸다.

저쪽에서 전화받는 소리가 들렸다. 내가 인사를 했다.

"코니, 나 마이크야."

"당신이에요? 나 같은 건 잊어버린 줄 알았는데."

"그럴 리가……. 뭐하고 있었어?"

"탐정님 기다리고 있었어요."

"30분만 더 기다려 줄 수 있을까?"

"옷 벗고 기다릴게요."

"같이 외출할지도 모르니까 옷은 입고 있어."

"눈이 오는데요? 전 방수용 오버슈즈도 없단 말예요."

코니가 토라진 듯 말했다.

"그럼 내가 업어줄게."

수화기를 놓는 순간까지도 코니는 계속 투덜대고 있었다.

만일을 대비하여 서랍에 있던 25구경 탄피를 한 움큼 꺼내 주머니에 넣었다. 사무실을 나서기 직전에 서랍을 열어 사진이 든 봉투를 꺼냈다. 끝으로 벨다에게 일이 어떻게 진행되고 있는지 알려 달라는 메모를 남겼다.

주차장 요원이 똘똘하게도 내 자동차에 미끄럼 방지 체인을 장착해 놓고서 나한테 2달러를 벌었다. 주차장에서 차를 빼서 거리로 나와 택시와 차량 행렬 틈에 끼어 눈보라 속을 헤쳐 나갔다.

코니는 손에 하이볼 한 잔을 들고 문가에서 나를 기다리다가 내가 모자를 벗기도 전에 내게 잔을 내밀었다.

"정말 멋져요. 저 눈보라 속을 헤치고 가엾은 저를 구하러 여기까지 오셨군요."

하이볼 맛은 근사했다. 잔을 비워 코니에게 돌려주고 코니의 뺨에 키스했다. 코니의 웃음소리는 내 귓가를 간질이는 종소리 같았다. 문을 닫고 내 코트를 받아 주었다. 안으로 들어가 자리를 잡고 앉았다. 코니가 소파에 다리를 꼬고 앉아 담배를 집으려 손을 뻗으며 말했다.

"오늘 밤 말인데요……. 어디로 가는 거죠?"

"살인범을 찾으려고."

코니의 손에 들려 있던 성냥의 불꽃이 약간 흔들렸다.

"누군지…… 알아요?"

나는 고개를 저었다.

"그냥 심증일 뿐이야."

코니가 무척 궁금하다는 듯한 표정을 지었다. 부드러운 목소리로 내게 물었다.

"누군데요?"

"여섯 명 정도. 진짜 살인범은 하나겠지. 나머지는 이런저런 방법으로 범죄에 가담했을 거고."

램프 스탠드에 연결된 전깃줄을 만지작거리며 코니의 얼굴에 떠오른 복잡한 표정을 바라보았다.

마침내 코니가 말했다.

"내가 도와줄 일이 있을까요? 그러니까 내 말은, 내가 아는 것 중에 단서가 될 만한 게 있을 것 같냐고요."

"그럴 수도 있지."

"단지 그것 때문에 오늘 여기에 온 거예요?"

코니는 스탠드를 여러 번 껐다 켰다 했다. 그러곤 대답해 달라는 눈빛으로 나를 계속 뚫어져라 쳐다보고 있었다.

"자신에 대해 자신감이 별로 없군."

내가 웃으면서 말을 이었다.

"가끔 거울을 좀 보시지 그래? 영화에나 나올 법한 미모에 남들에게 보여 주지 않고 가리고 다니면 범죄가 될 만한 몸매잖아. 머리도 좋고. 하지만 당신 질문에 대답을 하자면 '네.' 라고 해야겠지. 맞아. 단지 그 이유 때문에 오늘 밤 여기에 온 거야. 당신이 아닌 다른 사람이었더라도 어쨌든 만나러 와야 했을 거니까. 하지만 코니를 만나기 때문에 여기까지 오는 길이 즐거웠고 잔뜩 기대에 부풀어 있었어. 내가 하는 말이 무슨 뜻인지 이해할 수 있어?"

코니가 꼬고 있던 다리를 풀고 다가와 내 코에 키스를 하더니 다시 자리로 갔다.

"이해해요. 이제 기분이 좋아졌어요. 원하는 게 뭔지 말해 봐요."

"나도 모르겠어. 아직 오리무중이라서……. 뭘 부탁해야 할지 모르겠네."

"그냥 아무거나 물어봐요."

어깨를 으쓱하고서 내가 물었다.

"좋아. 하는 일은 재미있어?"

"아주 재미있어요."

"돈도 많이 버나?"

"그럼요."

"상사도 맘에 들고?"

"어떤 상사 말이죠?"

"주노."

팔을 뻗어 별 뜻 없다는 듯한 제스처를 취하며 코니가 대답했다.

"주노는 나한테 간섭하는 법이 없어요. 내가 하는 일에 만족해했거든요. 주노에게서 전화를 받았을 땐 정말 떨 듯이 기뻤죠. 지금 주노는 나한테 제일 잘 어울릴 만한 광고를 골라서 안톤에게 일을 맡기고 있고요."

"안톤은 어때?"

"아, 그 사람은 예술가 타입이죠. 자기가 할 일이 있는 한 돈에 얽매이거나 하지는 않아요. 자기 조수한테 촬영 일을 맡기는 법도 없죠. 아마 그 사람 덕에 이 회사가 성공했을 거예요."

"결혼은 했나?"

"안톤이 결혼을 해요? 웃기지 마세요. 그 사람이 작업하는 여자가 어떤 여자들인데……. 그러니까 진짜 작업 말예요. 어떤 여자가 그 사람 눈에 들어오겠어요? 그 사람, 여자는 거들떠도 안 봐요. 프랑스 남자답지 않죠."

"프랑스?"

코니는 고개를 끄덕이고 담배를 물었다.

"안톤과 주노가 비밀 얘기를 하는 걸 엿들은 적이 있거든요. 안톤이 법원에 뭐 안 좋은 일로 걸려든 게 있을 때 마침 주노가 프랑스에서 그 사람을 만나 여기로 데리고 온 것 같아요. 전쟁 때 나치당의 고위 간부와 가족들의 선전용 사진을 찍어 독일에 협조했다는 혐의를 받았다는 것 같더라고요. 말했지만 안톤은 자기가 할 일만 있으면 돈이건 정치건 아무것도 신경 안 쓰거든요."

"재밌는 얘기긴 한데 별로 도움은 안 되는군. 클라이드 얘기를 좀 해 봐."

"영화에 나오는 갱단 두목같이 생겨서 남자건 여자건 바보 같은 인간들은 모두들 따라다닌다는 거 말고는 아는 게 없는데요."

"스튜디오에서 일하는 아가씨들하고 염문도 있나?"

코니가 또 어깨를 으쓱하더니 대답했다.

"소문은 들었어요. 왜 그런 거 있잖아요. 명절 때 값비싼 선물을 뿌리고 다니고 엉큼한 속셈은 숨긴 채 친구인 척 가장하고 여자를 불러서 근사한 생일 파티를 열어 주었다든가 뭐 그런 얘기요. 분명한 건 바우어리만큼 여자 애들이 오랫동안 붙어서 노는 장소는 전에 없었다는 거죠."

"그럼 내 부탁 하나만 들어줘. 여기저기 다니면서 그 사람 고객이 누구인지 좀 알아봐. 중요한 고객들 말야. 시에서 힘깨나 쓴다는 그런 사람들. 그러려면 그 바우어리 호텔에 가서 좀 놀아야겠지."

"같이 가지 그래요?"

"클라이드가 좋아하지 않을 거야. 데려갈 남자야 많잖아? 남자가 열 명은 줄을 섰다면서?"

"그야 문제없죠. 하지만 당신과 가는 게 더 재미있는걸요."

"나중에 가자. 그 줄 서 있는 남자들 돈은 좀 있겠지?"

"그야 당연하죠."

"그럼 그중에 제일 돈 많은 놈과 가. 그놈 돈 좀 쓰게 해 주라고. 질문할 때는 조심해서 해. 눈치 채지 못하게 말야. 클라이드가 당신을 의심하면 또 무슨 수작을 꾸밀지 모르니까."

나는 가지고 있던 사진을 꺼내 놓았다. 코니가 다가와 사진을 들여다보았다. 내가 물었다.

"이 여자들 다 알아?"

코니가 사진을 넘겨 보며 고개를 끄덕였다.

"옷이라면 사족을 못 쓰는 애들이네요. 왜요?"

메리언 레스터의 사진을 골라 코니 앞에 내밀었다.

"이 여자 잘 알아?"

코니가 콧방귀를 뀌더니 대답했다.

"주노가 총애하는 애들 중의 하나죠. 주노가 연봉을 올려 주겠다고 하면서 작년에 스탠튼 스튜디오에서 데리고 왔어요. 제일 잘 나가는 애들 중 하나이긴 한데, 영 밥맛 없는 애예요."

"왜?"

"자기가 무지 예쁜 줄 알거든요. 게다가 사생활도 문란하고요. 조만간 주노 손에 잘릴 거예요. 창녀 기질이 있어서 얼마 안 있으면 고객 몇 명이 우리 회사에 발길을 끊게 만들 테니까요."

다른 여자들 사진도 몇 개 넘겨 보더니 두 개를 꺼냈는데, 하나는 속이 거의 다 비치는 이브닝드레스를 입은 이제 막 사교계에 데뷔한 듯한 차림을 한 여자였다.

"이건 리타 로링이에요. 안 그래 보이겠지만 벌써 오래전에 서른다섯을 넘긴 여자예요. 그날 밤 파티장에 있던 남자들 중 하나가 거액에 이 여자를 자기 전용 모델로 채용했어요."

또 다른 하나는 여자들이 좋아하는 값비싼 브랜드의 바지, 조끼, 블라우스를 캐주얼하게 차려입은 여자의 사진이었다. 여학생 기숙사처럼 꾸며 놓은 배경 앞에서 포즈를 취하고 있었다.

"꼬마 진 트로터. 십 대 이미지로 선발된 애예요. 어떤 남자랑 눈이 맞아서 그저께 사랑의 도피를 했죠. 주노에게 편지를 썼는데 모두들 돈을 걷어서 텔레비전 한 대를 사 보냈어요. 기획물을 찍던 도중에 가 버려서 안톤이 속상해했죠. 주노가 손을 토닥거려 주고 나서야 겨우 마음을 가라앉히더라고요. 안톤이 그렇게 화내는 건 처음 봤어요."

코니에게서 사진을 돌려받아 한쪽에 치워 놓았다. 아직 시간도 이르고 해서 코니더러 전화를 걸어 데이트 약속이라도 잡으라고 했다. 별로 그러고 싶어하는 것 같지는 않았지만 정말로 약속을 잡는 걸 보니 질투가 났다. 전화에다 대고 남자한테 꼬리 치는 소리를 듣자니 기분이 상했다. 그래도 겉으로는 태연한 척 앉아서 코니한테 살짝 웃어 주었더니 이번에는 코니가 화가 났는지 전화기 저쪽에 있는 남자한테 괜히 심술을 부렸다. 시간을 아끼기 위해 시내에 있는 호텔 로비에서 만나자고 하고는 전화를 끊었다.

코니가 말했다.

"당신 정말 나쁜 사람이에요."

나도 그녀의 말에 동의했다. 코니가 내 코트를 나에게 던지더니 자기도 코트를 입었다. 건물 현관까지 왔을 때 약속했던 대로 코니를 업어서 차까지 데리고 갔다. 덕분에 발이 젖지는 않았지만 눈발이 코니의 옷에 내려앉아서 결국 옷은 다 젖어 버렸다. 씨푸드 레스토랑에서 저녁을 먹고 술 한잔을 하면서 이야기를 좀 나눈 다음 코니의 데이트 약속이 잡혀 있는 호텔 앞에 그녀를 내려 주었다. 코니에게 작별 인사로 키스를 해 주었더니 화가 가라앉은 것 같았다.

이제 나도 내 약속 장소로 갈 차례였다. 하나는 레이니라는 인물을 눌러 줄 약속이었다. 눈 치우는 기계 뒤를 따라 브로드웨이 가를 몇 블록을 달려가서 길가에 차를 세워 놓고 모퉁이에 있는 술집으로 들어갔다. 곧장 전화기로 가서 동전을 넣었다.

동전을 두 개 집어넣을 때까지 기다려서야 겨우 조 길이 욕실에서 나와 전화를 받았다. 화가 난 듯 고함을 치며 전화를 받은 조에게 내 이름을 대 주었다.

"마이크, 사실은 나 지금 좀 바빠서 전화받기가……."

"넌 도대체 어떻게 생겨먹은 녀석이냐? 내가 뭐 대단한 거라도 부탁할까 봐 그래? 그냥 간단한 부탁 하나만 더 들어 달라는 건데 말야."

조가 한숨을 쉬더니 대답했다.

"알았어. 이번엔 뭔데?"

"정보를 좀 알아다 줘. 이름은 에밀 페리. 제조업체를 운영하고 있어. 브롱크스 가에서 살고 있고. 그 사람의 사생활이나 금전 문제에 관한 걸 모조리 다 알아다 줘."

"그걸 지금 간단한 부탁이라고 하는 거야? 좋아. 밑에 있는 애들을 풀어서 사생활은 알아봐 줄 수 있어. 하지만 금전 문제라면 너무 많이 기대하지는 마. 법에 걸리는 수가 있거든. 너도 알지?"

"물론 알지. 하지만 그런 법률 문제쯤이야 살짝 피해 가는 방법이 다 있잖아. 집에 쳐들어가서라도 은행 계좌가 어떻게 돼 있는지 알아봐 줘."

"이봐, 마이크."

"물론 내 부탁을 꼭 들어줘야 할 의무가 너한테 있는 건 아니지."

"너랑 싸워 봤자 무슨 소용이 있겠냐. 최선은 다해 보겠지만 이걸로 빚은 다 갚은 거야. 알았어? 그리고 앞으로 다시는 너한테 빚 같은 거 안 질 테니까 그렇게 알아."

내가 웃으며 대답했다.

"그렇게 쫀쫀하게 굴지 좀 마. 너한테 어려운 일이 생기면 내 친구 검사한테 말해서 다 해결해 줄게."

"그럴까 봐 겁난다니까. 연락이나 계속해. 내가 뭐 할 수 있는 게 있나 알아보고 있을 테니까."

"알았어. 잘 자."

녀석도 툴툴거리며 인사를 하더니 전화를 끊었다. 다시 한 번 웃고서 전화박스 밖으로 나왔다. 이제 레이니 녀석이 도대체 무슨 수를 써서 페리 같은 거물을 겁먹게 했는지 알아볼 차례였다. 그러다가 나 자신에게도 겁먹을 일이 생길지 모르는 노릇이긴 하지만······.

글로브 신문사는 석간을 찍어 내느라 건물 전체가 시끌시끌했다. 직원 전용 출입구로 들어가 엘리베이터를 타고 올라가서 타자기 소리가 따발총처럼 울려 퍼지는 방으로 들어갔다. 심부름하는 녀석 한 명에게 에드 쿠퍼가 어디 있냐고 물었더니 유리로 된 방을 가르쳐 주었다.

에드는 글로브 사의 편집장이었는데 쉽게 돈 버는 녀석들을 고발하는 일에 각별한 애정을 갖고 있었다. 에드가 모르는 일은 별로 알 필요가 없는 일이라고 보면 맞았다. 문을 열고 에드의 방 안으로 들어갔다.

에드가 나를 보더니 말했다.

"지금 바쁘니까 잠깐만."

에드가 일을 끝낼 때까지 자리에 앉아 주머니에 넣어 둔 25구경 권총을 만지작거리며 기다렸다.

자기 기사가 꽤 맘에 들었는지 얼굴에 흡족한 표정을 지었다. 아마 또 누구 뒤를 제대로 캐 낸 모양이다.

"그래, 무슨 일로 온 거야? 돈? 정보?"

에드는 이렇게 단도직입적이었다. 에드가 또 물었다.

"글렌우드 하우징 프로젝트가 어떻게 돼 가고 있는지 알아?"

나는 안다고 대답해 주었다. 글렌우드 하우징 프로젝트는 뉴욕에서 차로 한 시간 거리 내에 참전 용사들을 위한 신도시를 건설

하려는 사업이었다.

"레이니가 다른 녀석들 몇 명하고 그 사업에 관여하고 있어. 거기 격투기장이랑 레슬링 경기장을 만들어 놨는데, 전부 다 뒤가 구린 사업이야."

"그래? 좀 있음 레이니가 신문 기사에 오르겠군. 혹시 뭐 기삿거리가 생기면 내가 전화해 줄게."

"오늘 거기 가 보려고?"

"응."

에드가 시계를 보더니 말했다.

"오늘도 경기가 있거든. 서둘러 가면 첫 번째 시합을 볼 수 있을 것 같은데."

"그래. 아주 재미있겠지. 나중에 돌아와서 얘기해 줄게."

나는 모자를 쓰고 문을 열었다. 나가려는데 에드가 나를 불러 세워 말했다.

"내가 말한 레이니의 동업자들 말야, 꽤나 거친 녀석들이니까 조심해."

"알았네. 경고해 줘서 고마워."

시끌벅적한 신문사 사무실을 지나 내 차로 왔다. 벌써 자동차 후드 위에 눈이 쌓여 있었고 창문도 하얗게 덮어 버렸다. 창문에 쌓인 눈을 치워 내고 차에 올라탔다.

도시는 거의 완벽할 만큼 기계화되어 있었다. 벌써 몇 시간째 눈이 내렸는데도 도로는 그럭저럭 달릴 만한 상태였고 사정이 계속 나아지고 있었다. 눈 치우는 기계가 미처 치우지 못한 부분은 지나가는 차가 청소하고 있었다.

글렌우드 지역에 있는 경기장에 도착하니 군중들이 소리를 지르고 아우성치는 소리가 들렸다. 주차 공간은 이미 꽉 차 있어서 길거리까지 차들이 넘쳐 나고 있었다. 길에서 몇 백 미터쯤 떨어진 곳에 커다란 참나무로 둘러싸인 공터가 보여서 그 안에 차를 세웠다.

첫 번째 시합은 놓쳤지만 그제서야 들어오는 사람들이 많은 걸로 봐서 아직 경기는 초반인 것 같았다. 경기장 뒤편에 있는 1달러짜리인 벽 근처 좌석에 앉았더니 담배 연기가 자욱해서 링 위에서 무슨 일이 벌어지는지 잘 보이지 않았다. 불길에 그을려 시커먼 벽에서는 물이 뚝뚝 떨어지고 있었고 좌석은 대충 얼기설기 만들어 놓은 벤치 수준이었다. 그래도 장사는 기가 막히게 잘되고 있었다.

재밋거리에 굶주린 나머지 기꺼이 돈을 내고 보러 온 그저 그런 평범한 사람들이 가득 들어와 있었다. 집에서 텔레비전이나 보는 게 더 나을 텐데 싶었다. 문 옆에 앉아서 눈이 어두운 조명에 익숙해지기를 기다렸다. 맨 끝 몇 줄은 좌석이 많이 비어 있어서 복도 쪽에서 무슨 일이 벌어지는지 훤히 보였다.

군중들이 함성을 질러 링을 보니 선수 하나가 쓰러져 카운트를 당하고 있었다. 몇 분 뒤 쓰러진 선수가 들것에 실려 복도를 통해 탈의실로 나갔다. 다른 선수가 그 자리를 대신했다.

네 번째 시합이 끝날 때쯤 되니 더는 들어오는 관객이 없었다. 6라운드까지 살아남은 웰터급 선수 두 명이 매니저를 따라 내 옆을 지나 경기장 벽 뒤에 있는 홀로 들어갔다. 나도 자리에서 일어나 행렬 뒤를 따라갔다. 싸구려 라커와 나무 널빤지로 만든 의자가 줄지어 있는 크고 축축한 방으로 들어섰다. 옆에 있는 샤워실에서는 물이 흘러나와 바닥이 흥건하게 젖어 있었다. 온통 약 냄새와 땀 냄새가 배어 있는 방이었다. 손에 붕대를 칭칭 감은 떡대 두 명이 의자에 앉아 바닥에 침을 뱉어 점수를 표시해 가며 카드놀이를 하고 있었다.

갈색 줄무늬 옷을 입은 담배를 피우고 있는 놈에게 다가가 엄지손가락으로 옆구리를 쿡 찌르며 물었다.

"레이니는 어디 있지?"

남자가 담배를 고쳐 물며 말했다.

"사무실에 있을 거야. 오늘 데리고 온 녀석이라도 있어?"

"아니. 그놈이 감기에 걸려서 쉬고 있어."

"안됐구먼. 그래 가지고서야 어디 돈 벌겠나."

"그러게 말야."

그놈은 담배를 입에서 빼더니 비벼 껐다. 나는 레이니가 있는 사무실을 찾으러 갔다. 홀 끝에 사무실이 보였다. 안에서 라디오 소리가 흘러나왔는데 들어보니 가든에서 열리고 있는 시합 중계 방송이었다. 문이 닫히고 사람들이 중얼거리는 소리가 들리는 것을 보니 사무실로 이어지는 문이 하나 더 있는 것 같았다. 한 명이 큰 소리로 욕설을 퍼붓다가 다른 누군가가 조용히 하라고 소리를 지르자 그제서야 입을 다물었다. 다시 중얼거리는 소리가 들리고 문이 닫히더니 라디오 소리만 들렸다.

족히 5분은 거기에 서서 라디오에서 나오는 중계 방송을 들었다. 승자가 우승 소감을 말하는 사이 라디오가 꺼졌다. 문을 열고 안으로 들어갔다.

레이니가 탁자에 앉아 그날 밤 벌어들인 돈의 영수증을 세고 있었다. 지폐를 너저분하게 늘어놓고 조그만 빨간색 장부에 내역을 적고 있었다. 손잡이를 잡고 가능한 한 조용히 문을 닫았다. 그러고 나서 손잡이 아래에 있는 문고리를 살짝 안으로 밀어 넣었다.

레이니가 입으로 소리를 내면서 영수증을 세고 있지 않았다면 내가 들어오는 소리를 들었을 것이다. 5000달러 정도를 세고 있을 때 내가 말했다.

"손님이 많네?"

레이니가 말했다.

"입 닥쳐."

그러고는 계속 돈을 세기 시작했다. 내가 레이니를 불렀다.

"레이니."

영수증을 세던 레이니의 손가락이 잠시 멈추었다. 느린 동작으로 머리를 돌려 어깨 너머로 나를 바라보았다. 패딩이 잔뜩 들어간 코트를 입고 있어서 코트 깃이 턱 부분을 가리고 있었다. 33번가에서 나를 조준하고 달아난 승용차 뒷좌석에 있던 얼굴과 비교해 보았지만 일치하지 않았다. 그래도 상관은 없었다.

레이니는 누구라도 싫어할 만한 사람이었다. 미움, 두려움, 억센 성격이 습관화된 비웃음에 녹아 있는 얼굴을 하고 있었다. 그 눈빛은 차갑고 무자비한 대리석처럼 두꺼운 눈꺼풀 밑에서 빛나고 있었다.

레이니는 무서운 사람이었다.

입에 담배를 문 채 문설주에 기대서서 한 손을 주머니에 넣어 25구경 소총을 잡았다. 내가 총을 가지고 왔을 줄은 몰랐던 모양인지 놀라서 소리를 지르며 테이블 밑으로 팔을 뻗었다.

코트 모양만 봐도 주머니에 들어 있는 게 총이라는 걸 뻔히 알수 있는데도 총을 문설주에 부딪치며 소리를 냈다. 그 무서운 표정이 레이니의 얼굴에서 조금씩 사라지고 있었다.

"레이니, 나 기억하나?"

레이니는 말이 없었다.

어둠 속을 오래 응시하고서 내가 말을 이었다.

"물론 기억하겠지. 오늘 브로드웨이에서도 봤으니까. 상점 유리 진열대 앞에 있었는데 네 총이 빗맞았지."

레이니가 입을 떡 벌렸고 눈에는 두려운 기색이 더 짙어졌다. 나는 한 손을 주머니에 찔러 넣은 채 다른 손을 테이블 밑으로 뻗어 클립으로 달아 놓은 32구경 권총을 꺼냈다.

마침내 레이니가 입을 열었다.

"마이크 해머! 지금 무슨 소릴 하는 거야?"

테이블 모서리에 앉아서 레이니가 세고 있던 지폐를 바닥으로 떨어뜨리며 말했다.

"한번 잘 생각해 봐."

레이니가 바닥에 떨어진 돈을 보더니 다시 고개를 들어 나를 봤다.

아까 보았던 그 무서운 표정이 금세 되돌아왔다.

"내팽개치기 전에 당장 여기서 꺼지시지, 탐정 나리."

그러더니 의자에서 반쯤 몸을 일으켰다.

나는 32구경 권총을 손에 쥐고 그의 뺨에 비스듬히 갖다 댄 다음 총알을 발사했다. 살점이 떨어져 나갔다. 레이니는 의자 등받이 쪽으로 쓰러져 입을 벌린 채 피와 침을 질질 흘리고 있었다. 웃을 일은 아니었지만 그래도 나는 미소를 지으며 앉아서 레이니를 바라보았다. 내가 말했다.

"레이니, 네가 잊어버린 게 하나 있어. 그건 바로 내가 누구한테 물먹을 사람은 아니란 사실이지. 누구도 날 물먹일 수는 없어. 잊어버린 모양인데 내가 지금까지 이 일을 계속하고 있는 건 날 죽이고 싶어했던 숱한 놈들보다 내가 더 오래 살아남았기 때문이야. 너보다 더 잘난 척하는 놈들도 여럿 있었지만 그놈들도 다들 내 총에 나자빠졌어. 난 놈들의 표정이 변하는 걸 지켜봤고."

레이니는 겁을 먹고 있었지만 그래도 큰소리를 쳐 보려고 애를 쓰고 있었다. 레이니가 말했다.

"지금 처치하시지 그래? 총을 사용해도 좋다는 면허증이 없으니 예전같이 쉽진 않을 텐데? 한번 해 봐. 어떻게 되나 보자고."

그러더니 나를 향해 웃어 댔다. 나는 레이니의 허벅지에 32구경 총알 하나를 박아 주었다.

"이런, 젠장!"

레이니는 숨을 멈추고 다리를 부여잡았다. 권총의 총구를 놈의 눈동자에 맞춰 지옥으로 직행하는 통로가 보이게 해 주었다. 그러고 나서 말했다.

"한 번만 더 까불어 봐."

레이니가 뭐라고 중얼대더니 의자에 기대앉아 발치에 떨어진 돈 위에다 대고 구토를 하기 시작했다. 총을 테이블 위에 던지고 말했다.

"에밀 페리라는 놈이 있어. 그놈 근처에 다시 한 번 가까이 가면 네 바지 속의 셔츠가 들어가 있는 부분에다 총알을 박아 주지."
 그렇게 내 할 말을 하는 데만 정신을 팔고 있지 말았어야 했다. 다른 문도 잠가 두었어야 했다. 살폈어야 할 일이 많았는데 신경 쓰지 않은 바람에 나도 모르는 새에 어떤 놈이 방으로 들어와 내 등에다 대고 말했다.
 "이봐, 꼼짝 말고 그대로 있어."
 크고 비쩍 마른 녀석이 테이블로 와서는 너무 고통스러운 나머지 말도 못하고 앉아 있는 레이니를 한참 쳐다보았다. 마른 녀석이 말했다.
 "총에 맞았잖아! 이 망할 놈!"
 녀석이 팔을 뻗어 백핸드 자세로 내 뺨을 후려갈기는 바람에 나는 테이블 위로 쓰러지다시피 했다.
 "너 강도지? 대답해 봐! 이 새끼!"
 다시 한 번 녀석의 손이 내 뺨을 후려치는 순간 이번에는 진짜로 테이블 위로 나자빠졌다.
 총을 든 녀석이 내 목뒤로 총을 가져와서 머리와 어깨 사이를 쐈다. 발작과도 같은 고통이 전신을 휘감았다. 그러자 이번에는 키 작고 새하얀 얼굴에 살인 충동이 고스란히 표정에 나타나 있는 녀석이 앞에 나타나서 말했다.
 "아티, 이건 내가 처리할게. 이런 큼지막한 녀석들 손봐 주는 게 내 취미잖아."
 레이니가 다시 헛구역질을 하더니 신음 소리를 냈다. 내가 천천히 몸을 일으키는데 레이니가 말했다.
 "나한테 총을 줘. 내가 할게. 젠장, 그 총 달라고!"

비쩍 마른 녀석이 레이니의 허리에 팔을 둘러 부축해 일으켜서 벽을 짚고 내가 있는 쪽으로 왔다.

소총을 손에 든 녀석이 씩 웃더니 한 발짝 가까이 다가왔다. 놈의 손가락이 방아쇠를 잡는 사이 총구에 손가락을 넣어 막아 버렸다. 놈의 다리 가랑이 사이로 무릎을 밀어 넣어 놈을 쓰러뜨리면서 손에서 권총을 뺏는 것은 별로 어렵지 않았다. 놈은 젖은 모래주머니처럼 바닥에 쓰러져 가쁜 숨을 몰아쉬었다.

언젠가는 그렇게 쉽게 총구를 막을 수 없는 총이 만들어지지 않을까 싶다. 레이니를 부축하고 있던 마른 녀석이 레이니를 버려놓고 테이블 위에 있는 32구경 권총을 잡으려고 몸을 날렸다.

그놈 다리에도 총을 쏴 주었다.

레이니는 그걸로 끝장이었다. 무서운 성질은 온 데 간 데 없이 사라지고 자기 허벅지에 권총이 박혀 있다는 것도 잊은 채 비틀거리며 의자로 달려가 두 손을 앞으로 내밀어 내가 자기 쪽으로 다가오지 못하게 막으려 했다. 32구경 권총을 테이블 위에 던져 놓으며 내가 말했다.

"꽤나 터프하다고들 하길래 도대체 어떤 놈들인가 궁금했는데 약간 실망이군. 에밀 페리한테 접근하지 말라고 한 거 잊지 마."

다리에 총을 맞은 또 다른 녀석이 흐느끼며 의사를 불러 달라고 애원하는데 그냥 시큰둥한 표정으로 네가 알아서 직접 하라고 대답해 버렸다. 바닥에 떨어진 10달러짜리 지폐 뭉치를 밟고 서자 발 아래에서 찢어졌다. 키 작은 녀석은 아직도 구토를 하고 있었다. 문을 열고 세 명의 터프 가이를 돌아본 다음 웃으며 말했다.

"의사에게 어쩌다가 다쳤는지 설명해야 할 테지? 그냥 전쟁 기넘품으로 놔뒀던 총을 닦다가 실수로 발사됐다고 해."

레이니가 다시 신음하며 테이블 위에 있는 전화기를 부여잡았다. 문을 닫고 차가 있는 곳으로 돌아오면서 휘파람을 불었다. 시간 낭비만 했구나 싶은 생각이 들었다. 좀 더 세게 나갔어야 했는데 너무 부드럽게 대했다.

어쨌거나 할 말은 다했다. 이제 슬슬 재미있는 일이 시작될 차례다.

8장

 자고 있는데 조에게서 전화가 왔다. 알람은 열한 시 삼십 분에 맞춰져 있었는데 알람이 울리기 5분 전이었다. 졸린 목소리로 전화를 받자 조는 일어나서 자기 말 좀 들어보라고 했다. 내가 대답했다.
 "일어났어. 어디 무슨 말인지 들어보자."
 "이걸 어떻게 알아냈냐고 묻지는 마. 머리깨나 굴려서 겨우 알아낸 정보야. 에밀 페리는 구좌가 여러 개 있어. 부인 앞으로 된 당좌 예금 구좌 말고도 거액이 입급된 개인 예금 구좌도 있더라고. 자기 개인 구좌 말고는 전부 다 깔끔하게 정리가 돼 있더라. 6개월 전에 5000달러를 인출했더군. 그게 첫 거래였어. 그 후로 두 달에 한 번씩 거래를 하다가 어제는 몇 백 달러만 빼고 전부 다 인출을 했어. 그동안 현찰로 빼낸 돈이 모두 합해서 2만 달러나 돼."
 "대단하군. 그 돈이 다 어디로 간 거지?"

"그놈 사생활을 캐내기가 생각만큼 쉽지는 않았어. 우선 사회에서의 자기 입지만큼이나 소중히 아끼는 부인과 가족이 있지. 그리고 여자들과 어울려 놀기 좋아하는 인물이기도 해. 그럼 이 두 가지를 합치면 어떤 결론이 나오지?"

"공갈 협박이지. 결국 공갈 협박을 당했군. 그게 다야?"

"지금까지 알아낸 건 그게 다야. 이제 더는 이 문제로 날 골치 아프게 하지 말았으면 좋겠어."

"조, 너야말로 진정한 친구구나. 정말 고맙다."

"앞으론 너한테 빚지는 일 따윈 없을 테니 그리 알아. 무슨 말인지 알아듣지?"

"알아들었어. 어쨌든 고맙다."

머릿속이 복잡해서 침대에 누워 있을 수가 없었다. 욕실로 가서 샤워기를 틀었다. 몸을 말리고 면도와 양치질을 한 다음 밖으로 나와 아침 식사를 들었다. 레이니가 그 뚱뚱하고 땅딸막한 에밀을 잔뜩 겁줬다 이거군. 작고 뚱뚱한 에밀은 정기적으로 은행에서 거액의 돈을 인출했고……. 얘기가 딱딱 맞아 들어가네. 레이니는 경기장을 지을 돈이 필요했겠지.

창밖으로 회색빛 하늘을 내다보니 아직도 눈이 많이 내리고 있었다. 어쩌면 이건 겨우 시작에 불과할지도 모른다는 생각이 들었다. 지금 머릿속에 있는 생각을 정리해 내면 더 엄청난 게 기다리고 있을지도 모른다.

25구경 소형 권총이 아직도 내 재킷 주머니에 들어 있었다. 엘리베이터를 타러 걸어 나가는 사이 권총이 옆구리에 부딪혔다. 거리에 쌓여 있던 눈은 깨끗이 치워져 있었다. 주차 요원 녀석에게 스노우 체인을 벗겨서 트렁크에 넣으라고 시켰다. 녀석은 또 2달러를 벌었다. 차고에서 차를 빼내 브로드웨이를 달린 후 북쪽으로 방향을 돌려 브롱크스 가를 향해 몰았다.

이번에는 금색 이니셜이 새겨진 대형 세단이 어디론가 가고 없었다. 확인 차 골목을 두 번이나 돌았다. 2층 창문에는 모두 블라인드가 내려져 있었고 다들 어디론가 나가 버린 듯 적막감이 감돌았다. 모퉁이에 차를 세우고 집이 있는 곳으로 다시 걸어가 대문 앞에 섰다.

문고리를 세 번이나 두드렸지만 아무도 대답하지 않아서 발로 문을 걷어찼다. 자전거를 타고 지나가던 꼬마가 나를 보고 소리쳤다.

"그 집엔 아무도 없어요. 어젯밤에 다들 떠나는 걸 봤거든요."

꼬마 쪽으로 가서 물어보았다.

"누가 떠났는데?"

"가족들 전부 다 가는 것 같던데요? 온갖 물건을 차에 싣고 있었어요. 집 청소를 하던 가정부도 오늘 아침에 떠났어요. 나한테 25센트를 주면서 빈 병 몇 개를 가게에 갖다 주라고 했거든요. 병 값도 제가 챙겼어요."

나도 주머니에서 25센트 동전 하나를 꺼내 녀석에게 주었다.

"고맙다, 꼬마야. 그렇게 똘똘하니 돈을 버는구나."

꼬마는 동전을 주머니에 넣고 자전거 경적을 울리며 사라졌다. 나는 다시 집 쪽으로 갔다. 관목 숲이 집을 둘러싸고 있어서 뒤쪽으로 돌아 들어가는 샛길에 남아 있던 눈과 진흙이 신발 속으로 들어왔다. 두어 번 멈춰 서서 혹시 이웃 사람이 내 모습을 보고 경찰을 부르지는 않을까 확인했다. 관목 숲이 있는 게 다행이었다. 창문마다 손으로 더듬으면서 혹시 열린 것이 있는지 살펴보았다. 모두 잠겨 있었다.

욕을 내뱉은 다음 진흙 속에서 돌멩이 하나를 꺼내 유리창에 던졌다. 큰 소리가 났지만 아무도 살펴보러 오지 않았다. 창틀에서 유리 조각을 모두 제거한 다음 문지방을 붙잡아 몸의 균형을 잡으며 방으로 들어갔다.

의자마다 시트가 덮여 있고 문이 잠겨 있는 것으로 봐서 에밀 페리는 정말 그곳을 영영 떠난 것 같았다. 램프를 켜 보려고 했지만 켜지지 않았다. 전화도 먹통이었다. 방은 작은 서재 같았는데 여자가 오랜 시간을 보낸 장소처럼 느껴졌다. 구석에 재봉틀 하나와 반쯤 짜다 만 카펫이 걸린 베틀이 있었다.

복도로 나가는 문은 모두 잠겨 있었다. 하나하나 열어 보면서 블라인드 사이로 들어오는 노란빛을 들여다보았다. 모든 것이 제자리에 정돈되어 있었고 바로 얼마 전에 청소한 모습이었다. 문 하나하나를 들여다볼 때마다 점점 더 화가 나는 것을 느끼며 멀찌감치 물러섰다.

복도는 현관으로 이어져 있었고 현관문 밖으로 나가면 차고로 연결되는 지붕이 있는 통로가 있었다. 한편으로는 벽에 난 작은 창문을 통해 부엌이 보였고 다른 한편으로는 두꺼운 카펫이 깔린 계단이 2층을 향해 뻗어 있었다.

결국 또 제자리걸음이었다. 모든 것이 깔끔하게 정돈되어 있었다. 방 두 개, 욕실 하나, 침실이 하나 더 그리고 서재. 맨 끝에 있는 문은 집의 정면을 향해 나 있었는데 역시 잠겨 있었다.

문손잡이 위아래로 자물쇠가 두 개나 걸려 있었다.

그걸 여느라 꼬박 한 시간이 걸렸다.

방 안에는 불빛 하나 들어오지 않았다. 엄지손가락으로 성냥불을 켜고서야 그 이유를 알 수 있었다. 창문이 두 개 있었는데 두 개 모두 블라인드 위에 검은 커튼이 덧쳐져 있었다. 바깥쪽 블라인드 때문에 어차피 밖에서 안을 들여다볼 수 없었기에 검은 커튼을 올려도 문제 될 것은 없었다.

그 방은 에밀 페리의 사실(私室)이었다. 벽에는 빛바랜 사진 몇 개가 걸려 있었고 야시시한 달력 사진이 테이블과 의자 위에 흩어져 있었다. 오래된 낮잠용 침대 하나가 구부러진 채 벽에 기대어져 있었다. 창문 아래에는 책상과 타자기가 있었고 그 옆에 나지막한 서랍 두 개짜리 서류 캐비닛이 있었다. 캐비닛을 열고 내용물을 꺼내 보았다. 대부분 업무 서한이었고 나머지는 증서, 보험 서류, 개인 사물 등이었다. 서랍을 닫고 천천히 방 안을 걸었다.

도무지 아무것도 찾아낼 수가 없었다.

찾은 것은 작은 벽난로 속의 거의 잿더미가 다 된 종이조각뿐이었는데 그것도 내 손이 닿자마자 먼지처럼 부스러져 버렸다. 무슨 종이였는지는 몰라도 아주 제대로 태워 놓았다. 그저 새까만 재 부스러기뿐이었다.

혼잣말로 욕을 한 뒤 서류 캐비닛으로 다시 돌아가서 페리 부인의 이름으로 들어 놓은 보험 증서를 꺼냈다. 보험 증서를 쓰레받기 삼아 종이 조각을 봉투에 쓸어 넣고 봉한 다음 다시 서랍에 넣었다.

집 밖으로 나오기 전에 모든 것이 처음 그대로 정리되어 있는지 다시 한 번 확인했다. 몇 가지 물건을 정돈한 다음 문을 닫고 자물쇠 두 개가 제자리로 돌아가게끔 살짝 밀어 넣었다.

들어왔던 길로 다시 나가면서 눈밭에 남겨 놓은 발자국과 관목 숲 뒤의 진흙을 대충 치웠다. 그러고 나서 차에 들어가 앉았는데 기분이 썩 좋지 않았다. 이제 상황이 어떻게 된 것인지 조금 감이 잡히는 것 같았다. 자동차 열쇠를 돌려 시동을 건 다음 맨해튼으로 차를 몰았다.

59번가에 차를 세우고 약국으로 가서 캘웨이 상사에 전화를 걸었다. 회사 사람이 페리의 사무실 주소를 알려 주었다. 그 사무실로 전화를 걸었다. 페리 씨를 부탁한다고 말했더니 전화 교환원이 잠깐만 기다리라고 한 뒤 페리에게 전화를 연결해 주었다.

전화기 저쪽에서 말하는 소리가 들렸다.

"페리 씨 사무실입니다."

"페리 씨 좀 바꿔 주실 수 있을까요?"

"죄송합니다. 페리 씨는 지금 지방에 가 계십니다. 언제 돌아오실지는 모릅니다. 어떻게 도와드릴까요?"

"허 참, 이 일을 어쩌나……. 페리 씨께서 골프채 세트를 주문하셔서 오늘 배달해 드리기로 돼 있었거든요. 집에 가 보니 안 계시더라고요."

"아, 그랬군요. 너무 갑자기 떠나시느라 저희에게는 아무 말도 없으셨고 연락처도 남기지 않으셨거든요. 그럼 제가 보관하고 있을까요?"

"네. 그렇게 하죠."

그렇게 거짓말을 하고 전화를 끊었다.

에밀 페리는 분명 어디론가 종적을 감춰 버린 것이 분명했다. 도대체 얼마나 그렇게 숨어 있을 건지 궁금했다.

차로 돌아와 사무실까지 쉬지도 않고 달렸다. 내 앞으로 온 소포 하나가 있었다. 지하를 통해서 가지 않았으면 사무실에서 받아 보고 깜짝 놀랄 뻔했다. 내가 엘리베이터 안으로 들어서자 엘리베이터 기사가 갑자기 출발 버튼을 누르고는 불안한 듯 나를 쳐다보았다. 내가 말했다.

"왜 그러십니까?"

남자가 혀로 입술을 축이더니 말했다.

"이런 말을 해도 되는 건지 모르겠지만 조금 전에 경찰 몇 명이 사무실로 올라갔습니다. 체격들이 아주 크더라고요. 그중 두 명은 건물 로비를 지키고 있고요."

잽싸게 엘리베이터 밖으로 내렸다.

"지금 사무실에 누가 있습니까?"

"아마 그 비서로 일하는 예쁜 아가씨가 있을걸요? 뭐 문제라도 있습니까?"

"많은 것 같네요. 여기서 절 봤단 말은 아무에게도 하지 말아 주십시오. 은혜는 꼭 갚겠습니다."

"괜찮습니다. 도움이 됐다니 기쁘네요."

기사가 문을 닫았고 엘리베이터는 위층으로 올라갔다. 벽에 붙은 전화기로 가서 동전을 넣고 사무실 번호를 돌렸다.

내게 아침 인사를 하는 벨다의 목소리가 다소 긴장되어 있었다. 수화기에 손수건을 대고서 말했다.

"해머 씨 부탁합니다."

"죄송합니다만 아직 안 들어오셨는데요. 메시지 남겨 드릴까요?"

투덜거리는 소리를 좀 내고 잠시 생각하는 척하다가 말했다.

"네. 그래 주시면 고맙겠습니다. 한 시간 후에 브루클린에 있는 캐쉬모어 바에서 저와 만나기로 돼 있었는데 제가 몇 분 늦을 것 같습니다. 해머 씨께서 전화하시면 그렇게 좀 전해 주십시오."

"알겠습니다. 그렇게 전해 드리죠."

벨다가 대답했다. 목소리에는 웃음기가 배어 있었다.

전화기 옆에 서서 몇 분을 기다리다가 동전을 하나 더 집어넣고 다시 사무실로 전화를 걸었다. 벨다가 말했다.

"이제 올라오셔도 돼요. 다들 갔어요. 브루클린까지 가기는 너무 멀어요."

사무실로 들어가 보니 벨다는 책상 위에 다리를 올려놓고 손톱을 손질하고 있었다. 벨다가 말했다.

"탐정님 흉내 내고 있었어요."

"난 속이 들여다보이는 치마 따윈 입지 않는데."

벨다가 황급히 다리를 내리더니 얼굴이 새빨개졌다.

"사람들이 와 있는 건 어떻게 알았죠?"

벨다가 머리로 문 쪽을 가리키며 물었다.

"엘리베이터 기사가 귀띔해 주더라고. 이제 보너스 수혜자 명단에 그 사람도 올려 줘야겠어. 그런데 그놈들은 왜 온 거야?"

"탐정님 때문에 왔죠."

"나는 왜?"

"탐정님이 누굴 총으로 쐈다고 생각하는 것 같던데요?"

"그 망할 녀석! 간도 크군!"

모자를 의자에 던지고 냅다 욕설을 퍼부었다. 있는 대로 화가 나서 몸을 돌리며 벨다에게 물었다.

"누구였어?"

"검사 사무실에서 나왔다고 하더라고요."

약간 걱정이 되는 듯 벨다가 이마를 찌푸리며 내게 물었다.

"뭐가 잘못됐나요?"

"갈수록 일이 꼬이고 있어. 팻에게 전화 좀 걸어 줄래?"

벨다가 다이얼을 돌리는 사이 내 방으로 가서 셰리주 한 병을 들고 나왔다. 두 잔을 따르고 나니 벨다가 전화기를 내게 건네주었다.

밝은 목소리를 내려고 했지만 여전히 화난 말투가 나오는 걸 어쩔 수가 없었다. 내가 말했다.

"팻, 나야. 검사 사무실 녀석들 몇 명이 날 찾아왔더군."

팻은 놀란 목소리였다.

"뭘 하고 있었는데?"

"난 사무실에 없었어. 어떤 망할 놈이 내 뒤를 쫓고 있는 모양이야. 도대체 뭐가 어떻게 된 거야?"

"마이크, 넌 아주 곤란한 상황에 빠졌어. 오늘 아침에 검사가 널 잡아오라는 명령을 내렸거든. 어젯밤에 섬에서 총격이 있었어. 두 명이 총에 맞았는데 그중 한 명은 레이니라는 친구였지."

"많이 듣던 이름이네. 그놈들이 내가 그런 걸 확인했대?"

"아니. 하지만 그 근처에서 널 봤는데 네가 레이니를 협박하는 소리를 엿들었다나 봐."

"그걸 레이니가 다 말한 거야?"
"그럴 리가 없지. 레이니는 죽었거든."
"뭐라고?"
폭탄이 터지는 듯한 소리로 내가 고함을 쳤다.
"마이크……."
팻이 부르는데도 대답을 할 수가 없었다.
팻이 다시 한 번 말했다.
"마이크, 네가 죽인 거야?"
정신을 차려 대답했다.
"아니. 저기 길 건너 술집에 가 있을 테니 거기서 만나자. 할 애기가 있어."
"한 시간이면 갈 수 있어. 그런데 어젯밤엔 어디에 있었던 거야?"
잠시 가만히 있다가 대답했다.
"집에 있었어. 곯아 떨어져 잤지 뭐."
"증명할 수 있어?"
"아니."
"좋아. 좀 있다 거기서 보자."
내가 팻과 이야기하는 사이 벨다 혼자서 술 두 잔을 다 비우고 새 잔을 따르고 있었다. 술이 꽤나 당기는 모양이었다. 벨다에게 말했다.
"레이니가 죽었대. 내가 죽인 건 아니지만 차라리 내 손으로 죽인 거였으면 좋겠어."
벨다가 입술을 깨물더니 말했다.

"그럴 거라고 짐작은 했어요. 검사가 탐정님을 범인으로 지목하고 있는 거죠?"

"그래. 어젯밤엔 무슨 일이 있었어?"

벨다가 내게 술잔을 건넸고 둘이 함께 잔을 들어올렸다. 벨다가 먼저 잔을 내리더니 말했다.

"돈을 좀 땄어요. 클라이드가 나를 살짝 취하게 만들더니 수작을 걸더군요. 안 된다고는 안 했어요. 나중에 하자고만 했죠. 아직 나한테 관심이 있는 것 같아요. 나도 연애 9단은 되니까 그 정도는 알죠."

"시간 낭비였네."

"꼭 그렇지만은 않아요. 소방수들과 예쁜 아가씨들이 참석하는 파티에 갔어요. 파티의 하이라이트는 안톤 립섹이었는데 무척 취해 있더라고요. 안톤이 자기 아파트로 가자고 해서 몇 명이 안톤을 따라갔어요. 나도 가고 싶었지만 클라이드가 자기 사업 동료들과 떨어져서 움직일 수 없다는 궁색한 변명을 하더군요. 우리 말고 다른 한 커플도 안 가겠다고 했는데 그 커플은 남자 친구가 룰렛에서 한창 돈을 따고 있는 중이라 파티장을 떠나기 싫어했어요. 그 남자랑 같이 있던 여자는 탐정님이 저번 날 밤에 같이 있던 바로 그 여자였어요."

"코니?"

"그 여자 이름이 코니인가요?"

벨다가 차갑게 물었다.

그냥 씩 웃고서 그렇다고 대답해 주었다.

벨다는 의자에 앉아 몸을 앞뒤로 흔들면서 셰리주를 홀짝였다.

"안톤과 같이 갔던 여자들 중 두 명은 코니와 함께 일하는 애들이었어요. 그 애들이 수다 떠는 걸 몇 분 정도 듣고 있는데 탐정님 여자 친구가 와서 뭐라고 혼을 내는 바람에 얘기가 끊겨 버렸지 뭐예요."

내가 술을 다 마실 때까지 기다렸다가 벨다가 물었다.

"탐정님은 어젯밤에 어디 있었죠?"

"레이니라는 친구를 만나러 갔다 왔지."

벨다의 얼굴이 하얗게 질렸다.

"하지만…… 팻에게는……"

"알아. 난 죽인 적 없단 말만 했어. 난 그냥 겁이나 주려고 레이니 다리에만 총을 쐈는걸."

"세상에, 그럼……"

벨다가 감을 잡을 때까지 기다렸다가 말했다.

"별로 많이 다치지는 않았어. 그 살인범이 내가 떠난 다음에 제대로 한 방 쏴서 보내 버린 거지. 원래 그런 거야. 자세한 내막은 차차 알아내야지."

담배를 입에 물고 불을 붙이면서 벨다를 바라보다가 말했다.

"어젯밤에 클라이드는 몇 시에 만난 거야?"

벨다가 눈을 내리깔더니 입을 뾰로통하게 내밀고 대답했다.

"두 시까지 기다리게 했어요. 무슨 일이 있어서 못 나온다고 하더군요. 거의 바람맞는 줄 알았는데 그때 탐정님이 사무실에 나타나서 나보고 예뻐 보인다느니 어쩌느니 하는 말을 하신 거죠."

성냥이 손가락까지 타들어 가려는데 겨우 성냥불을 껐다.

"그때 레이니를 죽이고 돌아왔겠군. 시간이 딱 맞아떨어지잖아!"

벨다의 눈이 휘둥그레지더니 침을 꿀꺽 삼켰다.

"마이크, 말도 안 돼요. 그럼 클라이드는 사람을 죽인 직후에 나를 만났다는……."

"딩키는 방금 사람을 죽였어도 전혀 티를 안 낼 만한 위인이야. 딩키라면 그러고도 남지. 워낙 사람을 많이 죽여 봤거든. 전적이 화려하다고."

의자에서 모자를 집어 들어 구겨진 주름을 반듯하게 펴고 말했다.

"경찰에서 다시 전화가 오면 잘 좀 막아 놔. 팻 얘기는 하지 말고. 혹시 검사 녀석이 전화를 하거든 내 대신 욕이나 한 바가지 해 줘. 좀 있다 다시 올게."

그 말을 하고 문밖을 나서는 순간 좀 있다가는 죽은 목숨이 될지도 모른다는 것을 깨달았다. 발목까지 올라오는 신발을 신은 덩치 큰 깡패 녀석이 계단 맨 위에 앉아 있다가 일어서며 말했다.

"여기 두어 명 남겨 두고 가길 잘 했지……. 브루클린에서 돌아오면 그 친구들 열깨나 받겠는걸?"

거의 비슷하게 덩치가 큰 또 다른 한 녀석이 복도 끝에서 나와 그 옆에 나란히 섰다.

내가 말했다.

"어디 영장이나 좀 봅시다."

놈들이 영장을 내밀었다. 첫 번째 놈이 말했다.

"갑시다. 괜히 허튼 수작 부리면 한 대 맞을 줄 알아."

어깨를 으쓱하고서 두 사람을 따라 엘리베이터로 갔다.

엘리베이터 기사가 바로 눈치를 채고는 슬픈 듯 고개를 저었다. 내가 좀 더 조심했어야 한다고 생각하는 것 같았다. 다른 사람들이 엘리베이터에 타는 바람에 엘리베이터 기사 바로 뒤에 딱 붙어 서 있다가 로비까지 내려왔을 때는 기분이 좀 나아졌다. 오늘 밤 엘리베이터 기사가 집에 가서 옷을 갈아입을 때 25구경 권총이 갑자기 어디서 생겼나 의아해할 것이다. 어쩌면 착한 시민 노릇을 하느라 경찰에 신고를 할지도 모를 일이다. 그럼 경찰에서는 그 총이 어디서 나온 건지 알아내느라 진땀을 빼겠지.

건물 바로 밖에 경찰차가 있었고 나는 양쪽에 경찰을 대동한 채 차에 탔다. 아무도 말이 없었다. 내가 담뱃갑을 꺼내자 경찰 중 한 명이 내 손을 때려서 담뱃갑을 빼앗았다. 그 녀석은 오버코트 가슴팍에 달린 주머니 안에 시가 세 개를 구겨 넣고 있었는데 나는 팔을 뻗는 척하면서 팔꿈치로 그 시가들을 망가뜨려 놓았다. 그 바람에 녀석이 잔뜩 째려보는 눈빛을 보냈다가 나한테서 더 무서운 눈빛을 되받았다.

검사는 내가 올 줄 알고 미리 나를 맞을 준비를 다 해 놓고 있었다. 제복 입은 경찰이 문 옆에 서 있었고 형사 두 명이 높은 등받이가 달린 의자까지 나를 안내한 다음 뒤편에 자리를 잡고 앉았다. 검사는 기분이 좋아 죽겠다는 얼굴이었다.

"지금 저를 체포하시는 겁니까?"

"그런 것 같죠?"

"대답을 분명하게 하시죠. 체포입니까, 아닙니까?"

최대한 빈정대는 투로 내가 다그쳤다. 검사가 이를 갈았다.

"당신은 살인 혐의로 체포되었습니다."

"전화 좀 쓰고 싶은데요."

검사가 다시 웃기 시작했다.

"그러시죠. 어서 쓰시지. 변호사를 통해서 얘기하면 더 좋을 테니까. 어젯밤 당신이 집에서 자고 있었다는 소리를 어떻게 하는지 듣고 싶군. 그랬다간 당신 아파트 경비원, 도어맨, 옆집 사람들을 모조리 불러다가 어젯밤 당신 집에서는 아무 인기척도 나지 않았다는 증언을 하게 만들어 주지."

전화기를 들고 외부 연결을 요청했다. 팻과 만나기로 돼 있는 술집 전화번호를 대면서 검사가 그 번호를 메모지에 받아 적는 것을 지켜보았다. 플린이라는 아일랜드 출신 바텐더가 전화를 받았다. 내가 말했다.

"플린, 나 마이크 해머야. 거기 어젯밤 내 알리바이를 증명해 줄 사람이 있을 거야. 그 사람한테 가서 검사 사무실로 좀 와 달라고 해 줄래?"

플린이 내 메시지를 술집에다 대고 외치는 순간 전화를 끊었다. 검사는 다리를 꼬고 앉아서 한쪽 무릎을 위아래로 흔들고 있었다.

"이번 주 중으로는 내 면허증을 되찾았으면 합니다. 면허증 주실 때 사과 편지도 같이 주십시오. 안 그러면 다음번 선거 때 패배하게 만들어 드릴 테니까요."

경찰 한 명이 내 뒤통수를 후려갈겼다.

"어떻게 된 노릇이죠?"

내가 물었다.

검사께서 더는 가만히 있을 수가 없는 모양이었다. 입술을 가늘게 벌리더니 아주 재미있다는 듯이 말했다.

"말씀드리지, 탐정 나리. 내 말이 틀렸으면 지적을 해 줘도 좋아. 어젯밤 넌 글렌우드 지역에 갔어. 거기서 레이니라는 사람과 다퉜지. 두 명이 네 인상착의를 묘사해 주었고 네 사진까지 확인해 주었어. 네가 문을 열고 총을 쏘기 시작했을 때 그 사람들은 모두 그 사무실 안에 있었지. 한 명은 다리에 총을 맞았고 레이니는 다리와 머리에 총을 맞았어. 그렇지 않나?"

"총은 어디 있는데요?"

"그거야 벌써 어디론가 치웠겠지."

"그 사람들을 증인석에 세우면 어떻게 되는 겁니까?"

검사가 얼굴을 찌푸리더니 다시 이를 갈았다.

"제가 보기에는 별로 신통한 증인이 못 될 사람들 같은데요?"

"그만하면 충분해. 네 알리바이를 대줄 만한 사람이 누가 있는지 듣고 싶군."

그 말에는 대답할 필요가 없었다. 얼굴이 흙빛이 된 팻이 사무실로 들어왔기 때문이다. 하지만 팻이 검사의 비열한 웃음을 보는 순간 얼굴에 서려 있던 어두운 빛이 사라져 버렸다. 명랑한 소년 같은 얼굴을 하고서 무시무시한 눈빛을 검사에게 보내고 있었다. 팻도 나름대로 검사에게 최소한의 예의를 갖추려는 듯했으나 뜻대로 안 되는 모양이었다. 검사에게 말하는 말투가 용의자를 심문할 때 들었던 말투와 별로 다르지 않았다.

"어젯밤에 제가 이 친구와 같이 있었습니다. 제대로 된 부서에서 이 사건을 처리했더라면 진작 아셨을 텐데 안타깝네요. 어제 아홉 시쯤 이 친구 아파트에 가서 새벽 네 시까지 함께 포커를 쳤습니다."

검사의 얼굴에 분노의 빛이 감돌았다. 책상 끝을 움켜잡는 손등에 핏줄이 서는 것이 보였다.

"어떻게 들어갔습니까?"

팻은 별로 신경 안 쓴다는 표정이었다.

"뒷길로 들어갔습니다. 근처에 차를 세우고 건물 사이로 걸어 들어갔죠. 그건 왜 물으시죠?"

"도대체 이 사람 아파트에 뭐 재미있는 일이 있다고 거기까지 간 겁니까?"

"그거야 검사님께서 신경 쓰실 일은 아니지만 굳이 말씀드리자면 같이 포커를 쳤습니다. 그리고 검사님 얘기를 했죠. 여기 마이크가 검사님에 대해 별로 좋지 않은 얘기를 좀 하더군요. 기록에 남길 수 있게 다시 한 번 말씀드릴까요?"

1분만 더 그런 식으로 얘기를 계속했다간 검사가 발작을 일으킬 것 같았다. 검사가 말했다.

"신경 끄십시오. 됐습니다."

그때 내가 끼어들어 약을 올렸다.

"제대로 된 증인이라는 것은 바로 이런 사람을 두고 하는 말입니다. 이제 제 혐의는 풀린 걸로 알아도 되겠죠?"

들릴락말락 한 목소리로 검사가 말했다.

"이 방에서 나가! 체임버스 경감님도 이제 그만 나가시죠."

검사가 팻을 노려보더니 말했다.

"나중에 다시 뵙겠습니다."

일어서서 내 담뱃갑을 집어 들었다. 아까 내가 뭉개 준 시가가 주머니 밖으로 비어져 나와 있는 경찰이 비웃는 표정으로 나를 쳐다보았다.
"불 있습니까?"
내 말에 불을 빌려 주려다가 그러면 안 된다는 것을 뒤늦게 깨달은 듯 손을 거두었다. 이를 드러내고 검사를 향해 활짝 웃어 준 다음 이렇게 말했다.
"제 면허증 잊지 마십시오. 주말까지 시간을 드리겠습니다."
검사는 의자를 휙 돌리더니 꿈쩍도 안 했다.
팻을 따라 아래층으로 내려와 팻의 차에 탔다. 어디로 가는 줄도 모르는 채 정처 없이 10분을 달렸다. 마침내 팻이 입을 열었다.
"어떻게 그럴 수 있는 건지 도무지 모르겠다."
"뭘 말이야?"
"늘 사고 치고 다니는 거 말야."
그 말을 들으니 뭔가 생각나는 것이 있었다. 팻에게 차를 세우고 술이나 한잔하자고 했다. 술집을 찾아 차를 세웠다.
팻을 술집에 남겨 두고서 전화박스로 가서 글로브 잡지사 사무실 번호를 돌려 스포츠부 편집장을 바꿔 달라고 부탁했다. 에드가 전화를 받았다.
"에드, 나 마이크야. 부탁 하나만 들어줘. 어젯밤에 레이니가 죽었대."
에드가 끼어들었다.
"그래. 어떻게 된 건지 네가 얘기해 줄 거라고 생각하고 있었지. 하루 종일 네 전화를 기다렸어."
"관둬. 네 생각하고는 전혀 다르니까. 그놈을 죽인 건 내가 아냐. 놈이 죽을 줄은 나도 몰랐어."

"몰랐다고?"

말투를 보니 내 말을 믿지 않는 것 같았다.

내가 다시 한 번 말해 주었다.

"몰랐어. 이제 내 말 좀 들어봐. 레이니한테 무슨 일이 일어났는지는 중요한 게 아니야. 네가 둘 중 하나를 해 줬으면 좋겠어. 검사에게 전화를 걸어서 어젯밤에 무슨 일이 일어날지 내가 미리 예상하고 있었다고 말하든가, 아니면 가만히 있다가 큰일이 터질 때 특종을 하나 잡든가. 어떻게 할래?"

에드가 기자 특유의 쓴웃음을 짓더니 대답했다.

"기다릴게. 검사한테 전화하는 거야 언제라도 할 수 있지만 일단은 기다리지 뭐. 그런데 레이니의 파트너 두 명이 누구였는지 알아?"

"말해 봐."

"피티 카산드로와 조지 해밀튼이야. 디트로이트에서는 둘 다 악명이 자자하지. 둘 다 감옥살이를 했는데 여간 거친 놈들이 아냐."

"별로 그렇지도 않던데?"

"아냐. 대단한 녀석들이야. 그럼 난 무슨 일이 벌어지는지 기다릴게. 범죄 문제로 특종을 잡아 본 지도 꽤 오래됐군."

자리로 돌아오니 팻이 뭘 하고 왔냐고 물어봐서 사무실에 전화했다고 했다. 의자에 앉아 하이볼을 만들기 시작했다. 팻은 자기 것을 거의 다 만들어 놓은 상태였다. 팻은 생각에 잠겨 있었다. 걱정을 하는 눈치였다. 팻의 등을 한 대 치면서 말했다.

"기운 내. 검사 한 놈 물먹인 것밖에 별달리 한 일도 없잖아. 그 정도면 기분이 좋을 일 아닌가?"

팻은 그렇게 생각하지 않는 것 같았다.

"난 너무 성실한 경찰인가 봐. 거짓말하는 건 싫어. 뭔가 음모가 있다는 낌새를 채지 못했더라면 그냥 네가 알아서 하게 내버려 뒀을 거야. 검사는 네 행적을 낱낱이 잡아 내려고 잔뜩 벼르고 있다고."

"까딱하면 발목 잡힐 뻔했지. 네가 상황을 알아채고 그럴싸하게 거짓말을 해 준 덕에 함정에서 빠져나오게 돼 얼마나 기분 좋은지 모른다고."

"그럴싸하지 않았으면 어쩔 뻔했어. 무슨 수로 밤새 네가 집에 있었다는 걸 증명하겠냐고. 법정에서 그딴 알리바이를 댔다간 바보 취급이나 당할 거야."

"하늘이 두 쪽이 나도 증명 못했겠지."

내가 팻을 툭 치는 바람에 팻은 하마터면 손에서 술잔을 떨어뜨릴 뻔했다. 팻이 내 코트를 붙잡고 나를 의자 위에서 빙글빙글 돌렸다.

"네 말대로 집에 있었던 거 맞지?"

"아니. 레이니란 놈을 만나러 나갔어. 사실 내가 쏜 거 맞아."

팻의 손가락에서 힘이 빠지고 얼굴이 하얗게 질리더니 외마디 탄성이 나왔다.

"세상에!"

술잔을 집어들며 내가 설명했다.

"내가 쐈어. 하지만 머리에 쏘진 않았어. 그건 어떤 다른 놈이 한 짓이야. 너까지 일에 휘말리게 하고 싶진 않지만 살인범을 제대로 잡으려면 나 혼자 하는 것보다 우리 둘이 함께하는 게 나을 것 같아서."

팻이 손으로 얼굴을 비볐다. 아직도 원래의 얼굴색이 돌아오지 않은 상태였다. 저러다가 기운이 다 빠져 버리는 것이 아닐까 걱정하고 있는데 팻이 술을 꿀꺽 삼키더니 한 잔을 더 주문했다. 술잔에 얼음을 넣는 손이 너무 떨려서 얼음이 자꾸 술잔에 부딪치며 달그락 소리를 냈다.

"왜 그런 짓을 했어? 이제 내 손으로 널 잡아 넣게 돼 버렸잖아. 그런 짓은 하지 말았어야지."

"그래. 날 잡아 넣으면 그 검사 놈이 너도 잡아먹으려고 들겠지. 검사가 널 경찰에서 해고시키고 어떤 무능한 놈이 네 자리에 앉는 꼴을 보고 싶은 거야? 그럼 그렇게 해. 날 잡아들이면 검사는 자기 이름을 휘날리겠지. 살인범은 좋아라 웃으며 처벌도 받지 않은 채 빠져나갈 거고. 그게 그 살인범이 원하는 바지. 젠장, 아직도 일이 어떻게 돌아가는 건지 모르겠어? 여기저기서 냄새가 나잖아."

팻은 분노로 몸을 떨면서 술잔만 바라보았다. 내가 말을 계속했다.

"에밀 페리를 만나러 갔더니 레이니가 거기 와 있더라. 페리와 휠러는 사업상 관계로 만나 안면만 있는 정도인데 페리가 휠러의 자살 동기에 대해 이러쿵저러쿵 떠드는 바람에 페리와 휠러가 엮이게 되었지. 페리는 휠러와 엮이고, 레이니는 페리와 엮인 거야. 페리는 매달 은행에서 5000달러를 꺼냈어. 그러니 생각을 해 보라고. 공갈 협박을 당하고 있었던 것 같지 않아? 솔직히 말해 봐. 너도 그런 생각이 들잖아. 네가 그걸 인정 못 하겠다면 내가 인정할 수밖에 없는 근거를 대주지. 어제 페리가 2만 달러를 인출해서 도시를 떠났어. 그 정도 돈이면 여행 경비라고는 볼 수 없지. 그건 자기가 공갈 협박을 당하던 증거를 사들일 돈이었던 거야. 뭐 알아낼 만한 게 없나 하고 페리의 집에 갔다가 벽난로에서 내가 뭘 발견했는지 알아?"

코트 안주머니에 손을 넣어 봉투를 꺼내서 페리 앞에 던져 놓았다. 페리가 멍하니 봉투를 향해 손을 뻗었다.

"이제 레이니가 어떻게 하다가 그 사업을 시작하게 됐는지 말해 줄게. 페리를 처음 만났을 때 레이니가 뭣 때문에 페리를 휘어잡고 있는지 내가 알아내서 만천하에 공개하겠다고 말했어. 내 말에 어찌나 겁을 먹었던지 기절까지 하더군. 그러고 나서 즉시 레이니에게 전화를 하더라. 물증을 다시 사들이겠다고 말하니까 레이니가 그러자고 했어. 그래 놓고서 레이니는 또 다른 일을 꾸몄지. 브로드웨이에서 내게 총을 쏜 거야. 그 총에 맞았다면 목격자 하나 없이 개죽음을 당했겠지. 주위에 사람이 아무리 많은들 무슨 도움이 됐을 리도 없고. 그래서 레이니를 찾아가 단도직입적으로 내 뜻을 전했지. 그리고 겁을 주려고 다리에 총을 쏜 거야. 레이니의 친구 녀석 한 명에게도 똑같이 총을 쐈어."

팻이 내 말을 듣고 있지 않는 줄 알았는데 실은 제대로 다 듣고 있었다. 고개를 돌려 냉정해진 눈빛으로 나를 보며 말했다.

"그럼 레이니를 죽인 총알은 누가 쏜 거야?"

"내 말을 끝까지 들어봐. 레이니 혼자서 이 모든 일을 꾸몄을 리는 없어. 그 정도로 머리가 좋은 놈은 아니거든. 누군가에게서 명령을 받아서 일을 하다가 어느 시점에선가 자기 혼자 일을 해 보기로 마음을 고쳐먹은 거지. 레이니에게 명령을 내리던 놈이 레이니의 꿍꿍이를 알아차리고는 자기가 직접 레이니를 손봐 주러 간 거야. 그랬다가 내가 레이니와 같이 있는 걸 보고서 나에게 뒤집어씌울 계산을 한 거지."

팻은 머릿속으로 상황을 그려 보고 있었다.

"누가 널 혼내 주려고 벼르고 있는 모양인데, 그게 누구지?"

"클라이드 말고 누가 있겠어? 아직 레이니와 클라이드의 관계는 파악하지 못했지만 곧 하게 될 거야. 레이니는 바우어리 클럽이 좋아서 거기서 놀고 있었던 게 아냐. 십중팔구 클라이드에게 뭔가 볼일이 있었던 거지."

팻이 고개를 끄덕였다.

"그럴 수도 있지. 레이니의 다리와 머리에서 나온 총알은 둘 다 같은 총에서 발사된 것이었어."

"나머지 한 놈은 달라. 그놈 친구 총을 썼거든."

"그건 나도 모르는 부분이야. 총알이 다리를 관통했는데 관통한 총알을 아직 발견하지 못했거든."

"그건 내가 알아. 내가 쐈으니까. 두 녀석 모두에게 총을 쏘고서 총은 테이블 위에 두고 나왔어."

바텐더가 다가와서 술잔을 다시 채워 주고 땅콩 한 접시를 갖다 놓아서 집어 먹었다. 팻은 한 번에 땅콩 한 알씩만 입에 넣고 있었다.

"마이크, 무슨 일이 있었는지 내가 얘기해 줄게. 총에 맞지 않은 녀석이 자기 동료를 밖으로 끌고 나가서 도와 달라고 소리를 질렀대. 아무도 오지 않아서 벌써 죽은 것 같은 레이니는 그냥 그 자리에 놔두고 자기 동료만 차로 끌고 가서 글렌우드 주택가에 있는 병원으로 데리고 갔다는 거야. 거기서 경찰에 신고를 했지. 네 인상착의를 설명하고 네 사진까지 확인했어."

"그것 보라고. 그러니까 살인범은 내가 떠난 다음에 와서 두 녀석을 협박했거나 돈을 줘서 나한테 누명을 씌우게 하고 진짜로 무슨 일이 있었는지에 대해서는 함구하게 만든 거야. 둘 다 디트로이트 주정부에서 무기 소지 허가증을 받았고 한 놈은 총을 가지고 다녔어. 설리번법 위반 혐의로 잡혀 들어가 봤자 자기들한테 좋을 거 없을 테니까."

"검사는 놈들의 진술서를 가지고 있어."

"그런 건달 녀석들한테 받은 진술서가 무슨 소용이야? 차라리 너처럼 확실한 증인 하나가 낫지."

"법정에서 선서까지 한다면 얘기가 달라지지."

"미치겠군. 도무지 얘기가 발전될 기미가 없네. 검사 녀석도 자기가 우리한테 당했다는 걸 이미 알고 있단 말야. 난 그렇게 한 방 먹여 줘서 기분 좋은데, 넌 아냐?"

팻은 내 말을 무시하고 혼자 생각에 빠졌다. 팻이 생각을 정리할 때까지 잠시 기다렸다가 이제 어떻게 할 생각이냐고 물어보았다. 팻이 말했다.

"일단 그 두 녀석을 족쳐 봐야지. 진실이 뭔지 알아내야 할 테니까."

놀라서 팻을 보다가 웃으며 말했다.

"팻, 지금 농담하는 거지? 그 녀석들이 사실을 있는 그대로 다

불어 버린 다음에도 목숨을 부지할 수 있을 것 같아?"
"한 놈은 다리에 총알 구멍까지 났어."
팻이 지적했다.
"그게 뭐가 어쨌다는 거야? 머리에 맞은 것과는 비교도 안 되잖아. 두 놈 다 산전수전 다 겪은 놈들이야. 그러다가 자기들보다 한 수 위인 사람을 만나고서야 겨우 꼬리를 내린 거지."
"그래도 캐 내는 데까지는 캐 내 봐야지."
"그래. 혹시라도 뭘 알아내면 다행이겠지. 그럴 리는 없을 것 같지만. 그런데 나한테 쏜 총알은 조사해 봤어?"
팻이 재빨리 대답했다.
"안 그래도 그 얘기를 하려던 참이었어. 둘 다 38구경 총알이긴 한데 다른 총에서 발사되었더라고. 널 없애려던 놈이 한 명이 아니란 얘기지."
내가 예의상 놀라는 척이라도 하기를 기대했던 건지 별반 놀라는 기색이 없자 팻은 실망한 눈치였다.
"팻, 나도 그 정도는 짐작했어. 결국 레이니와 클라이드겠지. 말했지만 내가 페리의 집에서 나간 후 페리가 레이니에게 전화를 한 게 분명하거든. 그때가 점심 시간 바로 직전이었으니까 내가 집에서 점심을 먹고 있을 거라고 짐작했겠지. 어쨌든 내가 코트와 장갑을 가지러 집에 왔을 때부터 나를 미행하기 시작한 거야. 누가 미행할 거라곤 생각 못 했기 때문에 아무 신경을 안 썼지. 하루 종일 나를 따라오면서 내가 혼자가 돼서 표적으로 맞추기 좋아질 때를 기다렸을 거야."
"그럼 클라이드는 어떻게 된 건데?"

"생각을 좀 해 봐. 레이니가 클라이드에게서 명령을 받았다면 클라이드가 레이니의 뒤를 따라다녔을 수도 있다고. 레이니가 혹시 실수나 하지 않을까 확인을 해야 했을 테니까."

"그래서 클라이드가 너를 다시 쐈다 이거군. 그럴 듯한 얘기네. 이제 범죄 현장을 찍은 사진만 있으면 되겠어."

"그게 클라이드였는지 확인할 만큼 얼굴을 제대로 보지는 못했지만 어쨌거나 그 차 안에 있던 그 남자가 나를 쏘려고 한번 마음을 먹었다면 분명히 다시 한 번 시도할 거야. 그때가 놈이 손에 총을 쥐어 보는 마지막 기회가 되도록 해 주겠어."

술잔을 비우고 바텐더에게 한 잔을 더 달라고 했다. 샌드위치도 주문해서 우리 둘은 말 없이 다 먹어치웠다. 그리고 하이볼 한 잔을 더 시켰다. 팻에게 담배 한 개비를 건네고 바 뒤에 있는 거울을 향해 연기를 내뿜었다.

거울에 비친 팻의 얼굴을 바라보며 물었다.

"검사한테 압력을 넣은 게 누구일 것 같아?"

"언제 그걸 물어보나 했지."

"그래······."

"그게 참 이해가 안 가는 부분이란 말야. 살인범이 날뛰고 있으니 뭔가 조치를 취하라고 사람들이 탄원을 했어. 글렌우드에는 꽤 영향력 있는 인물들이 많이 살고 있거든. 목격자들을 불러서 취조할 때 그 사람들도 참석했지."

"그게 누군데?"

"한 명은 교통부에 있는 사람이고 또 한 사람은 플랫부시의 정치 모임 의장이야. 한 명은 얼마 전에 주 상원의원 선거에 출마했다가 아깝게 떨어졌지. 재계의 거물도 두 명 있는데 장난 아니게 막강한 사람들이야. 둘 다 시민 단체 활동에도 적극적으로 참여하고 있지."

"클라이드 녀석, 대단한 친구들을 두고 있군."

"마음만 먹으면 더 신분 높은 사람도 움직일 수 있어. 필요하다면 밑바닥에 있는 놈들도 조종할 수 있지. 지난번에 널 만난 후 여기저기 알아보고 다녔거든. 딩키 윌리암스라는 놈이 어떤 놈인지 궁금해서 물어보고 다녔지. 그런데 다들 대답을 꺼리더라. 상류층과 하류층에 고루 연줄을 가지고 있었어. 정확히 어느 정도인지는 모르겠지만 아무튼 대단한 놈인 건 틀림없어."

팻의 말을 듣고 술잔에 담긴 얼음을 물끄러미 바라보다가 말했다.

"이봐, 아무래도 녀석을 아주 밑바닥까지 보내 버려서 지옥 불에 떨어지게 해야 할 것 같아. 그래. 이제 슬슬 클라이드와 이야기를 좀 해 봐야 할 때가 된 것 같군."

9장

그날 밤에는 하려던 일을 하지 못했다. 차를 가지러 사무실 주차장으로 돌아갔다가 사무실을 살펴봤는데 벨다는 없고 책상 위에 코니에게 전화가 왔다는 쪽지만 남겨져 있었다. 쪽지에는 피가 뚝뚝 떨어지는 단검이 그려져 있었다. 이럴 때 보면 벨다는 선견지명이 있는 것 같다.

단검을 쓰게 될지 안 쓰게 될지는 모르겠지만 어쨌든 전화기를 들고 번호를 돌렸다. 오늘은 코니의 목소리가 별로 명랑하지 않았다.

"마이크, 안 그래도 걱정하고 있었어요."

"내 걱정?"

"그럼 누구 걱정을 하겠어요? 도대체 어젯밤엔 무슨 일이 있었던 거예요? 클럽에 있다가 사람들이 레이니와 당신에 대한 이야기를 하는 걸 들었어요."

"잠깐만, 누가 그런 이야기를 했지?"

"격투기를 보고 온 남자들 몇 명이요. 내 바로 뒤에 앉아 있었어요."

"그게 몇 시였지?"

"꽤 늦은 시각이었을 거예요. 모르겠어요. 난 너무 걱정이 돼서 랄프더러 집까지 데려다 달라고 했죠. 도저히…… 도저히 참을 수가 없었거든요. 마이크……."

코니가 말을 흐리더니 전화기에 대고 흐느끼기 시작했다.

"거기 가만히 있어. 곧 그리로 갈 테니까 무슨 일이 있었는지 말해 줘."

"알겠어요. 빨리 오세요."

서둘러서 갔다. 신호등도 무시하고 교차로를 내달리는 사이 뒤에서 교통경찰이 호루라기를 두 번이나 불어 댔다. 그래도 15분이나 걸렸다. 수동 조작을 하게 되어 있는 엘리베이터가 고장 나서 계단으로 뛰어 올라가 문을 세게 두들겼다.

코니는 울어서 눈이 빨개져 있었다. 내 품안으로 뛰어든 그녀를 숨이 막히도록 꼭 끌어 안아 주었다. 머리카락에 남아 있는 향수 냄새에 냉정한 마음은 사라져 버리고 기분 좋은 감촉에 도취되었다.

"예쁜이, 예쁜이……."

울고 있는 코니를 놀려 주고서 그녀의 팔을 두 손으로 잡고 얼굴을 바라보았다. 코니가 머리를 뒤로 젖히고 미소를 지었다.

"이제 기분이 훨씬 나아졌어요. 정말 보고 싶었어요. 왜 그렇게 걱정이 됐는지는 모르겠지만 정말 꼭 봐야만 할 것 같았거든요."

"날 보면 오빠들 생각이 나서 그럴지도 모르지."

"그럴 수도 있지만 그런 것과는 달라요."

코니의 입술은 부드럽고 붉었다. 그 입술에 키스하자 코니가 내 게서 떨어지려 하지 않았다.

"문 앞에서는 안 돼. 사람들이 보면 수근댈 거야."

코니가 내 등으로 팔을 돌려 나를 끌어당기고 문을 닫았다. 안으로 들어가자마자 코니에게 더 진한 키스 세례를 퍼부었다. 내 손길에 닿는 대로 코니가 몸부림을 쳤다. 코니를 가까스로 떼어놓고서야 거실로 들어갈 수 있었다.

코니는 나를 따라 들어와서 내 발치에 앉았다. 여자라기보다는 어른이 되기 싫어하는 아이 같았다. 행복한 표정을 지으며 내 무릎에 자기 볼을 비볐다.

"어젯밤엔 정말 괴로웠어요. 같이 있었으면 좋았을 텐데……."

"아까 하던 이야기 좀 해 봐."

"다들 술을 마시고 춤을 추고 도박을 즐기고 있었어요. 랄프는 1000달러가 넘는 돈을 땄다가 전부 다 잃었죠. 안톤도 거기에 있었는데 안톤과 같이 했으면 땄던 돈을 그렇게 다 잃지는 않았을 거예요."

"안톤은 혼자 있었어?"

"술 취하기 전까지는 그랬어요. 술을 진창 마시더니 여자 애들을 꼬집기 시작하더라고요. 그래서 어떤 여자 애가 안톤의 얼굴을 후려쳤어요. 그 여자 잘못이 전혀 아니죠. 그 여자는 드레스 아래에 아무것도 안 입고 있었거든요. 나중에는 릴리안 코벳이라는 모델을 찍어서 불어로 수작을 걸기 시작했어요. 그 인간 한다는 소리라니!"

"릴리안도 놈의 뺨을 후려쳤나?"

"불어를 알아들을 수만 있었으면 그랬을 거예요. 거의 새벽이 다 된 시각이었고 릴리안이 안톤을 퇴짜 놨죠. 안톤은 재미있다고 생각했는지 이젠 메리언 레스터와 영어로 놀기 시작했어요. 그 싸구려 계집애는 별로 기분 나빠하지도 않고 다 받아주더군요."

손을 내려 코니의 머리를 쓰다듬었다.

"그럼 메리언도 거기 있었어?"

"그 애가 댄스 플로어에 올라가서 엉덩이를 흔들어 대는 모습을 봤어야 해요. 안톤을 제대로 갖고 놀더군요. 원래 안톤이 그렇게 쉽게 누구 손에 놀아나는 사람이 아닌데 말이에요. 메리언보다 머리가 절반 정도는 작은 남자가 와서 셋이 함께 어울리더니 안톤을 더 취하게 만들었어요. 그러고 나서 그 남자가 메리언을 데리고 갔고 안톤은 모든 사람을 자기 집으로 초대했죠. 아마 그 사람들 여한 없이 놀았을 거예요."

"물론 그랬겠지. 그럼 당신은 뭘 했지?"

"도박을 좀 더 했죠. 별로 재미는 없었어요. 랄프는 춤을 추거나 술을 마시는 것보다는 도박하는 걸 더 좋아하거든요. 자리에 앉아서 바텐더와 이야기를 하는데 랄프가 땄던 돈을 다 잃었어요. 그래서 둘이 테이블로 돌아가 샴페인을 두 잔 정도 마셨죠."

코니가 고개를 들었고 그 순간 두려운 표정이 그녀의 얼굴에 나타났다.

"바로 그때 그 남자들이 들어왔어요. 총격이 있었다는 이야기도 하고 레이니와 당신 이야기도 했어요. 한 명이 신문에서 얼마 전에 당신 기사를 읽었다는 이야기도 하고 워낙 당신이 그런 부류의 인간이라는 이야기를 하더니 아침이 오기 전에 경찰이 당신을 잡을 거라고 하지 뭐예요."

"그게 누군데?"

"몰라요. 쳐다보지도 않았거든요. 거기 앉아서 그 사람들 하는 말을 듣고 있는 것만으로도 너무 괴로웠어요. 너무 기분이 나빠져서 좀 울었던 것 같아요. 랄프는 자기가 나한테 뭘 잘못한 줄 알고 저한테 용서하라고 빌기 시작했어요. 그래서 그냥 집에 데려다 달라고 했죠. 마이크, 왜 전화 안 했어요?"

"바빴어. 경찰들 앞에서 상황 설명을 하느라고."

"마이크 당신이 쏜 게 아니죠?"

"좀 쏘긴 했지만 죽을 정도는 아니었어. 죽인 건 다른 사람이야."

"마이크!"

코니의 머리를 흔들면서 웃어 주고 말했다.

"거기 일찍 갔지?"

코니가 고개를 끄덕였다.

"그럼 거기 있는 내내 클라이드를 봤겠네?"

"아뇨. 생각해 보니 클라이드는 자정이 지나서야 나타났어요."

"표정이 어땠어?"

코니가 얼굴을 찌푸리더니 엄지손가락을 깨물었다. 눈을 들어 나를 보더니 잠시 후 또 얼굴을 찌푸렸다.

"클라이드 그 사람…… 이상해 보였어요. 초조해 보였다고 해야 하나?"

그랬을 것이다. 초조해 보였을 만도 하지. 사람을 죽이면 워낙 그런 기분이 들게 마련이니까.

"그 사람들이 하는 이야기에 관심을 보인 사람이 또 있었나? 가령 클라이드는 어땠어?"

"클라이드는 듣는 것 같지 않았어요. 그냥 그 남자들만 그랬어요."

"거기 또 누가 있었지? 중요한 사람이라도 있었나?"

"농담 마세요. 전부 다 중요한 사람들인걸요. 바우어리 클럽에 아무나 들어가는 줄 아세요? 아주 중요한 사람이거나 아니면 중요한 사람과 함께 동행을 해야만 들어갈 수 있어요."

"나도 갔었는데, 그럼 그건 뭐야?"

"예쁜 모델과 함께 있으면 암호가 필요 없죠."

코니가 살짝 웃었다.

"거기 암호가 있다는 말은 아니지?"

"클라이드가 밀실용 암호를 만든 적이 있었어요. 방마다 하나씩 있죠. 그 큰 방 사이에 있는 작은 방이 암호가 있어야 들어가는 방이에요. 방음 장치가 되어 있고 얇은 철판이 대어져 있죠."

코니의 머리카락을 꽉 쥐었다가 몸을 뒤로 보내 그녀의 얼굴을 바라보았다.

"금세 많은 걸 알아냈는걸? 지난번에 나하고 같이 갔을 때가 처음 가 본 거라고 하지 않았나?"

"나더러 똑똑하다고 한 건 마이크 당신이었잖아요. 벌써 잊은 거예요? 랄프가 도박에 빠져 있는 사이 바에 앉아서 바텐더와 많은 이야기를 주고받았죠. 거기 설치되어 있는 경보 시스템과 비상

탈출구에 대해 내게 전부 다 말해 줬어요. 벽에 문이 있어서 경찰이 급습했을 때 경보기가 울리면 손님들이 뒷문으로 빠져나갈 수 있게 되어 있대요. 클라이드가 머리는 참 잘 썼죠?"

"아주 잘 썼네."

코니가 앉아 있는 방석을 발로 살짝 밀었다.

"이제 가야겠어."

"아직 안 돼요."

"나도 여기 있고 싶지만 할 일이 있어. 저 바깥에 총을 가진 놈이 지금 또 누군가를 쏘려고 하고 있단 말이야. 그 순간을 놓치지 않고 잡아야 해."

코니가 화난 고양이처럼 머리를 흔들며 말했다.

"당신은 나쁜 사람이에요. 당신에게 보여 줄 게 있는데……."

"그래?"

"그것만 보고 가면 안 돼요?"

"그러지 뭐."

코니가 일어나서 내 뺨에 살짝 키스하더니 나를 도로 의자에 앉혔다.

"요즘 우리 회사에서 어떤 제조업체에서 새로 광고할 상품 브로슈어를 찍고 있거든요. 제가 모델을 섰는데 잘나가는 잡지에 전면 컬러로 실릴 거예요. 일이 끝나면 사진 찍을 때 입었던 옷을 모델이 가지게 돼 있거든요."

코니가 긴 다리를 끌며 방에서 나가 침실로 들어갔다. 안에서 한참 부스럭대는 사이 나는 담배 한 개비를 다 피웠다. 담배를 막 비벼 끄는 찰나에 코니가 나를 불렀다.

"마이크, 이리로 와요."

침실 문을 열었는데 피부가 뜨거워졌다가 다시 차가워지더니 다시 뜨거워지는 느낌이 들었다. 코니는 내가 본 중에서 가장 투명한 하얀색 천으로 만들어진 긴 잠옷을 입고 있었다. 저런 옷을 입고 광고 사진을 찍었을 리가 없었다. 혹시 그랬다면 조명이 전면에 있지 않았을 것이다. 방 조명은 코니 뒤에 있었는데 코니는 그 드레스 아래에 아무것도 입고 있지 않았다.

코니가 몸을 돌리는 순간 드레스 천이 구름처럼 넘실거렸고 많은 것을 말하는 듯한 눈빛으로 나를 바라보며 미소 지었다.

옷은 앞부분이 열려 있었다.

"마음에 들어요?"

손가락을 까닥여서 코니를 가까이 오게 했다. 코니가 사뿐사뿐 걸어와서 내 앞에 서더니 몸을 밀착시켰다.

"벗어."

코니는 어깨만 으쓱했을 뿐인데 옷이 바닥으로 떨어졌.

코니를 보면서 평생 잊지 못할 사진을 마음속에 찍어 두었다. 거기 그렇게 서 있는 코니는 흰 살결에 불규칙적인 리듬으로 숨을 쉬는 크림색 조각상 같았다. 검고 불타는 듯한 눈빛에 정열적인 가슴을 가진 조각상이었다. 손을 뻗어 만지면 불길이 온몸을 휘감을 것 같은, 대담한 포즈로 서 있는 조각상이었다.

이 코니라는 조각상은 나지막하고 정열에 불타는 목소리도 가지고 있었다.

"마이크, 내가 부드럽게 사랑해 줄 수도 있는데……."

"안 돼."

코니가 입을 열어 혀로 입술을 축이며 말했다.

"왜죠?"

내가 날카로운 목소리로 대답했다.

"그럴 시간 없어."

코니의 눈빛이 불타올라 내 몸을 태우고 있었다. 나는 코니의 어깨를 잡고 내 가슴팍으로 끌어당겨 거칠게 키스했다. 코니의 혀는 삐죽 튀어나온 작은 창과도 같아서 내가 다시는 걸어 다닐 수 없도록 내 몸을 찌르는 것 같았다.

나는 너무 깊숙이 찌르지 못하도록 막았다. 코니를 밀쳐 내고 무슨 말인가 하려고 했지만 목소리가 나오지 않았다.

그래서 그냥 걸어 나왔다. 코니가 문가에 서서 나를 지켜보았다. 어깨에는 내 손가락 자국이 빨갛게 나 있었다.

"찾고 있는 사람을 꼭 잡게 될 거예요. 아무것도 당신을 막지는 못할 테니까요. 아무것도."

코니의 목소리는 여전히 허스키했지만 웃음기가 서려 있었다. 그리고 약간의 자부심도 느껴졌다. 문을 닫는데 코니가 속삭이는 소리가 들렸다.

"마이크, 사랑해요. 진심으로 진정으로 사랑해요."

밖에는 다시 눈이 내리고 있었다. 바람이 불지는 않아서 눈발이 얌전히 바닥으로 떨어졌다. 도로변에는 행인 몇 명이 줄지어 서서 어깨 너머로 택시가 오지 않나 살펴보고 있었다.

차 안으로 들어가서 와이퍼를 작동시켰다. 와이퍼가 좌우로 움직이면서 앞 유리창에 붙은 눈을 쓸어 내는 것을 멍하니 바라보았다. 눈이 오니 모든 차들이 다 똑같아 보였다. 어떤 놈이 총을 들고 나를 기다리고 있었더라도 다른 차들과 내 차를 구별해 내기가 쉽지 않을 것 같았다.

그 생각을 하니 화가 치밀었다. 나를 쏘았던 총 두 자루 중에서 하나는 경찰서에 걸려 있고 나머지 하나는 버리지 않았다면 어떤 놈의 개인 사물함 안에 걸려 있을 것이다. 팔 밑에 총도 없이 돌아다니려니 허전하고 불안했다. 설리번법? 젠장, 까짓 거 그냥 잡혀 들어가 버리고 말란다! 선량한 시민이라면 누굴 못 죽여서 안달 난 정신병자가 길거리에 돌아다니거나 말거나 별 상관없겠지만 나는 달랐다. 그 정신병자 중 한 놈이 날 쫓고 있으니까.

내 방 옷장 서랍에는 총알이 완전히 장전된 30구경 소총이 있다. 45구경과 비슷한 크기였는데 내 총집에 딱 맞는 사이즈로 만들어진 것이다.

아파트에 도착해 보니 제설 차량이 지나가고 있었다. 차를 주차시켜도 안전할 만큼 눈을 치우려면 적어도 한 시간은 걸릴 것 같았다.

엘리베이터를 기다리는 대신 계단으로 올라가서 문을 열고는 코트를 벗을 생각도 하지 않았다. 전등 스위치를 손으로 더듬어 찾아 올렸지만 불이 들어오지 않았다. 퓨즈가 나갔나 보다 생각하고 혼자 속으로 욕을 하고서는 램프를 찾아 여기저기를 더듬기 시작했다.

혼자 있는 것이 아님을 알게 해 주는 것은 무엇일까? 사람의 몸에서 뭔가 기묘한 방사선이라도 방출되어서 동물적인 반사 작용을 일으키게 만드는 것일까? 램프를 손에 잡은 순간 목에서 튀어

나오는 고함 소리를 나 스스로 주체할 수가 없었다.

있는 힘껏 램프를 벽에 던지자 램프가 산산조각으로 부서지면서 전기 코드가 빠져나왔다. 두 명이 숨 죽여 웃는 소리가 들리더니 잠시 후 불꽃이 번쩍였다.

놈들을 가만 둘 수는 없었다. 웃음소리가 나는 쪽으로 몸을 날려 놈들의 다리 사이를 공격했더니 그 다음 순간 턱으로 주먹이 날아와 바닥으로 몸을 낮췄다. 간신히 주먹을 피하고 팔로 놈의 몸을 밀쳤다.

테이블에 다리가 감겨서 테이블을 걷어차 버렸다. 꽃병 두 개가 쨍그랑 소리를 내면서 바닥에 떨어졌고 옆 아파트의 어떤 사람이 다른 사람에게 고함치는 소리가 들렸다. 한 놈을 팔에 끼고 코트 자락을 움켜잡았지만 황소처럼 힘이 센 놈이라 붙잡고 버틸 수가 없었다. 다시 얼굴로 주먹이 날아왔는데 이번에는 정말로 성이 나서 있는 힘껏 때렸기 때문에 당해 낼 재간이 없었다. 그때 방 안으로 불빛이 들어왔다. 하지만 램프에서 나온 빛은 아니었다.

그저 일어나야 한다는 생각밖에 없었다. 일어나서 내 등을 누르고 있는 놈을 떨쳐 내야 한다는 생각뿐이었다. 일어나서 아무 부위든 놈의 몸을 붙잡아야만 했다. 나도 모르게 그렇게 한 순간 놈이 의자로 달려가더니 의자를 부쉈다.

이가 부러졌는지 잇몸에서 피가 줄줄 흘렀고 무의식중에 비명 소리가 새어 나왔다.

그때 다리가 램프 코드에 엉켜서 바닥에 얼굴을 부딪치며 쓰러졌다. 그 순간 뭔가 뾰족한 것에 머리를 부딪쳤는데 의식을 잃어버려서 고통조차 느끼지 못했다. 살인범은 그 자리에서 나를 죽일지 아니면 그쯤에서 봐줄 것인지를 고민하고 있을 터였다. 그때 문 두드리는 소리가 나자 놈들은 도망을 쳐 버렸다. 나는 눈을 감은 채 부드러운 금발 머리와 하얀 드레스 자락에 둘러싸여 잠이 들었다. 몸매가 적나라하게 드러나는 드레스를 입은 벨다의 모습이 보였다.

내게 몸을 숙이고 있는 남자는 진지한 표정에 얼굴형은 둥글고 입술은 타원형이었다. 내가 웃기 시작하자 그 진지한 표정이 더 심각해지더니 나중에는 화난 표정으로 바뀌었다. 그 우습게 생긴 입술이 희한하게 일그러지는 것을 보면서 한참 더 웃다가 그 남자가 뭔가 말을 하고 있음을 깨달았다.

남자는 내 이름이 뭔지 오늘이 무슨 요일인지 등을 계속 물었다. 결국 정신을 차리고 웃음을 멈춘 다음 내 이름과 요일을 말해 주었다. 그 얼굴에서 심각한 기운이 사라지더니 미소가 감돌았다. 남자가 말했다.

"괜찮은가 보네. 괜히 걱정했잖아."

남자가 고개를 돌려 다른 사람에게 말했다.

"경미한 뇌진탕입니다. 별것 아니에요."

또 다른 사람이 머리통이 부서지지 않아서 유감이라는 말을 했다. 그 목소리가 누구인지 알 수 있었다. 조금 있으면 얼굴도 알아볼 수 있을 것이다. 그 목소리의 주인공은 검사였다. 검사는 코트 주머니에 손을 넣더니 주위 사람들을 의식해서 짐짓 검사다운 우월감에 찬 표정을 지었다.

일어나 앉으려고 하자 칼로 머리를 찌르는 듯한 통증이 밀려 왔다. 사람들은 자리를 떠나고 있었다. 우습게 생긴 입술을 가진 남자는 검은 가방을 들고 있었고 두 여자는 머리에 헤어 롤을 말고 있었으며 기가 질린 듯한 표정을 한 남자와 여자 그리고 아파트 경비원이 있었다. 물론 검사도 있었다. 그리고 내 친구 팻도 있었다. 팻은 유일하게 남은 멀쩡한 의자에 앉아 있었다.

검사가 팔을 뻗어 총알 두 개를 보여 주었다.

"벽에 이게 있었습니다. 설명을 좀 해 주시죠. 지금 당장 말입니다."

담배를 한 모금 빨아들이자 일어날 힘이 났고 눈도 좀 더 잘 보였다. 이제 얼굴과 코를 다 분간할 수 있었다. 아까는 그저 흐릿한 영상으로만 보였다. 나도 모르게 웃음을 지었더니 검사가 말했다.

"뭐가 그렇게 재미있으십니까? 재미있는 일이라고는 없는 것 같은데요."

"검사님은 모르시겠죠."

그 머리 좋은 놈에게는 무리였다. 검사가 팔을 뻗어 내 멱살을 잡더니 자기 얼굴을 내 얼굴에 들이댔다. 다른 때 같았으면 정강이를 걸어차 주었겠지만 지금은 팔 하나 들어올릴 힘도 없었다.

"해머 씨, 뭐가 그렇게 재미있는 겁니까? 어떻게……."

고개를 돌려 침을 뱉어 주었다.

"입에서 냄새 나. 저리 가."

검사가 나를 벽에 떠밀다시피 했다. 나는 아직도 웃고 있었다. 검사가 분노로 표정을 일그러뜨리며 소리쳤다.

"말해!"

"영장은 있습니까?"

편안한 어조로 내가 물었다.

"내 집에 들어올 영장이나 보여 주시죠. 그럼 말씀해 드리리다. 나중에 길거리에서 당신을 만나면 당신의 그 계집애 같은 얼굴을 리본 모양으로 오려 드리지요. 당장 여기서 나가서 당신한테 아첨이나 떠는 놈들한테 가 보쇼. 조금만 있으면 내 몸이 괜찮아질 테니 그 전에 얼른 나가는 편이 좋을 겁니다."

형사 두 명이 달려 들어서 검사가 내 얼굴을 걷어차려는 것을 막았다. 검사의 다리, 무릎 그리고 전신이 마구 떨리고 있었다. 남자가 이렇게 화내는 모습은 처음이었다. 앞으로 다시는 보고 싶지 않았다. 형사들이 검사를 데리고 방에서 나가는 와중에도 팻이 아직 의자에 앉아 있는 것을 눈치 채지 못했다. 팻은 아직도 의자에 조용히 눌러 앉아 쉬고 있었다.

"이만하면 된 것 같지? 사람은 뭐니뭐니 해도 집이 최고거든……."

"도대체 언제 철 들래?"

팻이 슬픈 목소리로 물었다.

손으로 더듬어 담배꽁초를 찾아 입에 물었다. 연기가 폐 속으로 들어가서 나오질 않았다. 머리가 빙빙 도는 것 같아 의자를 바로 세워 몸을 가누었다. 팻의 도움으로 담배를 껐다. 팻이 무릎에 손을 모으고 앉아 내가 안정을 찾을 때까지 기다렸다가 물었다.

"나한테 말 좀 해 주지 그래?"

나는 내 손만 바라보고 있었다. 손가락 관절 부분의 살갗이 벗겨지고 손톱이 부러져 있었다. 그 사이에 천 조각이 끼어 있었다.

"내가 오기 전부터 벌써 놈은 방에 들어와 있었어. 나를 향해 두 발을 쐈는데 빗맞았지. 둘이서 한바탕 몸싸움을 했어. 내가 쓰러지지 않고 계속 싸웠더라면 아마 검사가 나를 살인죄로 잡아 가뒀을 거야. 그 망할 자식을 죽여 버릴 생각이었거든. 도대체 검사는 누가 부른 거지?"

"이웃에서 인근 경찰서에 신고를 했대. 네 이름이 나오자 데스크 담당 형사가 검사에게 전화를 한 거야. 그래서 검사가 부리나케 달려왔지."

팻의 말에 신소리를 내뱉고 살갗이 벗겨진 관절을 손바닥으로 감싸며 물었다.

"놈이 쏜 총알은 발견했어?"

"그럼. 내 손으로 찾았지."

팻이 일어나서 손을 뻗어 보였다.

"브로드웨이에서 유리창을 깼던 총알과 같은 것이었어. 벌써 두 번이나 총알을 피한 셈이 됐군. 세 번은 못 피한다는 말이 있는 거 알지?"

"총알이 어느 권총에서 나왔는지 조사해 보겠군."

"아마 그럴 거야. 네 이론처럼 브로드웨이 유리창을 쏜 것과 일치하면 널 공격한 놈은 레이니가 되는 거지. 33번가에서 있었던 사고 때 쓴 총알과 일치하면 클라이드의 소행이 되는 거고."

내가 턱을 비비다가 말했다.

"레이니가 아닐 수도 있어."

"두고 보면 알겠지."

"두고 보긴 뭘 두고 본다는 거야! 도대체 뭘 기다리고 있는 건데? 나가서 그 망할 자식을 당장 잡으란 말야!"

팻이 슬픈 듯 미소 지으며 말했다.

"이성을 찾아. '증거' 라는 말 들어봤어? 그건 어디 있는데? 검사가 네 이론을 지지해 줄 것 같아? 클라이드는 연줄이 대단한 놈이라고 내가 말했지? 클라이드 짓이라고 해도 흔적 하나 남기지 않았을 거라고. 레이니와 그 부하를 쐈던 그놈처럼 아무 흔적도 안 남겼을 거란 말이야. 장갑도 꼈고."

"네 말이 맞겠지. 마음만 먹으면 알리바이도 몇 개씩 만들어 낼 수 있을 테니까."

"그게 전부가 아니야. 지금 우리가 남들이 다 살인 사건이라고 인정해 주는 사건을 가지고 고민하고 있는 거라면 차라리 좀 낫겠지. 서류상 휠러는 아직 자살한 사람으로 되어 있고 그걸 바꾸려면 제대로 된 반대 증거가 필요하다고."

내 손의 엄지손가락과 집게손가락이 만나는 지점을 바라보았다. 아직도 작은 천 조각이 끼어 있었다. 천 조각을 집어서 팻에게 건네주었다.

"누군지는 몰라도 내 손톱에 코트 조각을 남겼어. 넌 전문가잖아. 연구실 사람들을 시켜서 조사 좀 하게 해 봐."

팻이 내 손가락에서 천 조각을 가져가더니 뚫어져라 바라보았다. 그러고 나서 주머니에서 봉투를 꺼내 천 조각을 담았다. 내가 말했다.

"보기 드물게 힘이 센 놈이었어. 코트를 입고 있어서 깡다구만 센 건지 근육질인지는 알 수 없었지만 힘 하나는 확실하게 셌어. 네가 한 말 기억나? 휠러가 죽기 전에 몸싸움을 벌인 흔적이 있다고 했잖아. 그 생각을 하고 있었어. 이놈이 휠러를 미행해서 방까지 따라 들어왔다고 가정해 보라고. 휠러가 침대에서 자고 있을 거라고 생각했는데 뜻밖에 잠에서 깨서 화장실에라도 가려고 했다고 해 보자고. 처음에는 휠러가 자는 사이에 손으로 목을 졸라 죽여서 술 취한 김에 어디서 싸움이라도 하다가 죽은 것처럼 위장할 생각이었을지도 모르지. 그런데 휠러가 깨는 바람에 계획을 바꾼 거야. 휠러가 무슨 일인지 눈치를 채고 의자에 걸려 있던 내 총을 잡은 거야. 그 장면을 상상해 봐. 휠러가 총을 쏘기 직전에 놈이 손으로 총을 쳐서 총알이 엉뚱하게 침대에 가서 박힌 거지. 그러고 나서 놈이 휠러의 머리에 대고 총을 쏴 버린 거야. 어때?"

팻은 아무 말도 하지 않았다. 머리를 약간 기울이고 생각을 정리하는 듯한 모습이었다. 마침내 팻이 고개를 끄덕이며 말했다.

"그래. 그럴 수도 있겠네."

팻이 눈을 가늘게 뜨며 말을 이었다.

"그러고 나서 살인범은 빈 탄창을 줍고 매트리스에서 총알을 빼낸 거야. 그렇게 작은 총알 자국은 눈에 잘 띄지도 않을 테니까. 네가 총에 총알을 몇 개나 장전해 놓았는지 기억하지 못했으면 아주 감쪽같이 흔적 하나 남기지 않을 뻔했지. 너조차도 깜빡 속아 넘어갈 정도였잖아."

"그랬지."

"살인이라고 확신하는 사람은 너밖에 없어서 나도 널 믿지 않고 코너로 몰아가곤 했지. 다른 사람들은 모두 자살이 분명하다고 생각했으니까."

팻이 잠시 말을 멈추고 얼굴을 찡그리더니 창문을 바라보았다.

"그 망할 놈의 호텔이 보안 시스템만 제대로만 가동했어도 좋았을 텐데. 하다 못해 청소하는 여자가 눈치라도 좀 있었어도 말야. 그런데 전혀 아니었던 거야. 살인범은 버젓이 복도로 들어와 총알과 탄창을 남기고 갔고 우리는 몇 시간이나 지난 뒤에 다시 호텔로 가서 그걸 찾은 거지."

"놈은 오래된 옷을 입고 있었어."

"뭐라고?"

"주머니에 구멍이 날 정도면 오래된 옷 아냐?"

팻이 나를 보고 얼굴을 더 찌푸렸다. 메모지를 더듬어 찾더니 종이 몇 장을 꺼내 스테이플러로 박았다. 종이를 넘겨 보고 나를 올려다본 뒤 다시 마지막 장을 읽었다. 그러고는 천천히 종이를 주머니에 넣고 말했다.

"휠러가 죽은 날 밤 그 호텔에 묵은 것으로 등록되어 있는 손님은 두 명뿐이었어. 한 명은 아주 나이 많은 사람이었고 또 한 명은 비교적 젊은 사람이었는데 남루한 옷을 입고 있었고 선불로 숙박료를 지불했지. 그러고는 바로 다음 날 호텔을 떠났어."

그 말을 들으니 두통이 사라져 버렸다. 어깨에 힘이 들어가는 것이 느껴졌다.

"그 사람들 인상착의라도 가지고 있어?"

"아니. 그런 건 없어. 그냥 중간 체격이었대. 치아에 관계된 무슨 일을 하러 시내에 온 전문가라고 들었어. 얼굴 대부분을 붕대로 가리고 있었다는군."

입에서 또 욕이 나왔다.

"그러면 짐이 없을 만도 하네. 게다가 선불로 숙박료를 지불할 만한 돈도 가지고 있었다는 거 아냐."

"클라이드였을지도 몰라."

내가 한숨을 내쉬었다. 목이 타는 것 같았다.

"클라이드가 아니라 다른 누구였을 수도 있어. 클라이드가 이 모든 일의 배후에 있다고 생각한다면 내가 한 가지만 물어보지. 정말로 클라이드가 이 살인 사건의 뒤처리를 혼자서 할 거라고 생각하는 거야?"

"아니. 그 망할 놈 혼자일 리는 없지."

"그 경기장에서 있었던 사건도 마찬가지야."

나는 의자 팔걸이를 주먹으로 내리치고 말했다.

"미치겠군! 팻, 그건 그냥 우리끼리 추측한 사실일 뿐이야. 클라이드가 전에도 살인 사건에 가담한 적이 있다는 걸 잊지 말라고. 어쩌면 이제 살인을 즐기게 됐을지도 몰라. 다른 사람은 아무도 믿지 않을 만큼 똑똑해졌을지도 모르지. 놈이 얼마나 똑똑하게 굴 수 있는지 한번 지켜보자고. 며칠만 더 놔두면 제 스스로 목을 매달지도 몰라."

내 말을 듣는 팻의 얼굴에 떠오른 표정이 마음에 들지 않았다.

"왜 그런 표정인데?"

"검사는 내 얘기를 믿지 않아. 자기 부하들을 풀어서 여기저기 수소문을 하고 다니는 모양이야. 얼마 안 있으면 검사가 진실을 밝혀낼 거야."

"이런!"

"검사에게 압력이 가해지고 있거든. 검사로서는 무시할 수 없는 압력이지. 곧 뭔가가 터질 테고 그렇게 되면 내 모가지가 잘리거나 네가 밥숟가락을 놓게 되거나 둘 중 하나가 될 거야."

"좋아, 팻. 좋다고. 그럼 일을 좀 더 빠르게 진행시켜야겠군. 하지만 어떻게 그러지? 우리가 도대체 뭘 할 수 있겠냐고? 클라이드를 샅샅이 파헤칠 수는 있지만 그러다가는 내가 손을 써 보기도 전에 놈이 경찰을 시켜서 나를 잡아 넣어 버리겠지. 젠장, 시간이 필요한데 말야. 며칠만 있으면 되는데!"

"나도 알아. 하지만 우리가 뭘 어떻게 할 수 있겠어?"

"아무것도 못하지. 아무것도……."

담배 한 개비에 불을 붙이고 연기 사이로 팻을 바라보았다.

"팻, 너도 알다시피 널 쏘려고 벼르고 있는 말벌 한 마리와 같은 방에 한 달 동안 앉아 있다고 생각을 해 봐. 그 말벌의 둥지를 쑤셨다가는 일 초도 안 돼서 말벌이 널 쏠 거라고."

"너무 자주 쏘이면 죽을지도 몰라."

일어서서 코트를 입으며 내가 물었다.

"오늘 저녁에는 뭘 할 거야?"

내가 모자를 찾아 쓰는 사이 팻은 문 옆에서 나를 기다렸다.

"오늘 스케줄은 네 덕에 다 펑크가 나 버렸으니 사무실에서 남은 일이나 좀 정리해야겠어. 레이니의 친구 두 녀석을 찾았는지도 알고 싶고. 네 짐작이 딱 맞았더라고. 둘 다 어디론가 감쪽같이 사라져 버렸거든."

"그 경기장은 어떻게 했어?"

"팔아 버렸어. 계약서를 보니 사들인 사람 이름이 로버트 호바트 윌리엄스라고 되어 있더군."

"딩키…… 아니, 클라이드! 그런 짓을 했군."

"그래. 그 작자 그 경기장을 아주 헐값에 샀더라고. 에드 쿠퍼가 오늘 자《글로브》의 스포츠 면에 그 기사를 실었더라. 물론 별로 긍정적으로 쓰지는 않았어."

"미치겠네. 결국 레이니와 클라이드는 밀접한 관련이 있었다는 거잖아?"

팻은 어깨만 으쓱했다.

"그걸 누가 증명할 수 있겠어? 레이니는 죽었고 그 동업자들은 실종된 상태잖아. 클라이드가 소유한 경기장이 그것밖에 없는 것도 아니고……. 지금은 스포츠 경기장 사업에 아주 열성인 것 같더라."

팻과 함께 문을 나서면서 내가 뭣 때문에 집에 왔는지 하마터면 잊을 뻔했다는 것이 생각났다. 팻이 복도에서 기다리고 있는 사이 방으로 다시 들어와 옷장 서랍을 열었다. 권총이 기름 묻은 천에 쌓인 채 상자 속에 그대로 있었다. 클립을 점검하고 탄피를 약실에 넣은 다음 해머를 잡아당겼다.

총집에 넣어 보니 공간이 좀 남기는 했지만 그런 대로 괜찮았다. 기분이 한결 나아졌다.

눈, 그 망할 눈! 눈 때문에 속도를 내지 못하고 거의 멈춰 서 있다시피 했다. 아주 느릿느릿 눈이 내렸지만 15미터 전방도 내다볼 수 없을 만큼 두껍게 쌓였다. 교통 체증도 심해서 사람들은 차를 포기하고 인도로 나와 지하철을 타러 걸어갔다. 나는 그렇게 버려 놓은 차들 사이를 이리저리 돌아 내 앞에 가는 택시를 따라가서 결국 바로 몇 분 전에 눈을 치운 도로로 들어섰다.

그렇게 서둘러 벨다의 집에 당도해서야 벨다에 대한 그리움을 이길 수 있었다. 내가 엘리베이터에서 내렸을 때 벨다는 코트를 입고 모자를 쓴 채 문을 잠그고 있었다. 다시 문을 열라고 말할 필요도 없었다.

벨다가 내 코트 위에 자기 코트를 포개 놓았을 때 벨다를 보니 또 화가 났다. 지난번보다도 더 예쁜 모습이었기 때문이다.

"어딜 가는데?"

벨다는 장식장에서 술병 하나를 꺼내 내게 한 잔을 따라 주었다. 맛이 기가 막혔다.

"클라이드가 불렀어요. '다음에' 라고 말했던 날이 혹시 오늘이 될 수는 없겠냐고 묻더군요."

"그게 무슨 소리야?"

"지난번에 만났을 때 어쩌면 다시 만나 줄 수도 있다고 했거든요."

"어디서 만나기로 했는데?"

"그 사람 아파트요."

"아주 제대로 꼬드긴 모양이군. 왜 그놈이 당신에게 자기 집까지 보여 주겠다고 나서는 거야?"

벨다가 잠깐 나를 보더니 이내 눈길을 돌렸다. 나는 팔을 뻗어 술병을 잡았다. 벨다가 말했다.

"이렇게 하라고 시킨 건 탐정님이라는 거 알죠?"

몹쓸 놈이라도 된 기분이었다. 벨다가 나를 보면서 던진 말에 시궁창 어디에서 막 기어 나온 것 같은 기분이 되어 버렸다.

"미안해. 질투가 나서 그랬나 봐. 벨다는 그냥 한자리에 가만히 있는 여자라고만 생각했거든. 이제 그 망할 놈의 사기꾼이 당신을 내게서 빼앗아 가려고 하니까 못된 소리가 입에서 나왔나 봐."

벨다의 미소가 온 방을 환하게 밝혔다. 내게 다가와 다시 술잔에 술을 따라 주며 말했다.

"좀 더 자주 그래 봐요."

"늘 그런걸. 이제 그 녀석하고 무슨 일이 있었는지 말해 주겠어?"

"클라이드의 눈빛이 예사롭지 않아요. 직접 대놓고 말은 안 하지만 자기와 내연의 관계를 가졌으면 하는 암시를 보내고 있어요."

나는 술잔을 내려놓았다.

"이제 그런 연극은 그만둬. 내 손으로 직접 클라이드에게 접근할 때가 된 것 같아."

"상관은 저 아니었어요?"

벨다가 씩 웃었다.

"당신은…… 사무실 안에서는 상관이지만 밖에서는 내가 상관이야."

벨다의 팔을 잡아 내 쪽으로 끌어당겼다. 거의 나만큼이나 키가 커서 그렇게 가까이 서 있으니 미처 마음의 준비를 할 새도 없이 그녀의 얼굴이 내 얼굴 바로 앞에 와 버렸다.

"나란 놈은 참 철이 안 들지?"

"그래요."

"내가 무슨 말을 하는 건지 알아? 당신에게 수작을 걸거나 나중에 어떻게 해 보려고 미리 연막을 치는 게 아니야. 난 지금 다른 이야기를 하고 있는 거라고."

내 손가락이 벨다를 아프게 하고 있었지만 어쩔 수가 없었다.

"무슨 얘긴지 말해 줘요. 탐정님은 워낙 많은 여자들을 다뤄 본 사람이라서 탐정님 입으로 직접 말해 주지 않으면 난 믿을 수가 없어요. 말해 줘요."

나를 보는 벨다의 눈빛에는 간절한 바람이 담겨 있었다. 그 눈이 내게 '제발, 제발' 이라고 말하고 있었다. 벨다의 숨결이 가빠지고 몸이 떨리는 것을 느낄 수 있었다. 내가 벨다의 팔을 아프게 꽉 잡고 있어서가 아니었다. 내 얼굴에 나조차도 어떻게 할 수 없는 감정이 떠오르고 있었기 때문이다. 그 감정은 가슴에서 시작해서 얼굴로 넘쳐흘러 나왔고 머릿속에서는 음악 같은 리듬이 울려 퍼졌다. 입을 열어 말을 해 보려고 했지만 입천장에 붙어 말이 나오지 않았다.

머릿속에서 울려나오는 미칠 것 같은 음악 소리를 떨쳐 버리려고 고개를 저으면서 중얼거렸다.

"아냐, 이건 아니야. 벨다, 이럴 수는 없어!"

이것이 어떤 느낌인지 알고 있었다. 나는 두려웠다. 방을 가로질러 가서 의자에 앉았다. 벨다는 내 앞에 무릎을 꿇고 앉아서 얼굴이 하얗게 질린 채 내게 계속해서 키스를 했다. 그녀의 손이 내 머리칼을 쓰다듬는 것을 느낄 수 있었고 여자의 산뜻한 향기가 났다. 머릿속에서는 계속 음악 소리가 울렸다.

무슨 일이냐고 벨다가 물었고 나는 있는 그대로 이야기했다. 하지만 그게 아니었다. 그게 아닌 뭔가 다른 것이었다. 그게 무엇인지 말해 보라고 벨다가 계속 다그쳤고 그녀의 목소리는 눈물로 바뀌었다. 내가 말했다.

"당신 때문이 아니야. 당신에게는 죽음의 키스를 할 수가 없어.

지금까지 내겐 두 명의 여자가 있었어. 두 명 모두에게 사랑한다고 말했지. 정말 사랑한다고 생각했거든. 그런데 둘 다 죽었어. 당신은 그렇게 돼서는 안 돼."

내 손을 잡고 있는 벨다의 손이 부드러웠다.

"마이크, 내겐 아무 일도 일어나지 않을 거예요."

생각이 과거로…… 샬럿과 롤라에게로 거슬러 올라갔다.

"벨다, 그런 말은 소용없어. 이 모든 것이 끝나면 달라질지도 모르지. 하지만 지금 나는 죽은 여자들 생각만 하고 있는걸. 내가 다시 한 번 여자에게 총을 겨눠야 할 일이 생긴다면 그 전에 미리 죽을 거야. 금발의 아름다운 여인을 만난 지가 벌써 몇 년이나 되었지? 그런데 아직도 그 여인의 모습이 남아 있어. 죽은 줄 알지만 목소리가 귓가에 들려. 그리고 그 검은 머리 여자도 아직 생각 나는걸."

"마이크, 제발 그런 이야기는 하지 말아요. 나를 위해서 제발."

벨다가 술을 한 잔 더 따라 주었다. 머리에서 울려 대던 음악 소리가 사라졌다. 내가 말했다.

"이제 다됐어. 고마워."

벨다는 미소 짓고 있었지만 얼굴은 눈물에 젖어 있었다. 그녀의 눈에 키스하고 머리 위에도 키스했다.

"이번 일이 해결되면 함께 휴가를 내자. 그렇게 해야겠어. 은행에 있는 현금을 모두 찾아서 어디 쉴 만한 데가 있는지 찾아보자고."

벨다는 담배를 피우고 있는 나를 두고 욕실로 가서 얼굴을 씻었다. 나는 의자에 그대로 앉아 있었고 아무 생각도 하지 않았다. 그저 흥분한 마음을 가라앉히려고 애썼다.

벨다가 돌아왔다. 몸의 곡선을 그대로 잘 살린 맞춤 회색 정장을 입고 있었다. 체격이 크고 아름다웠다. 세상에서 가장 아름다운 다리를 갖고 있었고 아름답지 않은 구석이라곤 없었다. 클라이드가 왜 그녀를 원하는지 알 것 같았다. 누군들 이 여자를 원하지 않겠는가? 여태 기다리게 만든 내가 바보지.

벨다가 내 입에서 담배를 뺏어 가더니 자기 입에 물었다.

"오늘 밤엔 클라이드를 만나러 가야 해요. 몇 가지 궁금한 게 있었는데 오늘 알 수 있을지도 모르거든요."

"어떤 건데?"

별로 궁금하지는 않았다.

벨다가 담배를 한 모금 빨더니 내게 다시 돌려주었다.

"어떻게 사람들을 조종하고 있는지, 공갈 협박은 어떻게 하는지, 판사나 시장 심지어 주지사처럼 영향력 있는 사람들을 어떻게 주무르고 있는지, 뭐 그런 거요. 도대체 어떤 협박을 하고 있을까요?"

"계속 말해 봐."

"이런 거물들과 만나고 있더라고요. 그 사람들이 종종 클라이드에게 전화를 해요. 뭘 부탁하는 법은 없고 언제나 퍼주기만 하죠. 그러면 클라이드는 당연한 것처럼 받기만 해요. 그게 뭔지 알고 싶어요."

"클라이드의 아파트에 가면 알아낼 수 있을까?"

"아뇨. 클라이드는 바로 여기……."

벨다가 머리를 손가락으로 두드리며 말했다.

"여기에 그걸 넣어 두거든요. 아파트에 두고 다닐 만큼 멍청한 사람은 아니에요."

"조심해. 그놈은 아주 조심해야 해. 당신이 생각하는 것처럼 쉽게 넘어가지 않을지도 몰라. 여기저기 끄나풀도 많고 뒤처리도 확실하게 하는 놈이거든. 부디 몸조심해."

벨다는 나를 보며 미소 짓고는 장갑을 꼈다.

"조심할게요. 그 사람이 도를 넘는다 싶으면 안톤 립섹이 했던 것처럼 불어로 욕이나 해 주죠 뭐."

"불어 못하잖아."

"클라이드도 못하잖아요. 그러니까 화가 나겠죠. 안톤은 클라이드에게 불어를 해 대면서 비웃곤 하거든요. 그러면 클라이드의 얼굴이 빨개지더라고요."

말도 안 되는 소리라고 생각해서 이렇게 대꾸했다.

"클라이드는 안톤 같은 녀석이 하는 헛소리에 그런 반응을 보일 인물이 아니야. 자기 부하를 시켜서 혼쭐이나 안 내면 그게 이상한 거지."

"그런데 그러지 않더라고요. 안톤의 말을 듣고 정말 화를 내요. 아마 안톤한테 꼼짝할 수 없는 뭔가가 있나 봐요."

"상상이 가는군. 그럴 수도 있지."

벨다는 코트를 입고 거울에 비친 자기 모습을 살펴보았다. 그럴 필요가 없었다. 이미 더는 손볼 곳이 없을 만큼 완벽했으니까. 질투심을 느낀다는 게 어떤 건지 알고 있었기에 벨다에게서 눈을 돌렸다. 자기 모습이 만족스러웠는지 벨다가 거울에서 돌아서서 내게 허리를 구부리고 키스했다.

"여기서 자고 갈래요?"

"이제야 물어보는군."

벨다가 촉촉한 목소리로 웃더니 다시 한 번 키스했다.

"돌아오면 쫓아낼 거예요. 어쩜 늦게 돌아올지도 모르지만 그래도 지킬 건 꼭 지킬게요."

"물론 그래야지."

"잘 있어요, 마이크."

"잘 가, 벨다."

벨다는 미소를 짓더니 나가서 문을 닫았다. 엘리베이터 문이 열렸다 닫히는 소리가 들렸다. 클라이드를 손안에 넣고 있는 힘껏 쥐어짜서 놈의 내장을 바닥에 쏟아 버리고 싶었다. 담배도 맛이 없었다. 수화기를 들고 코니에게 전화를 걸었다. 코니는 집에 없었다. 주노에게도 전화를 했다가 그냥 포기하고 끊으려는 순간 주노가 전화를 받았다.

"주노, 저 마이크입니다. 늦은 시각인 줄은 알지만 혹시 안 바쁘시면……."

"아뇨. 안 바빠요. 이리로 오실래요?"

"그래도 될까요?"

"그럼요. 어서 오세요."

어서 오라고? 그녀가 그렇게 말하니 당장 시내를 날아갈 수도 있을 것 같았다.

주노의 집에서는 뭔가 친근함이 느껴졌다. 한참을 왜 이럴까 고민하다가 내가 주노의 집을 계속 마음에 두고 있었기 때문이라는 걸 깨닫고 나서야 마음이 편해졌다. 머릿속으로 열두 번은 가 본 집이었고 벨을 누르는 순간에도 그 열망은 수그러들지 않았다. 주노를 생각하기만 해도 흥분되었고 앞으로 다가올 더 큰 기쁨을 생각하니 온몸이 짜릿했다.

문이 딸깍 하고 열렸다. 문을 열고 현관으로 들어섰다. 주노가 올림포스의 신전에서 몸을 움직일 때마다 다른 빛깔을 내는 긴 드레스를 입고 미소 지으며 나를 맞이했다.

"어김없이 돌아오죠?"

주노의 눈빛이 드레스와 같은 빛깔을 띠었다.

"기다리고 있었어요."

그저 라디오 소리였을지도 모르지만 그 소리마저도 마치 천사의 합창 소리처럼 들렸다. 주노는 나를 위해 신전을 마련하고 비천한 인간이 잠시 속세를 떠날 수 있도록 배려해 주었다. 불빛이 흔들리면서 벽에 비친 그림자가 춤을 추었다. 거실에 테이블이 마련되어 있었는데 주노와 내가 얼마든지 원하는 만큼 가까워질 수 있는 위치에 예쁜 그릇들이 차려져 있었다.

주노와 나는 지난 며칠 동안 있었던 불쾌한 일은 다 잊어버리고 이런저런 사소한 일에 대해 얘기했다. 그리고 함께 생각을 나눴다. 같이 식사를 했지만 주노의 아름다운 모습을 바라보고 있자니 음식 맛이 어떤지 느낄 수도 없었다. 긴소매 밖으로 드러난 주노의 크고 아름다운 손이 우아하게 움직이고 있었다.

식사가 끝나고 나서는 커피 대신 칵테일을 마셨다. 곧 다가올 밤을 위해 건배를 하고 주노가 내 팔에 자기 팔을 끼고 자리에서 일어났다. 주노가 머리카락을 내 얼굴에 스치면서 서재로 데리고 갔다.

그곳에는 담배가 있었고 술과 얼음, 크리스털 잔도 놓여 있었다. 주노의 은제 담뱃갑 옆에 내 초라한 비닐 담뱃갑을 나란히 놓고 보니 역시 나는 주노에 비하면 비천한 인간일 뿐이라는 것을 다시 한 번 떠올리게 되었다. 담배 한 개비를 꺼내 주노가 내미는 라이터로 불을 붙였다.

"마이크, 이 방 어때요?"

"좋네요."

"지난번에 당신을 마지막으로 본 후 줄곧 당신이 돌아오기만을 기다리며 집에 있었어요."

주노가 옆에 앉더니 내게 몸을 기대 왔다. 머리는 쿠션 위에 놓고 있었고 눈빛으로는 나를 유혹하고 있었다. 내가 말했다.

"요즘 바빴습니다. 여러 가지 사건이 있었거든요."

"사건이라뇨?"

"제 일이죠."

주노가 웃음을 터뜨리다가 내 얼굴에 나타난 진지한 표정을 보고 말했다.

"그렇지만 어떻게……."

"이야기하자면 길어요. 언제 시간이 나면 말씀드릴게요."

"좋아요."

주노가 담배를 테이블에 내려놓고 내 손을 잡았다.

"마이크, 나랑 춤출래요?"

마치 내가 특별한 존재인 것처럼 내 이름을 불러 주었다.

주노의 몸은 따뜻하고 유연했으며 음악은 리듬이 살아 있었다.

우리 둘은 함께 음정에 맞춰 몸을 흔들었다. 주노는 우리가 서로를 바라보며 모든 표정을 낱낱이 읽을 수 있을 만큼 거리를 두고 내 품에 안겨 있었다. 더는 참을 수 없어서 주노를 가까이 끌어당기려고 했지만 주노는 살짝 웃더니 몸을 틀어 드레스 자락 사이로 다리를 드러냈다.

그때 음악이 멈추고 느린 왈츠가 시작되었다. 주노가 다시 내 품으로 안겨 들어왔고 나는 고개를 저었다. 이건 도가 너무 지나쳤다. 주노가 춤으로 표현하는 그녀의 욕망은 나를 머리에서 발끝까지 떨게 만들었다. 익숙하게 경험했던 동물적 반사 작용도 아니었고 싸워서라도 원하는 것을 쟁취해서 품에 안고 물어뜯고 싶은 열정도 아니었다. 뭔지는 모르겠지만 마음 내키지 않는 이 여자의 무언가가 나를 화나게 만들었다.

그래서 다시 고개를 저었다. 이번에는 더 세차게 저었다. 주노의 팔을 잡으니 그녀가 또 다시 웃었다. 주노는 내 안에서 어떤 싸움이 일어나고 있는지 알고, 그런 내 모습을 즐기고 있었다.

"주노, 그만해요. 젠장, 나 좀 그만 갖고 놀지 그래요? 당신을 원하게 만들고 당신 외의 다른 것에는 눈이 멀게 만들어 버리잖아요. 그런 짓 이제 그만해요."

"아뇨."

주노가 말을 내뱉었다. 눈은 반쯤 감은 상태였다.

"당신을 원하는 건 나예요, 마이크. 당신을 얻기 위해서라면 난 무슨 일이든 할 거예요. 멈추지 않을 거라고요. 당신 같은 사람은 본 적이 없거든요."

"나중에 하죠."

"지금 해요."

지금 할 수도 있었지만 다시 그녀의 머리카락이 빛났다. 노란 양초 불빛이 주노의 머리카락을 금빛으로 바꾸어 놓았다. 이제는 참을 수가 없었다. 주노를 소파 위로 밀어 넘어뜨리고 유리 술병으로 팔을 뻗었다. 주노는 힘없이 소파 위에 누워서 내가 그녀에게 다가오기를 기다리고 있었다. 나는 제정신을 찾을 때까지 유혹을 견디려 싸우고 또 싸웠다.

주노는 그런 나를 보면서 부드럽게 미소 지었다.

"내가 생각했던 것보다 훌륭하군요. 당신은 정글의 동물과도 같은 본능을 가진 남자예요. 뭐든 당신 생각대로 이루어져야만 직성이 풀리죠?"

나는 재빨리 술잔을 비우고 대답했다.

"늘 그렇지는 않습니다."

"그런 점도 마음에 들어요."

"나도 그렇게 생각합니다. 그래야 골치 아픈 일을 피할 수 있으니까요."

술잔을 채워서 손에 들고 소파 팔걸이에 앉아 주노를 바라보았다.

"나에 대해 많이 알고 있습니까?"

"약간요. 들은 이야기가 좀 있거든요."

주노가 담배 상자에서 긴 담배 한 개비를 꺼내 불을 붙였다. 담배 연기가 그녀의 입에서 피어올랐다.

"그건 왜 묻죠?"

"내가 어떤 사람인지 있는 그대로 말해 주죠. 난 탐정입니다.

지금은 생각만 탐정이지만 전에는 면허증도 있었고 총도 있었죠. 그런데 체스터 휠러가 자살할 때 내 총을 사용했다는 이유로 경찰에서 내 면허증과 총을 빼앗아 가 버렸어요. 그건 잘못된 처분이었죠. 왜냐하면 체스터 휠러는 살해당한 거였으니까요. 레이니라는 남자도 살해당한 겁니다. 두 명이 죽은 후 많은 사람들이 겁을 먹고 있어요. 당신이 클라이드라고 알고 있는 남자는 사실 딩키 윌리암스라는 사람이고 전에는 양아치였습니다. 어쩌다가 거물이 되어서 지금은 아무도 그놈을 건드리지 못하죠. 그게 다가 아닙니다. 누군가가 날 처치하고 싶어서 길에서 한 번, 그리고 내 아파트에서 한 번 죽이려고 했어요. 그 사이 레이니의 죽음을 내 탓으로 돌려서 날 경찰에 잡히게 만들려고도 했죠. 그 모든 것이 체스터 휠러라는 남자가 호텔 방에서 시체로 발견되었기 때문에 일어난 일입니다. 대단하지 않습니까?"

주노가 단번에 이해하기에는 너무 많은 이야기였다. 주노는 손톱을 깨물었고 찡그리는 표정이 그녀의 얼굴을 스쳐갔다.

"마이크……."

"복잡하다는 건 나도 압니다. 살인이라는 건 대부분 복잡한 법이죠. 워낙 복잡해서 살인범을 찾으러 다니는 사람이 나뿐일 정도니까요. 나머지 사람들은 모두 자살로 덮어 버리려고만 하고요. 물론 레이니만은 예외였죠. 그래서 그렇게 처치된 거고요."

"마이크, 너무 끔찍해요! 난 전혀 상상도 못했는데……."

"아직 안 끝났습니다. 지금도 머릿속을 떠나지 않는 생각 두 가지가 있어요. 조금씩은 아귀가 맞는 것도 같은데 너무 오래 너무 많이 생각하다 보니 제대로 맞아 들어가질 않아요. 여기 와서 당신을 만나면 안정을 찾을 수 있을지도 모른다고 생각했죠."
　주노를 향해 웃음을 짓고 다시 말했다.
　"그런데 전혀 도움이 안 되네요. 내 꿈마저 망가뜨릴 것 같아요."
　"그랬으면 좋겠네요."
　주노가 짓궂게 말했다.
　"어디 가서 잠 좀 자야겠습니다. 이제 또 바쁜 날들이 시작될 테니 좀 쉬어야 하거든요. 쉬면서 생각을 정리해 보면 살인범이 누군지 윤곽이 잡힐지도 모르죠. 그놈은 아주 강한 놈입니다. 휠러의 손에서 총을 빼앗아 머리를 날려 버릴 만큼 힘이 센 놈이에요. 내 정강이를 걷어차고 하마터면 나를 죽게 만들 뻔했을 정도로 힘센 놈이죠. 하지만 다음번에는 그렇게 되지 않을 겁니다. 준비를 단단히 해 두고 있다가 그 망할 녀석이 나타나면 목을 졸라 버리겠어요."
　"일이 다 끝나면 다시 돌아오시겠어요?"
　모자를 쓰고 주노를 내려다보았다. 가기 싫을 만큼 주노는 아름답고 상냥했다. 내가 말했다.
　"다시 오죠. 다시 한 번 나를 위해 춤을 춰 주십시오. 당신 혼자서요. 나는 앉아서 당신이 춤추는 모습을 지켜보며 올림포스 신전의 여신은 어떻게 노는지 보고 싶습니다. 인간으로 사는 데도 이젠 싫증이 났어요."
　"당신을 위해서 춤을 출게요. 한 번도 보지 못했던 것들을 보여 드리죠. 올림포스 신전이 마음에 드실 거예요. 천상의 세계는 지상의 세계와는 전혀 다르거든요. 우리 둘이서 산꼭대기를 다 차지

하고 영원히 그곳에서 머물러요."

"내가 오래 머물려면 아주 좋은 여자가 있어야만 하는데요."

주노의 혀가 입술 밖으로 나와 그녀의 입술을 윤기 있고 촉촉하게 적셨다. 바라보는 눈에는 욕망이 타오르고 있었다. 주노의 몸이 움직이는가 싶더니 드레스 안의 몸이 드러났다. 주노가 말했다.

"제가 그렇게 만들어 드릴게요."

이제 주노는 내게 간청을 하고 있었다. 잠깐이라도 그녀에게 와서 그녀의 드레스를 찢어 버리고 여신의 살결이 어떤지 체험해 보라고 요구하고 있었다. 잠깐 동안 내 얼굴빛이 변했는지 주노는 내가 곧 그녀의 바람대로 할 것이라고 생각하는 듯했다. 주노의 눈이 커졌고 어깨가 떨렸다. 이번에는 그 욕망 뒤에 여성다운 공포심이 묻어 나오고 있었고 잠시 동안 주노도 인간이 되어 버린 것 같았다. 남자가 두려워서 몸을 웅크리고 피하는 여자 말이다. 하지만 나를 멈추게 한 것은 주노의 그런 태도가 아니었다. 이해할 수 없는 뭔가가 이번에도 나를 막았기에 뒤로 물러나 나도 모르게 손을 떼었다.

담배꽁초를 집어 들고 주노에게 굿나잇 윙크를 했다. 주노가 내게 보낸 표정 때문에 다시 등골이 오싹했다. 밖으로 나와 불빛 찬란한 거리로 차를 몰아 긴 겨울의 낮잠을 즐기러 호텔로 갔다.

10장

나는 사자(死者)의 꿈을 꾸었다. 그러나 사자들에게 있어 산자의 꿈은 아무런 방해가 되지 않았다. 적막 가운데 울리는 나의 목소리를 들으며 꿈속에서 말했다. 그 목소리는 질문을 던졌고 들을 수 없는 대답을 요구했고 거센 분노의 발작으로 바뀌었다. 유령들이 줄지어 지나가면서 내게로 다가와 있는 힘껏 분노의 웃음을 터뜨렸다. 그들의 웃음과 함께 다시 돌아올 수 없는 뇌의 깊은 부분으로 내 감각을 몰아넣는 기묘하고도 이상한 음악이 들려왔다. 나는 멈추라고 외쳤지만 나의 목소리는 그들의 웃음 속에 묻혀 버렸다. 늘 나타나는 얼굴들. 늘 나타나는 거의 하얀색에 가까운 강렬한 금발 머리의 얼굴. 나는 소리를 지르려 했지만 단지 거칠고 힘없는 목소리로 "샬럿, 샬럿……. 널 다시 죽이고 말겠어. 그래야 한다면 널 반드시 죽이겠어!"라고 중얼거릴 뿐이었다. 그러면 음악은 템포가 빨라지고 점점 소리가 커지면서 강렬한 진동과 전율이 반복되어 내가 그 앞에 무너지기 시작했다. 금발 머리의 얼굴은 다시 웃기 시작했고 음악 소리를 몰아 갔다. 그러고는 칠흑같이 새까만 머리의 다른 얼굴이 나타났다. 깔끔한 미모와 함께 죽음까지도 두려워하지 않을 강인함이 배어 있는 얼굴. 이 검은 머리의 얼굴은 금발의 얼굴에 대항하며 음악을 멈추고 영원히 사라질 것을 명했다. 그러자 음악이 멈췄다. 내 목소리는 계속해서 중얼거렸다. "벨다, 오 하느님 감사합니다. 벨다, 벨다……"

꿈에서 깨어났고 방은 고요했다. 시계는 멈춰 있었고 블라인드에 가려 빛줄기 하나 새어 들어오지 않았다. 창밖을 내다보자 하늘은 컴컴했고 반짝이는 별빛이 눈 덮인 거리에 반사되고 있었다.

전화기를 들자 데스크에 연결되었다.

"541호의 해머입니다. 지금 몇 시죠?"

종업원은 잠시 머뭇거리다가 대답했다.

"네, 손님. 아홉 시 오 분 전입니다."

고맙다는 말을 하고 수화기를 내려놓았다. 이 말은 시계가 벌써 거의 두 바퀴나 돌았음을 의미했다. 10분도 채 안 되어 옷을 갈아입고 체크아웃을 했다. 그러고는 호텔 인근의 식당에서 굶주린 사람처럼 식사를 하고 잠시 여유롭게 담배를 피운 후 벨다에게 전화를 걸었다. 그녀가 전화받기를 기다리는 내내 손이 떨려 왔다.

"나야, 마이크."

"오, 마이크! 도대체 어디 있었어요? 미친 듯이 찾았다고요."

"진정해. 잠들어 있었어. 호텔에 체크인하면서 깰 때까지 방해하지 말라고 했거든. 당신하고 클라이드에게 무슨 일이 있었던 거야? 뭐 좀 얻어 낸 게 있나?"

그녀는 흐느껴 울기 시작했고 나는 수화기를 움켜잡았다. 클라이드는 이제 내 손에 죽은 목숨이다.

"마이크."

"말해 봐, 벨다."

듣고 싶지 않았지만 들어야만 했다.

"그 사람이 거의…… 할 뻔했어요."

수화기를 내려놓고 깊이 숨을 쉬었다. 클라이드는 이제 몇 분 안에 죽을 목숨이다.

"말해 봐."

그녀에게 말했다.

"그는 나를 몹시 원해요, 마이크. 그와 게임을 했는데 그러지 말았어야 했어요. 내가 그를 너무 취하게 하지 않았더라면 그는 아마……. 하지만 제가 그를 기다리게 했어요. 그가 취해서 내게 말했어요. 자기가 얼마나 대단한 인생을 살고 있는지 자랑했죠. 온 도시를 좌지우지할 수 있다고 말했어요. 진심으로요. 그가 나를 감동시키려는 여러 가지 말을 했고 저는 감동한 척했어요. 마이크……, 그 사람은 도시의 거물 몇 명을 협박하고 있어요. 모두 바우어리 클럽과 관련된 일이에요."

"그게 뭔지 알아?"

"아직요. 마이크, 그는…… 내가 자기의 완벽한 파트너라고 생각해요. 모든 것을 말해 주겠대요. 만약 내가…… 내가…… 오, 마이크. 어쩜 좋죠? 어떡해야 하나요? 난 그가 싫어요. 어떡해야 할지 모르겠어요."

"이 비열한 자식 같으니라고!"

"마이크……, 그 사람이 자기 아파트 열쇠를 줬어요. 오늘 밤 찾아갈 거예요. 그가 나에게 그 일에 관해 말하고, 그러고는…… 나를 그 집에 살도록 할 거예요. 그는 나를 원해요, 마이크."

생쥐가 창자를 갉아먹는 기분이었다.

"닥쳐! 제기랄, 당신은 아무 일도 하지 않을 거야."

그녀가 다시 흐느끼는 소리가 들렸다. 전화기를 벽에다 내동댕이치고 싶었다. 머릿속에서 맥박 소리가 울려 그녀의 목소리를 거의 들을 수가 없었다.

"가야 해요, 마이크. 곧 확실히 알게 되겠죠."

"안 돼!"

"마이크, 날 막지 말아요. 그래도 당신이 한 일만큼 심각한 건 아니잖아요. 총에 맞는 것도 아니고 목숨을 버리는 일도 아니에요. 내가 할 수 있는 일을 해 주려는 거예요. 당신처럼…… 중요한 일이니까요. 자정에 그의 아파트에 갈 거예요. 그럼 알게 되겠죠. 마이크, 그 후에는 오래 걸리지 않을 거예요."

전화기에 대고 소리를 질렀지만 그녀는 이미 전화를 끊은 후였다. 그 어느 것도 그녀를 막을 수는 없었다. 그녀는 내가 자신을 붙잡으리라는 것을 알고 이미 사라졌을 터였다.

이제 자정까지는 세 시간밖에 남지 않았다.

상황이 아주 심각했다.

주머니에서 동전을 찾아 팻에게 전화를 걸었다. 집에 없어서 사무실로 전화하자 팻이 받았다. 이름도 밝히지 않고 "나야."라고만 말하자 팻이 짤막하게 "여보세요."라고 하더니 자기를 만나고 싶거든 늘 가는 술집으로 오라고 했다. 팻이 찰칵 하고 전화를 끊는 소리가 났다. 나는 그 자리에 서서 멍하니 전화기를 바라보았다.

늘 가던 술집이라는 곳은 내가 팻을 몇 번 만난 적이 있는 시내의 작은 바였다. 그곳으로 가서 차를 대충 주차하고는 바의 정문 쪽으로 가서 창문으로 안을 들여다보고 있을 때 누군가 "마이크! 마이크!" 하고 부르는 소리가 들렸다.

돌아보니 팻이 내 차를 향해 손을 흔들면서 나를 부르고 있었다. 재빨리 뛰어가서 운전석에 앉았다.

"팻, 도대체 어떻게 된 거야?"

"조용히 하고 여기서 나가자고. 아무래도 내 전화기가 도청되는 것 같거든. 미행도 있었던 것 같고."

"검사 녀석 말인가?"

"그래. 그럴 만도 하지. 내가 널 위해서 거짓말을 한 순간부터 나는 더는 경찰이 아니야. 검사가 나에 대해 어떤 조사를 하려고 해도 난 할 말이 없는 거지."

"하지만 왜 비밀로 해야 하는 거지?"

팻은 잠시 나를 쳐다보다니 고개를 돌렸다.

"넌 살인 용의자야. 체포 영장도 발부되었어. 검사가 다른 증인을 찾아냈어."

"누구지?"

"글렌우드라는 사람인데 사진 파일에서 너를 찍더니 그날 밤 네가 거기 있었다고 확실히 말했어. 경기장 매표원이야."

"까딱하면 네 처지가 아주 곤란해지겠군."

"그래. 내 꼴이 아주 볼 만하겠지."

시가지를 지나 브로드웨이로 향했다. 내가 물었다.

"어디로 가는 거지?"

"브루클린 브리지. 소녀 한 명이 자살을 했는데 직접 확인해 봐야겠어. 검사실에서 나오는 명령은 상부에서 내려온 거지. 검사는 나를 사망 사건과 관련된 모든 일에서부터 떼어 놓으며 내 처지를 비참하게 만들려 하고 있어. 그 자식은 어떻게든 나를 망하게 만들어서 그때 일에 대한 앙갚음을 하고 싶은가 봐. 내가 너와 함께 있었다고 말한 그날 밤부터 내 일거수일투족을 살피고는 이제 일을 터뜨릴 준비를 하고 있다고."

"어쩌면 우리 둘이 감옥에서 만날 수도 있겠군."

"조용히 해!"

"아니면 내 가게에서 점원으로 일해도 되겠네. 내가 감옥에 있는 동안 말야."

"조용히 하라고 했지! 뭐 신나는 일이라도 있어?"

웃지 않으려고 이를 악물고 있었지만 계속 웃음이 났다.

"신나는 일이야 많지. 곧 살인자가 내 손에 죽을 거야. 난 느낄 수 있어."

팻은 앞을 똑바로 쳐다보며 앉아 있었다. 다리 밑 지름길에 이르러 길가에 차를 댈 때까지 계속 그렇게 앉아 있었다. 부두 쪽으로 순찰차 한 대와 구급차 한 대가 있었고 팻이 차에서 내릴 때 다른 순찰차가 와서 멈춰 섰다. 나는 팻에게 얌전히 굴겠다고 약속한 후 팻이 길을 건너는 것을 바라보았다.

팻은 꽤 오랫동안 돌아오지 않았다. 나는 운전석에서 몸을 뒤틀었고 담배꽁초를 꺼내 줄담배를 피워 댔다. 마지막 꽁초를 피우면서 나는 차에서 내려 길 모서리에 있는 작은 술집으로 향했다. 그곳은 으레 부둣가에 있는 싸구려 술집으로 온갖 종류의 악취로 가득한 곳이었다. 담배 자판기에 동전을 넣고 새 담뱃갑을 집어 들고는 바텐더에게 맥주 한 잔을 주문했다. 두 남자가 안으로 들어오더니 길 건너에서 있었던 자살 사건에 대한 얘기를 시작했다.

그 여자의 다리에 대한 이야기를 꺼내자 한 명이 받아쳤다. 그러더니 그 시체의 다른 부분들에 대한 이야기가 나오기 시작하자 바텐더가 끼어들었다.

"아니, 그만 좀 하죠! 무덤 도굴꾼들처럼 들리네요. 실없는 소리 좀 작작하세요."

그 여자의 다리 이야기를 꺼냈던 남자가 발끈하자 다른 남자가 옆에서 거들었다. 바텐더가 두 사람 모두를 내보낸 후 거스름돈을 주머니에 넣으며 나에게 몸을 돌려 말했다.

"어떻게 저럴 수가 있죠? 세상에, 이제 죽은 여자한테 저 사람들은 더 뭘 원하는 거죠? 저런 무덤 도굴꾼 같은 작자들을 봤나!"

나도 그의 말에 동의하며 고개를 끄덕이고는 잔을 비웠다. 2분마다 시계를 보며 클라이드라는 비열한 놈을 저주하기 시작했다.

그러자 맥주가 김빠진 맛이 났다.

맥주를 한껏 들이키고는 술집을 나와서 길을 건너 팻이 뭣 때문에 지체하고 있는지 알아보기로 했다. 몇몇 사람들이 시체 주위를 둘러싸고 있었고 구급차는 이미 가 버린 상태였다. 대신 시체 보관소 차가 와 있었고 팻은 시체 위로 허리를 굽혀 신원 파악을 하려고 애썼으나 허사였다. 손전등을 그 여자의 얼굴에 비췄다.

팻은 그녀의 주머니에서 찾아낸 종이 쪽지를 경찰 한 명에게 건

넸고 경찰은 얼굴을 찌푸리며 읽었다.

"그가 나를 떠났다."

팻이 얼굴을 찌푸리고 있는 그 경찰을 올려다보면서 말했다.

"경감님, 그게 전부입니다. 서명도 이름도 없어요. 적혀 있는 내용은 그것뿐입니다."

팻도 얼굴을 찡그렸고 나는 그 여자의 얼굴을 다시 쳐다보았다.

시체 보관소 차를 몰고 온 남자 둘이 들어오더니 시체를 들어올려 긴 상자에 넣었다. 팻이 그들에게 시체의 신원이 밝혀질 때까지 신원 미확인 보관소에 두라고 말했다.

나는 그녀의 얼굴을 마지막으로 보았다.

보관소 차가 떠나자 모여 있던 사람들이 뿔뿔이 흩어졌고 나는 길가에 드리운 어둠 속으로 터벅터벅 걸어갔다. 그 얼굴. 그 얼굴. 하얗다 못해 투명할 정도로 창백한 얼굴, 감겨진 눈과 살짝 벌어진 입술. 나는 어둠 속을 응시하며 나무판자 벽에 기대어 서서 차와 트럭이 덜컹거리며 다리를 지나는 소리와 도시의 목소리를 이루는 여러 소음들의 불협화음에 귀를 기울이고 있었다.

나는 계속해서 그 얼굴을 생각해 보았다.

택시 한 대가 끼익 하고 지나가더니 길목에서 멈춰 섰다. 나는 뒤로 물러섰다. 쉰 목소리의 한 작고 통통한 사람이 운전사의 손에 지폐를 쥐어 주고는 순찰차로 달려가는 것을 보았다. 그는 두 팔로 크게 제스처를 취하면서 경찰에게 뭐라 말을 했고 경찰이 그를 팻에게 데려오자 다시 똑같은 태도로 방금 한 말을 되풀이했다.

흩어졌던 사람들이 다시 모여들었다. 나는 그 작고 통통한 남자의 말을 들을 수 있을 정도의 거리에 서 있었다. 팻이 그의 말을 가로막고는 진정하고 다시 처음부터 얘기해 보라고 말했다.
 그 통통한 남자는 고개를 끄덕이면서 그에게 건네진 담배를 받아들었지만 담배를 입에 물지는 않았다. 그가 말했다.
 "나는 배의 선장입니다. 알겠습니까? 부선의 선장인데 두 시간 전에 우리 배가 다리 아래로 건너갔어요. 아주 조용하고 평화로웠지요. 그때 나는 갑판실에 앉아 하늘을 보고 있었습니다. 다리를 지나갈 때마다 다리를 쳐다보곤 하는데 야간용 안경을 쓰고 차들과 이 나라에서 일어나는 놀라운 일들을 보지요. 그때 그 여자를 봤습니다. 여자는 거기 서서 싸우고 있었고 비명 소리도 들렸는데 그녀와 싸우던 남자가 그녀의 입을 막아 버리자 소리도 지를 수 없었어요. 모든 것을 다 보고 있었지만 아무것도 할 수가 없었습니다. 부선에서는 확성기로밖에 달리 누굴 부를 방도가 없는데 일이 순식간에 벌어졌죠. 그 남자가 여자를 들어올리더니 강에 빠뜨렸습니다. 처음에 나는 그녀가 부선들 중 가장 마지막에 서 있던 부선에 부딪혔다고 생각해서 그쪽으로 달려가 재빨리 소리쳤지만 그렇지 않았어요. 한참을 기다리고서야 부선에서 나를 내려 줄 사람을 찾았고 그 길로 경찰에 신고했죠. 그 경찰이 나보고 이곳으로 오라고 했어요. 그런데 당신들이 이미 여기 이렇게 있고 그녀를 발견한 거죠. 아시겠습니까?"
 팻이 말했다.
 "잘 알겠습니다. 그녀와 싸우던 남자를 보았습니까?"
 그 남자는 힘 있게 고개를 끄덕였다.
 "그를 알아볼 수 있겠습니까?"
 모든 사람들의 시선이 그 작은 남자에게 고정되었다. 그는 손을 들어올리더니 어깨를 으쓱했다.

"다른 사람하고 구별할 수는 있겠지요. 아니, 안 되겠어요. 그 사람은 모자를 쓰고 코트를 입고 있었거든요. 그 사람이 여자를 들어올려 던져 버렸어요. 나는 너무나 놀란 상태여서 남자의 얼굴을 잘 볼 수가 없었죠. 야간용 안경으로 보았기 때문에 별로 잘 보이지 않았거든요."

팻이 옆에 있던 경찰에게 말했다.

"이 사람 이름과 주소를 적어 놔. 증언이 필요할 거야."

경찰이 재빨리 종이를 꺼내 받아 적었다. 팻은 그 남자에게 몇 가지 질문을 하여 전체 상황을 파악하고는 몇몇 의문점들을 해결하더니 증인이 또 없는지 주변을 탐문하기 시작했다. 주변에 모여 있던 구경꾼들은 경찰과 어떤 식으로도 접촉하기 싫었는지 부랴부랴 흩어져 버렸다. 팻은 어두운 얼굴을 하고 욕지거리를 내뱉더니 길을 건너서 내가 기다리기로 했던 장소로 향했다.

나는 길을 돌아가서 그에게 갔다.

"훌륭한 경찰이군."

"차에 있으라고 한 것 같은데 왜 나왔어? 경찰이 너도 찾고 있단 말야."

"무슨 상관이야. 어차피 요즘 날 찾는 사람들이 많은데 뭐. 그 여자는 어떻게 됐지?"

"신원 미상이야. 사랑 싸움을 한 것 같아. 갈빗대 몇 대가 부러졌고 목도 부러졌어. 물에 빠지기 전에 이미 죽어 있었어."

"그 쪽지 말야……. 그 여자를 집어던지기 전에 애인이 주머니에 넣은 건가?"

"참 귀도 밝다. 그래 그런 것 같아. 아마도 말다툼을 하고는 남자가 여자에게 산책을 하자고 했겠지. 그러고는 그 쪽지를 준 거야."

"어떤 힘센 남자가 여자를 그렇게 망가뜨려 놨군?"

팻이 고개를 끄덕였다. 내가 차 문을 열자 팻이 들어갔고 나는 운전석에 앉았다.

"남자는 여자의 갈빗대를 기어이 부러뜨리려 한 거야."

"아주 힘센 녀석이네."

곰곰이 생각다가 내가 덧붙여 말했다.

"나라는 사람도 겁쟁이는 아니지만 그런 힘센 놈에게 맞서는 일이 어떤 건지는 잘 알지."

나는 자리에 앉아 팻을 쳐다보았다.

팻의 얼굴에 의심하는 빛이 역력했다. 팻이 말했다.

"아니 잠깐만. 우린 두 가지 다른 사건을 놓고 얘기하고 있잖아. 그 사람이 바로 그 살인범이라고는 말하지 마."

"그 여자가 누군지 알아?"

"현재로선 신원 미상이라고 말했잖아. 그 여자에겐 가방도 없었어. 하지만 옷을 가지고 추적해 볼 거야."

"그럼 시간이 오래 걸려."

"다른 좋은 수라도 있어?"

"응, 사실은 있어."

의자 뒤쪽으로 손을 뻗어 봉투 하나를 꺼냈다. 봉투는 사진으로 가득했고 나는 사진들을 무릎 위에 펼쳐 놓았다. 팻이 머리 위의 실내등을 켰다. 나는 사진 더미를 뒤적거려 한 장을 찾아냈다.

팻은 속이 안 좋아 보였다. 나를 힐끗 보더니 다시 사진 쪽으로 시선을 돌렸다.

"팻, 그녀의 이름은 진 트로터야. 안톤 립섹 에이전시의 모델이지. 며칠 전에 애인과 도망쳤어."

팻의 욕설이 그칠 줄을 몰랐다. 손 위에 사진들을 펼쳐 놓더니 지옥 불처럼 뜨겁게 이글거리는 눈동자로 째려보았다.

"사진들, 사진들……. 제기랄, 마이크. 이게 도대체 무슨 일이지? 자네가 에밀 페리의 집에서 발견한 불에 탄 물건이 뭔지 알아?"

나는 고개를 저었다.

"사진들!"

팻이 격분하며 말했다.

"온통 불타 버린 사진들이라 아무것도 볼 수가 없었어."

손가락으로 핸들을 돌리며 발로 가속 페달을 밟자 길가에 세워 두었던 차가 붕 소리를 내며 출발했다.

팻은 계기판 불빛에 사진을 비춰 보았다. 그의 맥박이 빨라졌다.

"이제 공식적으로 수사할 수 있겠군. 필요하면 경찰들을 모조리 다 동원할 거야. 일주일이면 그놈이 사형 선고를 받게 할 수 있어."

내가 팻을 노려보았다.

"일주일 좋아하네. 이제 몇 시간밖에 남지 않았어. 내가 준 천 조각은 추적해 봤어?"

"그럼. 제대로 찾았지. 그 천 조각이 나온 가게를 찾았어. 1년 전에 그 가게에서 판 아주 좋은 양복에서 떨어져 나온 건데 주인도 기억하더군. 하지만 손님 얼굴은 기억이 안 난데. 돈도 현금으로 지불했고 사이즈나 이름, 주소 같은 기록이 전혀 없어. 살인범은 아주 영리한 놈이야."

"분명 걸려들 거야. 살인범은 으레 걸려들게 마련이거든."

나는 가속 페달을 힘껏 밟으며 붐비는 차도를 헤집고 달렸다. 중심가에서는 운 좋게도 신호에 걸리지 않아서 곧 시청 건물 앞에 도착했다.

"팻, 네 경찰 배지를 이용해서 진 트로터의 혼인 신고서를 한번 조사해 봐. 그 여자가 누구와 도망을 쳤는지 어디서 결혼식을 올렸는지 말야. 난 몸을 드러내면 안 되니 네가 하는 수밖에 없잖아."

팻이 차에서 내렸을 때 내가 사진을 건네주었다.

"확실하게 기억이 안 날 수도 있으니 이 사진 가지고 가."

"그동안 어디 있을 건데?"

나는 시계를 들여다보았다.

"우선 그 여자에 대해 좀 알아볼까 해. 그리고 날 유혹하기 전에 그만둬야겠지."

내가 차를 몰고 떠날 때까지도 팻은 이 말이 무슨 뜻인지 파악하려고 애쓰고 있었다. 백미러로 팻이 사진을 주머니에 넣고 길을 따라 걸어 올라가는 것을 보았다.

첫 번째로 도착한 가게에 들러 동전을 바꾼 후 전화박스에 막 들어가려는 남자를 밀어제쳤다. 남자는 뭔가 항의를 하려다가 내 얼굴을 보더니 마음을 바꿔 다른 전화기를 찾았다. 동전을 넣고 주노의 번호를 눌렀지만 너무나 긴장한 나머지 다른 번호를 눌러 버렸다. 두 번째 통화에서는 제대로 걸었지만 주노와 통화할 수 없었다. 그녀의 전화는 메시지를 받는 서비스 기계에 연결되어 있었다. 어떤 여자가 그녀가 외출 중인데 곧 집으로 돌아올 것이라고 말했다. 나는 메시지를 남기지 않겠다고 하고는 전화를 끊었다.

다시 동전을 집어넣고 번호를 눌렀다. 코니는 집에 있었다. 그녀는 아무리 이르거나 늦은 시간이라도 기꺼이 날 만날 여자였다. 내가 초조한 목소리로 말하자 그녀가 말했다.

"마이크, 무슨 일 있어요?"

"좀 많지. 도착해서 말해 줄게."

자동차 경주라도 하듯 질주하여 그녀의 집에 도착했다. 덕분에 몇몇 택시 운전사들이 도로를 달리다 미친 듯이 욕을 해 댔다.

한 남자가 내려가는 문의 열쇠를 갖고 있어서 벨을 누를 필요가 없었다. 올라가는 문도 마침 열려 있어서 초인종을 누르지 않고 올라갔다. 내가 복도로 들어오는 소리를 듣자 코니가 빨리 들어오라고 소리를 쳤다.

모자를 벗어 의자에 던져 놓고는 주위를 살피려고 어둠침침한 입구에 서 있었다. 작은 야간 전등만이 켜져 있었고 거실 맞은편의 침실에서 밝은 빛줄기가 새어나오고 있었다. 나는 가구를 돌아 걸어가며 불렀다.

"코니?"

"여기예요, 마이크."

코니는 침대에 앉아 등에 베개를 몇 개 받쳐 놓고 책을 읽고 있었다.

"이런 이야기를 하기엔 시간이 이르잖아. 안 그래?"

"아마도요. 전 나가지 않을 거예요."

그녀는 살짝 웃으면서 이불 아래서 꼼지락거렸다.

"여기로 와서 앉아요. 나한테 고민을 다 얘기해도 돼요."

그녀는 침대 가장자리를 두드리며 말했다.

내가 앉자 그녀가 손가락을 내 손가락 밑으로 밀어 넣었다. 나는 안 좋은 일이 있었다는 말을 할 필요가 없었다. 그녀는 내 눈에서 이미 그것을 읽어 냈다. 미소를 지우고 얼굴을 찡그리며 그녀가 물었다.

"무슨 일이죠?"

"진 트로터……. 그 여자가 오늘 밤 살해됐어. 살해된 후 다리 아래로 던져졌지. 자살처럼 위장하려고 했겠지만 목격자가 있어."

"믿을 수 없어요."

"사실이야."

"맙소사, 언제쯤 끝이 나는 거죠, 마이크? 오, 불쌍한 진……."

"범인을 잡기 전까지는 끝나지 않을 거야. 코니, 그녀에 대해 아는 바가 있나? 어떤 여자였는지, 결혼한 남자는 누군지……."

코니는 고개를 저었고 머리카락이 어깨 위로 흘러내렸다.

"진……. 내가 처음 그 애를 만났을 땐 아주 다정한 아이였어요. 그 애에 대해서는 사실 별로 아는 바가 없어요. 물론 그 십 대 아이들보다는 나이가 들었지요. 그 애들을 위해서 의상 모델을 서 주었어요. 그 애와는 한 번도 같은 일을 한 적이 없어서 잘 몰라요."

"그럼 그녀와 같이 간 남자는 누구지? 그를 본 적이 있나?"

"아뇨, 없어요. 그 애가 처음 일하러 왔을 때 어느 사관생도와 약혼했다는 애길 들었는데 그러고는 무슨 일이 있었던 것 같아요. 한동안 혼자 지내다가 주노가 휴가를 내주어서 다녀온 후로는 괜찮아 보였어요. 비록 그 후로는 남자에게 그다지 관심을 갖지 않았지만요. 한번은 동료들과의 파티에서 그 애와 얘기를 나눈 적이 있었어요. 남자들이 얼마나 늑대인가에 관해서 말이에요. 그녀는 남자들을 모두 매달아 버리고 여자들만의 세상을 만들고 싶어서 안달이었죠."

"훌륭한 자세로군. 그런데 뭣 때문에 그녀가 변했지?"

"그걸 모르겠다니까요. 우리는 뭐랄까……, 서로 다른 세계에 살고 있어서 그녀의 생활이 어떤지 알 수 없었어요. 그 애가 값비싼 보석들을 지니고 다녀서 돈이 상당히 있다는 건 알았죠. 그리고 명문 대학의 어느 부유한 남학생과 데이트를 한다는 소문도 있었어요. 하지만 그 일에 대해 물어보진 않았어요. 사실 저는 그 애가 그렇게 도망쳤다는 걸 알고 정말 놀랐어요. 진실된 사랑이란 참 재미있는 거예요. 그렇죠, 마이크?"

"아니, 그렇지 않아."

"아마도 그렇겠죠."

나는 두 손으로 얼굴을 감싸고 생각을 정리하려고 머리를 문질러 댔다.

"그게 그녀에 대해 아는 전부야? 그녀가 어디 출신인지 배경에 대해 아는 건 없나?"

코니는 불빛을 응시하더니 생각에 잠긴 채 집게손가락을 들어 올렸다.

"아마도……."

"말해 봐, 뭐지?"

"갑자기 생각이 났는데……. 진 트로터가 본명이 아니었어요. 긴 폴란드 계 이름이 있었는데 모델이 되면서 이름을 바꾸고 개명 신고까지 했어요. 제가 서류에서 개명과 관련된 부분을 잘라내기도 했는걸요. 마이크, 저쪽 서랍에 작은 가죽 폴더가 있어요. 좀 가져다주겠어요?"

나는 재빨리 침대에서 일어나 첫 번째 서랍부터 뒤지기 시작했다. 코니가 말했다.

"아니, 그 옆 서랍이에요."

옆의 서랍을 뒤져 보았지만 폴더를 찾을 수 없었다.

"제기랄, 코니. 이리 와서 좀 찾아보지, 응?"

"아뇨."

그녀가 소리 내어 웃었다.

나는 그녀의 물건들을 바닥에 던지기 시작했고 그녀는 결국 소리를 지르며 이불을 젖히고 달려와서 나를 멈추게 했다. 그때서야 그녀가 왜 침대 밖으로 나오지 않으려 했는지 알 수 있었다. 완전히 알몸이었던 것이다.

그녀는 서랍 뒤쪽에서 폴더를 찾아내 얼굴을 찌푸리며 내게 건네주었다.

"최소한 눈을 감아 줄 정도의 예의는 있어야지요."

"나는 당신의 그런 점이 좋단 말야."

"그럼 행동으로 옮겨 보시죠."

폴더를 훑어보려 했지만 시선을 고정시킬 수가 없었다.

"제발 뭐 좀 걸치지 그래."

그녀는 자기의 두 손을 엉덩이에 걸치고는 혀를 내밀면서 내게 몸을 기울여 왔다. 그러고는 최대한 관능적인 몸짓으로 느릿느릿 옷장 쪽으로 걸어갔다. 털 코트를 꺼내 걸쳐 입고는 허리 부분을 여몄다.

"내가 가르쳐 줄게요."

그녀는 다리를 꼰 채 낮은 화장대 의자에 앉아 내가 그 부분을 볼 수 있도록 포즈를 취하며 유혹했다. 하지만 그뿐이었다. 그 이상은 없었다.

다시 폴더를 헤집고 있을 때 그녀가 코트 여밈을 풀어 놓는 바람에 등을 돌리고 앉아야 했다. 코니가 소리 내어 웃었지만 신경 쓰지 않고 파일을 찾아냈다.

여자의 이름은 줄리아 트래비스키였다. 법원 허가를 받아 진 트로터로 개명한 것이었다. 주소는 주택 지구의 어느 작은 여성 전용 호텔로 되어 있었다. 파일을 지갑에 구겨 넣고 폴더는 다시 서랍에 넣어 두었다.

"그래도 얻은 것이 있군."

내가 말했다.

"법정 기록을 뒤지면 나머지도 알아낼 수 있겠어."

"뭘 알고 싶은 거죠, 마이크?"

"그녀가 살해당할 만큼 중요한 인물이라는 사실을 알려 줄 만한 것이면 뭐든 다."

"제 생각에는……."

"뭐지?"

"사무실에 파일이 있어요. 에이전시로 구직 신청을 하는 사람은 자신의 신상에 대한 기록이랑 수십 장의 샘플 사진 그리고 신문 스크랩을 내야 하거든요. 진의 파일도 아직 있을 거예요."

나는 이 사이로 휘파람을 불며 고개를 끄덕였다.

"뭔가가 있군. 여기 오기 전에 주노에게 전화를 걸었는데 집에 없더군. 안톤 립섹은?"

코니는 콧방귀를 뀌더니 코트를 살짝 잡아당겨서 맨다리를 좀 더 드러냈다.

"그 멍청이는 아마 어젯밤 마신 술에 잔뜩 취해서 아직 자고 있을걸요. 어제 메리언 레스터와 아주 곤드레만드레가 돼서 새벽 세 시경에 호텔 사람 몇 명을 데리고 안톤의 집으로 출발했어요. 그리고 오늘 둘 다 출근하지 않았어요. 주노는 별말 없었지만 속이 다 타 버렸을 거예요."

"미쳤군. 그럼 사무실 열쇠는 또 누가 갖고 있지?"

"아, 제가 들어갈 수 있어요. 예전에 한 번 사무실에 수첩을 두고 온 적이 있었는데 수위 아저씨의 대머리 이마에 키스를 해 주니까 열쇠를 주더군요."

손목시계의 시계 바늘이 너무 빠르게 돌아가고 있었다. 또 속이 타 들어가기 시작했다.

"코니, 부탁이 있어. 가서 그녀에 대한 파일이 있는지 봐 줘. 그걸 가지고 곧장 이리로 와. 난 그동안 할 일이 있거든. 내 말대로 해 준다면 정말 고맙겠어."

"싫어요."

코니가 뾰로통하게 말했다.

"저런, 코니. 그러지 말고 말 좀 들어줘……."

"같이 가요."

"안 돼."

그러자 뾰로통한 표정이 미소로 바뀌더니 눈을 내리깔고 나를 슬쩍 훔쳐보았다. 똑바로 서서 담배를 입에 물고 마치 이브닝 가운을 입은 양 아주 자연스러운 자세로 코트를 뒤로 벗어 던지더니 두 손을 엉덩이에 걸친 채 몸을 흔들다가 내 얼굴을 쳐다보았다. 내 생애에 그토록 이상하게 마음을 동하게 하는 장면을 본 적이 없었다.

"나랑 같이 가요. 그러면 올 때도 같이 올 수 있잖아요."

"이리 와 봐."

내가 그녀의 알몸을 움켜잡고 가슴으로 세게 껴안자 그녀가 입을 벌렸다. 나는 키스를 퍼부었다. 그녀는 한참 동안 숨을 멈췄고 눈빛이 몽롱해졌다.

"이제 시킨 대로 해. 안 그러면 뜨거운 맛을 보게 해 줄 거야."

코니는 눈을 아래로 내리깔고 코트로 몸을 감쌌다. 미소를 감추려 온갖 애를 썼지만 어쩔 수 없이 새어 나왔다.

"마이크, 당신은 나의 상관이에요. 언제든 나의 상관이 되고 싶을 때는 굳이 말을 하지 않아도 돼요. 말하지 않아도 난 다 알 수 있으니까요."

엄지손가락을 그녀의 턱밑에 대고 얼굴을 치켜들었다.

"세상엔 당신 같은 사람이 더 많이 있어야 해, 요 이쁜 것."

"당신은 못생긴 아저씨예요. 당신은 꼭 우리 오빠들처럼 크고 거칠지만 당신이 열 배는 더 좋아요."

내가 그녀에게 다시 키스하려는 것을 알아채고 코트를 벗어 던지더니 내 품 안으로 뛰어들어 나의 몸을 불타오르게 만들었다. 그러나 결정적인 순간이 되자 그녀를 밀쳐 내야만 했다. 곧 이와 비슷한 일이 벨다에게 일어날지도 모른다는 생각이 들었기 때문이다. 우리 둘 다 그런 일이 일어나도록 방관하고 있을 수는 없었다.

생각이 이에 미치자 두려움이 엄습해 왔다. 두려움이 발끝까지 느껴졌고 클라이드가 걸었던 땅을 저주했다. 아파트를 뛰쳐나가듯 계단을 급히 내려왔다. 길모퉁이에 주인이 이제 막 불을 끄고 있는 과자점으로 들어가 영업이 끝났다는 말을 듣기도 전에 전화박스에 들어갔다. 동전을 잡고 있을 수도 없어서 전화기에 떨어뜨리다시피 하며 동전을 밀어 넣었다.

'아직 시간이 있을 거야.' 라고 생각했다. 오, 하느님! 아직 시간이 필요합니다. 몇 분 몇 초가 왜 이리 중요하게 느껴지는 걸까? 삶을 가치 있게 만드는 영원의 한 조각. 나는 벨다에게 전화를 했고 통화음을 들었다. 오랫동안 신호가 울렸지만 아무도 전화를 받지 않았다. 나는 계속해서 벨이 울리도록 두었고 얼마나 지났을까. 그녀가 전화를 받았다. "나야."라고 말하자 그녀는 전화를 끊으려 했다. 내가 소리치자 그녀는 수화기를 들고 있었고 조심스럽게 내가 어디 있는지 물었다.

"당신 집 근처는 아니야, 벨다. 그러니 내가 무슨 일을 할까 봐 걱정할 필요는 없어. 뭐든 붙잡아, 벨다. 오늘 밤 거기에 가지 마. 이제 그럴 필요 없어. 실마리를 찾은 것 같아."

벨다의 목소리는 부드러우면서도 단호했다. 너무나 단호해서 듣는 순간 고함이라도 치고 싶을 정도였다. 그녀가 말했다.

"아뇨, 마이크. 날 막으려 하지 말아요. 당신이 뭐든 구실을 생각해 내려 한다는 걸 알아요. 하지만 제발 날 막으려 하지 말아요. 당신은 내가 뭔가를 하도록 내버려 둔 적이 없죠. 전 이 일이 얼마나 중요한지 알아요."

"벨다, 잘 들어."

나는 침착한 목소리를 내려고 애쓰며 말했다.

"지금 하는 말은 거짓말이 아니야. 그 에이전시의 소녀 중 한 명이 오늘 밤에 살해당했어. 이제 가닥이 잡히고 있어. 그녀의 이름은 진 트로터, 예전엔 줄리아 트래비스키였어. 그 살인범이 그녀를 처치한 거야. 그리고……."

"누구요?"

"진…… 본명은 줄리아 트래비스키."

"마이크, 그 여자는 체스터 휠러가 부인에게 뉴욕에서 만났다고 한 여자예요. 그 사람 딸의 오랜 학창 시절 친구라고요."

"뭐라고!"

"기억하죠? 제가 콜럼버스에 다녀온 후에 말했잖아요."

갑자기 목이 타 들어갔다. 애써 입을 열었다.

"벨다, 제발 오늘 밤에 가지 말아 줘. 기다려, 잠깐만 기다려."

내가 타는 목소리로 말했다.

"아뇨."

"벨다……."

"아니라고 말했어요, 마이크. 전 갈 거예요. 경찰이 다녀갔어요. 당신을 찾고 있더군요. 살인 용의자로 말이에요."

내가 신음 소리를 낸 것 같았다. 말을 입 밖으로 내뱉을 수가 없었다.

"만약 그들이 당신을 찾아내면 우리에게 더는 기회가 없어요. 마이크, 당신이 감옥에 가는 건 참을 수가 없어요."

"나도 다 알아, 벨다. 난 오늘 밤 팻과 함께 있었어. 그가 말해 줬지. 내가 해야 할 일은 무릎을 꿇고……."

"마이크."

그녀의 의지를 꺾을 수가 없었다. 맙소사. 그녀는 자기가 나를 돕고 있다고 생각했고 나는 그 외에 달리 할 말이 없었다. 그녀는 내가 자신을 보호하려 한다고 생각했고 모든 것을 희생하면서까지 일을 밀어붙이고 있었다. 오, 하느님, 그녀를 막을 방도를 생각해 내려 했지만 불가능했다. 벨다가 말했다.

"제발 여기까지 오지 말아요. 저는 이미 없을 거예요. 게다가 경찰들이 이 건물을 감시하고 있다고요. 제발 저를 위해서라도 일을 더 어렵게 만들지 말아요."

벨다가 전화를 끊었다. 나는 아무런 생명을 느낄 수 없는 기계를 쳐다보며 좁디좁은 전화박스 안에 나를 갇혀 있게 만들었다. 수화기를 쾅 내려놓고는 손에 전등 코드를 들고 막 불을 끄려 하는 가게 주인을 지나쳐 뛰어나갔다. 불이 꺼졌다. 내 마음에서도 불이 꺼져 버렸다.

다시 차로 돌아와서 시동을 걸었다. 제기랄, 시간이 얼마나 남았지? 팻은 일주일의 시간을 달라고 했다. 방금 전에는 내게 몇 시간이 필요했다. 이제는 단 몇 분이 중요했다. 이제 단 몇 분의 여유도 없는 상황에서 사건의 윤곽이 잡혀 갔다. 진 트로터…….

그녀가 바로 휠러가 그 저녁 모임에서 만난 사람이었다. 그녀가 바로 그가 만나 오던 사람이었던 것이다. 하지만 진은 애인과 도망을 쳤고 아주 간단하게 시야에서 사라져 버렸다. 그리고 메리언 레스터는 휠러가 그녀와 함께 있었다는 사실을 말할 의무를 떠 안게 되었고 메리언 레스터와 안톤 립섹은 매우 친한 사이이다.

메리언 레스터와 잠시 이야기를 해야 했다. 왜 그녀가 거짓말을 했고 누가 거짓말을 하게 만들었는지 알아야 했다. 일단 그녀에게 말하라고 하고 만약 실토하지 않는다면 말하고 싶어지도록 만들어 줄 것이다. 창자가 터져라 소리치면서 내가 찾고 있는 살인범을 지목하도록 만들고 말겠다.

11장

 팻과 통화를 하려고 여기저기에 전화를 걸었다. 동전이 바닥나고 더는 걸 곳도 없을 때까지 계속 걸었다. 팻은 지금 더는 쓸모없는 이름을 쫓고 있다. 그런데 팻이 가장 필요한 순간에 난 팻을 찾을 수 없었다. 내가 전화할 때까지 사무실에 그대로 있든지 아니면 집에 가 있든지 하라는 메시지를 남기자 팻이 돌아오면 그렇게 전하겠다고 직원이 말했다. 전화를 끊고 보니 셔츠가 땀으로 흠뻑 젖어 있었다.
 하늘은 또다시 느슨해져 더 많은 눈송이들이 떨어졌다. 잘됐다. 아주 잘됐다. 돌아가는 데 시간을 좀 더 허비했다. 시계를 보고 크게 욕지거리를 몇 마디 내뱉은 다음 차로 기어 들어가 북쪽으로 몰았다. 진 트로터와 휠러. 결국 다시 휠러로 돌아왔다. 그 두 사람은 똑같은 이유로 살해됐다. 이유는……. 휠러가 예전에 알던 그녀를 알아봤기 때문일까? 휠러가 그녀에 대해 알고 있는 뭔가

가 죽어야 할 정도로 대단한 것일까? 아니면 그녀가 휠러에 대해 알고 있는 뭔가가 중요한 것일까?

그 때문에 에밀 페리 같은 사람뿐 아니라 상당수의 다른 거물들도 두려워할 만한 뭔가 음흉한 공갈 사건이 뒤따랐다. 사진들, 불탄 사진들, 모델들, 안톤 립섹이라는 사진 작가, 레이니라는 지독한 풋내기, 두목인 클라이드, 그 외에도 더 있다.

가슴에 통증이 올 정도로 크게 웃었다. 웃고 또 웃은 다음 살인자의 가죽을 벗겨 낼 것이라 다짐했다. 증거를 찾아 녀석의 가죽을 벗겨 내기만 하면 검사고 경찰이고 모두 지옥으로 꺼지라지. 내가 결백한 것이 증명되면 모두 내게 쩔쩔매게 해 줄 테다. 특히 그 검사 녀석은 더욱더 말이다.

채드윅 호텔에서 한 블록 떨어진 곳에 주차를 하고 되돌아 걸어갔다. 다른 사람들처럼 코트 깃을 세워 얼굴을 가리기는 했지만 다른 사람이 볼까 걱정하지는 않았다. 야경봉을 흔들던 순찰 경관이 조용히 옆으로 지나갔다. 호텔의 로비는 작았지만 바깥 날씨를 피하려 들어온 사람들로 붐볐다.

접수계로 가자 데스크에 있던 어머니 같은 인상의 안내원이 미소를 지으며 비음 섞인 인사를 했다. 내가 말했다.

"레스터 양을 만나고 싶은데요."

"전에 여기 오신 적 있으시죠? 올라가 보세요."

"먼저 전화를 걸어 봐도 될까요?"

"물론이지요. 레스터 양의 방으로 연결해 드릴까요?"

"네."

여자는 제어판에 있는 플러그들을 만지작거리더니 레스터가 있는 방의 버튼을 몇 번 당겼다. 응답이 없었다. 여자가 어깨를 움츠리고는 난처하다는 표정을 지으며 말했다.

"들어오는 건 봤는데 나가는 건 못 봤어요. 아마 욕조에 있나 본데요. 그런 아가씨들은 항상 목욕을 한다니까. 올라가서 방문을 두드려 보세요."

전화를 밀어 넣고 계단을 올라갔다. 계단이 삐걱거렸지만 로비가 너무 시끄러워서 아무도 신경 쓰지 않는 것 같았다. 메리언의 방을 찾아 두 번 노크했다. 방문 밑으로 불빛이 약하게 새어 나오는 것을 보고 목욕하고 있을 거라던 데스크 직원의 말이 맞나 보다 했다. 조용히 귀를 기울였지만 물 튀기는 소리가 들리지 않았다.

다시 크게 노크를 했다.

여전히 응답이 없었다.

혹시나 하고 문을 열자 쉽게 문이 열렸다.

왜 그녀가 대답이 없었는지 알 수 있었다. 메리언 레스터는 완전히 죽어 있었다. 조용히 문을 닫고 방으로 들어갔다.

"제길, 이런 빌어먹을!"

그녀는 빨간 새틴 파자마를 입고 얼굴을 바닥에 댄 채 사지를 쭉 뻗고 있었다. 목의 위치를 보지 못했더라면 그녀가 그냥 잠들어 있다고 생각했을지도 모른다. 목이 어찌나 세게 부러져 있던지 꺾인 척추가 피부 밖으로 튀어나오려 할 지경이었다. 목 반대쪽에는 푸르스름한 둔기 자국이 있었는데 손바닥 가장자리를 대어 보니 크기가 거의 들어맞았다. 시체는 돌처럼 차갑고 뻣뻣했다.

그 살인자가 좋아하는 유일한 무기는 힘센 자신의 손이었다.

전화기를 들자 아까 그 데스크 직원이 받았다.

"레스터 양이 들어온 게 언제입니까?"

"그게 말이죠, 오늘 아침에 인사불성이 되도록 취해서 들어왔어요. 거의 걷기도 힘든 상태였죠. 지금 방에 없나요?"

"아뇨, 레스터 양은 여기 잘 있습니다. 그런데 아마 다시 나가지는 못할 겁니다. 죽었거든요. 지금 당장 올라오시는 게 좋겠습니다."

안내원은 나오는 비명을 억누르면서 통화 버튼 차단을 신경 쓸 새도 없이 뛰기 시작했다. 쿵쾅거리며 계단을 오르는 발소리가 들리더니 여자가 문을 벌컥 열었다. 그녀의 얼굴색은 하얀색에서 회색으로 그리고 다시 붉어지더니 마침내는 이마의 혈관이 모두 튀어나올 것 같았다.

"세상에! 당신이 이랬나요?"

그녀는 거의 의자로 떨어지듯 앉은 다음 손으로 눈을 훔쳤다. 내가 말했다.

"벌써 죽은 지 여러 시간 됐습니다. 이제 숨을 돌리고 잘 생각해 보세요. 생각을 하시란 말입니다. 오늘 누가 여기에 왔는지 알아야 합니다. 누가 레스터 양에게 전화를 했는지 아니면 바꿔 달란 사람이라도 있었는지 말입니다. 하루 종일 여기에 있었으니 분명히 아실 것 아닙니까."

그녀의 입이 움직였고 두꺼운 입술이 축 늘어졌다.

"세상에!"

그녀가 말했다.

그녀의 이가 덜그럭거릴 때까지 나는 그녀의 어깨를 붙잡고 흔들었다. 그녀의 눈이 약간 생기를 되찾았다.

"바보 같은 얼굴 좀 그만하고 대답을 해요. 오늘 여기 올라온 사람이 누굽니까?"

그녀는 오른쪽 끝에서 왼쪽 끝으로 머리를 흔들었다.

"이제 망했어요. 이 호텔은 망해 버릴 거야. 세상에, 그럼 내 일자리도 날아가는 거잖아!"

그녀는 얼굴을 손에 파묻고 어리석게 탄식했다.

그녀의 얼굴에서 손을 치우고 날 보게 했다.

"이봐요. 그녀가 처음이 아니란 말입니다. 레스터 양을 죽인 녀석은 벌써 다른 두 사람을 죽였어요. 녀석을 잡지 못하면 더 많은 사람이 죽을 거란 말입니다. 무슨 말인지 알아요?"

멍하니 끄덕이는 그 여자의 눈에는 공포가 스며들고 있었다.

"좋아요, 오늘 여기 와서 그녀를 만난 게 누구죠?"

"아무도 없었어요. 한 명도 없었어요."

"분명 누군가 여기 있었어요. 누군가 그녀를 죽이고 갔다고요."

"누가 레스터 양을 죽였는지 내가 어떻게 알아요?"

"그게 아니라 누군가 이 방에 올라왔단 말입니다."

그 여자는 두꺼운 입술을 꽉 모아서 혀로 핥았다.

"이봐요, 젊은이, 내가 이 호텔에 들락거리는 사람들의 숫자를 세는 게 아니잖아요. 다들 쉽게 들어와서 쉽게 나가요. 많은 사람들이 들어온다는 말입니다."

"그래서 드나드는 사람들을 모른단 말입니까?"

"모르지요."

"왜 몰라요?"

"난…… 알면 안 되니까요."

"그러니까 여긴 창녀촌이군요. 창녀촌일 뿐이었어요."

여자가 분노에 찬 눈으로 나를 쳐다보았다. 공포가 사라진 눈빛이었다.

"난 포주가 아니에요, 젊은 양반. 여긴 그저 젊은 아가씨들이 아무 간섭 없이 묵을 수 있는 곳일 뿐이지, 난 포주가 아니란 말이에요."

"이제 이 주변이 어떻게 될지 알기나 해요?"

내가 말했다.

"10분 후면 여기에 경찰들이 우글거릴 겁니다. 경찰이 당신을 찾을 테니 도망쳐 봤자 헛수고가 될 거예요. 경찰이 뭐가 어떻게 돌아가고 있는지 알면…… 당신이 아주 곤란해질 수도 있다고요. 자, 이제 다시 생각해 보고 경찰에게 할 확실한 이야기를 준비해 놓든지 아니면 수갑을 차든지 둘 중에 하나거든요. 어느 쪽이 될까요?"

여자가 내 눈을 똑바로 쳐다보더니 진실을 말하기 시작했다.

"젊은이."

그녀가 말했다.

"설령 내 목숨이 거기에 달려 있다 해도 달리 할 말이 없어요. 오늘 누가 여기에 있었는지 난 몰라요. 이곳은 점심때부터 줄곧 사람들이 들락거렸는데 난 낮에 계속 책을 읽고 있었어요."

맨홀 속으로 떨어지는 기분이 들었다.

"좋습니다, 아주머니. 다른 알 만한 사람을 찾아봐야겠군요."

"알 만한 사람은 아무도 없어요. 복도를 청소하는 아가씨들은 오전에만 일을 하니까요. 손님들이 자기 방을 직접 치워요. 여기 묵는 사람들은 모두 단골들이거든요. 하룻밤 여행객은 없어요."

"벨 보이도 없어요?"

"그만둔 지 1년 됐어요. 필요가 없거든요."

메리언 레스터의 시체를 되돌아보자 토할 것 같았다. 아무도 어떻게 된 건지 모르고 있었다. 얼굴 없는 살인자였다. 그를 본 사람은 아무도 없다. 그를 알고 있는 사람은 모두 죽어 버렸다. 나뿐이었다. 운 좋게도 난 죽지 않았다. 처음에는 녀석이 날 쏘려고 했지만 실패했고 그 다음에는 나에게 살인죄를 뒤집어씌우려다가 실패했다. 그것도 안 되자 잠복해 있다가 날 기습하려 했지만 역시 실패했다. 그가 죽이려는 사람들 중에서 내가 가장 중요한 인물이었던 것이다.

하지만 난 미끼 놀이할 시간도 없어 표적이 되지도 못했다.

메리언을 본 다음, 온몸을 떨고 있는 그 여자에게 말했다.

"아래층으로 내려가서 경찰서에 전화 좀 걸어 주세요. 내가 여기서 경찰에게 얘기할게요. 그들이 오면 난 없을 겁니다. 내게 말한 대로 경찰에게 말하면 됩니다. 어서 가 보세요."

그녀는 어기적어기적 걸어 나갔다. 그녀의 몸 전체에 그 끔찍한 사건의 무게가 실려 있었다. 전화를 귀에 대고 그녀가 경찰서에 전화하는 것을 들었다. 전화가 연결되자 난 강력계로 돌려 달라고 요청했고 야근 경관과 통화할 수 있었다. 내가 말했다.

"전 마이크 해머입니다. 채드윅 호텔에 있는데 여기에서 여자가 한 명 죽었습니다. 아뇨, 제가 죽인 건 아닙니다. 여러 시간 전에 죽었어요. 아마 검사님이 이 사건에 대해 듣고 싶어할 겁니다.

그러니 전화해서 내 이름을 언급하세요. 나중에 제가 들른다고 전해 주세요. 네, 네, 아뇨, 여기 있지 않을 겁니다. 검사님이 내 이름을 리스트에 올리는 게 싫다면 말이죠. 내가 그 말을 했다는 것도 전해 주세요. 그럼 수고하십시오."

아래층으로 내려가 정문 밖으로 나갔다. 차에 막 시동을 걸 때쯤 사이렌 소리를 요란하게 내며 경찰이 도착했고 뒤이어 멈춘 까만 리무진에서 검사가 내려 이것저것 지시를 내리기 시작했다. 옆으로 지나가면서 경적을 두 번 울렸지만 그는 경찰을 지휘하느라 정신이 없어 듣지 못했다. 순찰차 한 대가 더 도착했고 혹시나 팻이 있지 않을까 하고 내다보았지만 그는 없었다.

내 시계가 열한 시 사십 분을 가리키고 있었다. 벨다가 그녀의 아파트를 나설 시간이었다. 담배를 집으려는 손이 너무 떨려서 계기판에 달려 있는 라이터로 불을 붙여야 했다. 성냥불을 가만히 담배에 대고 있을 수가 없었다. 내 안에 있던 전의가 시시각각으로 빠져나가고 있었다. 이대로 가다가는 20분 내로 아무것도 남아 있지 않을 것이다. 아무것도.

어떤 술집에 차를 대고 전화번호부를 꺼내 '립셱, 안톤' 이 나올 때까지 이름을 모두 짚어 나갔다. 그의 주소는 바로 내가 잘 알고 있는 빌리지의 변두리였다. 다시 차를 타고 브로드웨이로 내려갔다.

20분. 이제 15분 남았다. 시간이 쏜살같이 흘렀다. 지독히도 빠르게 흐르고 있었다. 12분 남았다. 눈이 더 심하게 내리기 시작했다. 바람이 거세게 불자 바닥에 있던 것들이 도로변의 형형색색의 불빛을 가로질러 사방으로 날아갔다. 빨간색 신호였지만 미끄러지듯 그냥 통과해 버렸다. 차들이 빵빵거리자 조용히 하라고 나도 경적을 울려 대꾸했다. 팔 아래에 있는 총은 옆구리에 구멍을 낼 지경이었고 장갑을 낀 손가락에는 계속 힘이 들어갔다.

14번가를 지나자 택시 두 대가 범퍼를 맞댄 채 도로 한가운데 서 있었다. 어떤 픽업트럭을 따라 보도 위로 올라갔다가 그 택시들을 돌아 다시 도로로 나왔다. 그걸 본 경찰이 호각을 불었고 그에게 꺼지라는 듯 투덜댄 다음 계속 트럭 뒤를 쫓아갔다.

5분 남았다. 턱 전체에서 느껴질 만큼 나는 거칠게 이를 갈았다. 목적지가 있는 거리에 도착한 다음 주차장에 차를 댔다. 방향을 결정하고 차에서 나와 주소지로 향하는 데 또 1분이 흘렀다. 그 집에 도착하는 데 2분이 더 흘렀다.

3분 남았다. 거의 그녀가 도착했을 시간이었다. 초인종에 있는 이름은 '안톤 립섹 귀하'였는데 어떤 꼬마가 그 밑에 낙서를 해 놓았다. 그 꼬마와 같은 심정이었다. 나도 똑같은 것을 느끼고 있었다. 초인종을 누르자 위층 어딘가에서 딸랑딸랑하는 소리가 들렸다.

아무런 응답이 없었다. 이번에는 손가락을 떼지 않고 그냥 눌렀고 계속 딸랑거리는 소리가 났지만 여전히 아무 응답이 없었다. 다른 버튼 중에 하나를 누르자 문이 딸깍 하고 열렸다. 1층 저 끝에서 어떤 목소리가 말했다.

"누구세요?"

"나야, 열쇠를 잊었어."

내가 말했다.

"아, 알았어요."

그 목소리는 이렇게 말한 뒤 문을 닫았다. '나야.'라는 건 마술의 암호였다. 나, 바보, 머저리, 또한 살인자의 표적. 나, 범인이 보면서 웃는 동안 다람쥐 쳇바퀴나 돌리고 있던 멍청한 놈. 그게 바로 나였다.

어딘지 찾기 위해 지나가는 방마다 성냥을 켜야 했다. 맨 위층에서 이름 뒤에 또 '귀하'라고 되어 있는 안톤 립섹의 방을 찾았다. 아무런 불빛도 소리도 나지 않았고 문은 잠겨 있었다.

너무 늦었다. 다 늦어 버린 것이다. 열두 시 오 분이었다. 벨다는 안에 있겠지. 문은 닫히고 그들은 침대에 있을 것이다. 벨다가 쓰라린 경험을 하며 모든 것을 알아내고 있을 것이다.

내가 문을 너무 세게 차서 잠금 장치가 꺾이면서 문이 휙 열렸다. 발로 문을 쾅 닫고 서서 살인자가 어둠 속에서 튀어나와 내 손에 있는 총을 향해 정통으로 달려들기를 기대했다. 그가 나오기를 기도하면서 혹시 소리가 들리지 않을까 촉각을 곤두세웠다. 하지만 들리는 것은 내 숨소리뿐이었다.

벽을 손으로 더듬어 스위치를 찾아냈다. 방 안에 눈부신 하얀색 불빛이 가득 찼다. 대단한 곳이었다. 아니 대단한 술집이었다. 가구는 다름 아닌 나무로 된 베란다용 가구였고 전등은 버려진 낡은 투광 조명을 가지고 임시로 만든 것이었다. 바닥의 깔개도 쓰레기통에서 꺼내 온 것이 분명했다.

그러나 벽은 값비싸게 꾸며 놓았다. 벽에는 대가들의 그림이 걸려 있었는데 그것들은 진품임에 틀림없었다. 만약 아니라면 그 화려한 액자와 청동으로 새겨진 이름 판은 완전한 낭비일 것이다. 그러니까 안톤은 돈이 있었고 그 돈을 여자들에게 퍼붓지는 않았다. 아니, 돈은 그림, 뭔가 돈보다 영구적 가치가 있는 것에 들였다. 이름 판에 새겨진 것은 모두 붙어있기 때문에 전혀 읽을 수가 없었다. 방에는 빈 유리잔과 담배꽁초들이 널려 있었지만 액자나 그림에는 먼지 한 점 없었고 청동 이름 판은 반짝반짝 닦여 있었다.

이건 그가 전쟁 때 협력한 것에 대한 보상일까 아니면 그의 개인적 취미일까?

바닥의 쓰레기들을 치우며 아파트 전체를 조심조심 둘러보았다. 집에 일거리를 가져오는 남자들의 가식적인 쓰레기들이 가득 들어찬 작은 스튜디오식 방이 하나 있었고 그 바로 옆에 작은 암실이 붙어 있었다. 싱크대는 가득 차 있었고 붉은 소등 하나가 식탁을 비추고 있었다. 그것뿐이었다. 그대로 그곳을 나오려는 순간 붉은 등에 반사돼 벽에서 금속이 빛나는 것이 보였고, 나는 재빨리 그쪽으로 손을 뻗었다.

그것은 벽이 아니고 문이었다. 그 문은 벽과 구별할 수 없도록 되어 있었고 손잡이도 없었다. 경첩도 가려져 있어서 긁힘 자국만으로 그 위치를 알아볼 수밖에 없었다. 어디선가 숨은 빗장이 열렸지만 시간이 없어 빗장이 어디 있었는지도 찾지 않았다. 등을 싱크대에 대고 최대한 힘껏 문을 발로 찼다.

벽의 일부가 흔들리면서 금이 갔다.

또 한 번 찼더니 발이 경계 벽을 뚫고 들어갔다. 세 번째 찼을 때 기어 들어갈 수 있는 크기의 구멍이 생겼다. 그리로 들어가자 또 다른 아파트로 연결되는 빈 옷장이 나왔다.

여기가 안톤 립섹이 사치스러운 생활을 하던 곳이었다. 벽 하나로 두 개의 세계가 나누어져 있었던 것이다. 최근에 광란의 파티를 한 것처럼 보이는 쓰레기들이 여기저기 널려 있었다. 한쪽은 바였고 돈으로 살 수 있는 최고의 것들이 가득 들어차 있었다. 마찬가지로 방 전체가 최고의 것들로 가득했다. 의자와 테이블은 어떤 백화점에서 나온 물건들도 아니었고 커튼 색깔과 완벽하게 맞춘 것이었다. 상당한 안목을 지닌 누군가가 환상적으로 꾸며 놓았다. 화가이자 사진 작가인 안톤 립섹과 같은 사람 말이다. 유일하게 그 방에 어울리지 않는 것은 대나무 액자로 된 싸구려 그림들이었다. 그것들은 널려 있는 쓰레기처럼 이 안의 물건들이 아니었다. 안톤 립섹은 자유의 종만큼이나 시끄러운 녀석이었다.

아마 그랬을 것이다.

다른 방도 있었다. 그것도 아주 많은 방들이 있었다. 그는 벽을 맞댄 아파트를 두 채 빌려 놓고 암실을 비밀 통로로 이용한 것이 분명했다. 복도는 세 개의 멋진 침실로 이어졌고 각각의 침실에는 샤워 시설과 화장실이 따로 있었다. 방에 있는 재떨이마다 전부 담배꽁초가 가득했는데 립스틱이 묻어 있는 것과 그렇지 않은 것들이 섞여 있었다. 그중 한 방에는 잘 씹힌 시가 조각 세 개가 침대 옆에 있는 바퀴 달린 쟁반에 뭉그러져 있었다.

뭔가 잘못됐다. 뭔가 잘못되었어야 말이 된다. 정신이 나간 것이 아니라면 내가 그걸 못 봤을 리가 없다. 모든 것이 정말 이상했다. 왜 아파트가 두 채일까? 왜 한 아파트는 먼지가 가득한데 값비싼 그림들로 꾸며져 있고 다른 아파트는 사치스러운 가구뿐인 걸까?

안톤은 미혼남이었다. 최근까지도 그는 여자 문제가 없었는데 그럼 이 침실들은 도대체 뭘까? 손님들이 넘쳐날 만큼 인기가 좋았던 것도 아닌데……. 침대 모서리에 앉아 머리에 모자를 눌러썼다. 부드럽고 견고하며 소리도 안 나는 좋은 침대였다. 등을 대고 누워 영원히 잠들어 마음의 피로를 씻고 싶게 만드는 침대였다. 누워서 천장을 응시했다. 흰 천장에 칼시민이라는 도료로 가느다란 십자선이 무수히 그어져 있었다. 그 선들은 벽의 몰딩으로 사라졌다. 꼭 살인자가 지나간 흔적과도 같았다. 어딘지 모르는 곳에서 시작해서 사방으로 뻗어나가다 감쪽같이 사라졌다. 정말 사악하면서도 끈질긴 살인자였다. 계속 벽을 보고 있는데 침대에 그림들이 매달려 있는 것이 보였다. 유리에 바다 경치를 그린 작고 재미있는 그림으로 물이 반짝이고 있었다. 물 옆에는 야자수들도 있었다. 천천히 침대에서 일어나 천장의 교차된 선들이 그림에 반사 되는 것을 보았다.

목에서 뜨거운 숨결이 느껴졌다. 분명 실눈을 뜨고 있었을 것이다. 손톱이 내 손바닥을 짓누르는 것을 느낄 수 있었다. 그림 속의 바다가 반짝이는 은색이었던 이유는 그 부분이 거울이었기 때문이었다. 그래서 그림이 예쁘고 화려하게 보였던 것이다.

예쁘면서도 아주 실용적이었다. 그림을 들어 보려 했지만 모두 벽에 나사로 꽉 조여져 있었다. 욕을 퍼부었다. 그림을 더듬는 것이 내가 할 수 있는 전부였다. 아무 소용없는 짓이었다. 거실을 지나 아까 그 옷장 문을 열고 벽에 난 구멍을 비집고 들어갔다. 부서진 나무 조각이 코트에 걸려서 손으로 다 쳐 내고 나와야 했다.

그림들. 옛 대가들이 그린 그 아름다운 그림들은 그 자체만으로 백만 달러의 가치가 있지만 그 안쪽도 또한 백만 달러의 가치를 지니고 있었다. 나체 둘이 숲 속에서 놀고 있는 그림을 벽걸이에서 들었다. 그림은 쉽게 떼어졌고 내가 찾던 것이 드러났다.

반대쪽 벽에 구멍이 뚫려 있었는데 그 속으로 반대쪽 벽에 걸린 작은 바다 경치가 보였다. 그림의 해안선과 하늘은 물감으로 불투명했지만 은색 부분으로 그 방에 뭐가 있는지 다 보였다.

이 얼마나 놀라운 공갈 장치인가! 한쪽에서만 볼 수 있는 거울이 침대 위에 붙어 있다니! 이런, 세상에!

10초도 지나지 않아 안톤이 사용하던 카메라를 발견했다. 세세한 표정도 놓치지 않고 촬영할 수 있는 고가의 물건이었다. 카메라는 삼각대와 함께 캐비닛에 보관되어 있었는데 삼각대는 아직도 침실을 촬영하기에 알맞은 높이 그대로였다.

그것들을 바닥에 놓고 캐비닛에 있는 나머지 것들을 몽땅 끄집어냈다. 내가 찾는 것은 사진이었다. 녀석을 처치할 수 있는 직접적 증거가 될 사진들 말이다. 녀석의 창자에 구멍을 내고 빠져나갈 수 있는 그런 증거 말이다.

이제 문제가 아주 간단해졌다. 더는 간단해질 수 없을 정도로 말이다. 안톤 립섹은 거물들을 침실로 끌어들이기 위해 여자들을 이용하고 있었다. 그는 평생을 먹고 살 수 있는 사진들을 찍었다. 이보다 좋은 공갈거리는 없을 것이다. 사람들은 다른 건 다 용서할 수 있어도 추잡한 불륜만은 용서하지 못한다. 절대.

체스터 휠러까지도 걸려들었다. 휠러는 돈이 있었다. 그것도 많이. 그는 혼자 시내에 있었고 조금 취한 상태였다. 함정으로 걸어 들어간 그는 자기 목숨과 바꾼 한 가지 실수를 했다. 여자를 알아본 것이다. 그녀는 자신의 딸과 같은 학교를 다녔던 여자였다. 여자가 겁을 먹고 안톤에게 말하자 안톤은 휠러를 죽여야만 했다. 하지만 여전히 두려움에 떨던 여자는 도망을 쳤고 첫 번째 만난 남자에게 도움을 청했다. 살인자가 그녀를 다시 잡을 때까지 그녀는 무사했다. 하지만 살인자는 그녀가 너무 두려워서 입을 열어버리는 것을 보고만 있을 수가 없었던 것이다.

그렇다. 이제 모든 것이 정말 단순해졌다. 메리언의 일도 말이다. 안톤은 날 두려워했다. 신문에 내가 탐정이란 것과 면허가 몰수됐다는 것이 나왔기 때문이다. 내가 여기저기 얼굴을 보이지 않았더라면 진도 메리언도 죽지 않았을 것이다. 하지만 이제는 너무 늦은 생각이다. 안톤은 메리언에게 휠러와 나간 사람이 그녀 자신이라고 말하라고 시켰는데 그녀가 이야기를 약간 바꿔 절대 추적이 불가능하게 되었다. 거기서 끝났어야 했다.

그 다음에는? 메리언이 갑자기 주제를 모르고 자기가 한 이야기에 대한 대가를 원했을까? 그러지 못할 건 또 뭔가? 그녀는 이 일을 하던 여자였으니까……. 그 사진들에는 메리언의 얼굴도 들어 있을 것이다. 그렇더라도 그녀가 잃는 건 평판과 일자리뿐이다. 하지만 그녀는 그 무엇도 잃을 수 없는 처지였다. 그래서 그녀는 죽었다. 멋지지 않은가? 정말 환상적이다!

히죽거리던 내 입에서 가쁜 숨이 흘러나왔다. 맨 처음부터 모든 것이 들어맞는다. 그것은 휠러가 죽던 날 밤부터 시작된 것이 아니라 그 며칠 전에 시작됐다. 살인자는 호텔에 투숙해 휠러를 처리할 적절한 때를 찾을 충분한 여유가 있었다. 그리고 난 우연히 거기에 있었다. 하지만 만취한 난 쓸모없는 증인이었다. 또한 그게 내가 아니고 다른 사람이었다면 그 살인은 훨씬 깨끗하게 마무리됐을 것이다. 위스키로 인사불성이 된 난 무슨 일이 있었는지 기억이 없었다. 내가 경찰이라도 날 미행했을 것이다. 나라도 날 미행했을 테니까.

살인자들은 내가 45구경에 항상 여섯 발을 장전하는 습관이 있다는 걸 몰랐다. 그는 여분의 총알과 탄약통을 도로 챙기긴 했지만 한 가지를 무시하고 지나갔다. 만약 살인자가 분별력이 있어서 내 주머니를 뒤졌다면 총알들을 한 주먹 발견하고 매트리스 속으로 들어간 그 총알과 바꿔놓았을 것이다.

하지만 사람을 교수형에 처하는 데는 한 가지 실수면 족하다. 단 한 가지 말이다. 그리고 그는 해냈다.

내가 탐정이란 걸 알게 됐을 때 그 살인자 녀석이 하얗게 질린 것이 분명하다. 내가 면허를 되찾을 날만 기다리고 있다는 것도 그는 분명 알고 있었을 것이다. 한 술 더 떠서…… 내가 어떤 인간인지 알고 싶었던 것이 분명하다. 나에 대해 알아보기 위해 그는 지난 신문과 법정 기록을 확인하고 여기저기 물어보고 다닌 것이다. 내가 자기보다 더 인간의 목숨에 대해 신경 쓰지 않는다는 것을 알게 됐을 것이다. 하지만 난 좀 달랐다. 내가 쏘는 것은 살인자들뿐이다. 난 살인자들을 쏘는 것을 정말 좋아한다. 살인자를 쏘아 그 피가 바닥에 퍼지는 것을 지켜보는 것보다 더 즐거운 일은 생각할 수도 없을 정도다. 살인을 하고도 빠져나가는 나쁜 놈들을 죽이는 것은 즐거운 일이다.

나는 웃어 대기 시작했고 멈출 수가 없었다. 지금 쓸 건 아니지만 권총을 꺼내 다시 한 번 확인했다. 방아쇠를 반쯤 당겼다가 제자리로 퉁겼다. 구리 총알을 살인자의 얼굴에 박아 줄 수 있는 상태로 말이다.

시간이 많이 늦었다. 내 피가 얼음처럼 차가울 정도로 많이 늦은 시간이었다. 생각은 이제 그만해야 했다. 그 사진들을 찾으면서 생각까지 하기가 곤란했다.

방은 이미 어질러질 대로 어질러져 있었다. 난 닥치는 대로 찢어발겼다. 그 망할 놈의 사진들 때문에 모든 것을 엉망으로 만들었지만 사용하지 않은 감광판밖에 찾을 수 없었다. 그 방을 험프티 덤프티처럼 엉망인 상태로 두고 나와 암실을 뒤지려는 순간 밖에서 발소리가 들렸다.

발소리는 아까 그 침실들이 있는 좋은 아파트로 들어가는 복도에서 났다. 열쇠 들어가는 소리가 들리더니 문이 열렸다. 순간적으로 창백한 안톤의 얼굴이 갑자기 하얗게 질리는 것이 보이는 듯했다. 그 다음 문이 쾅 하고 닫혔고 계단을 쿵쾅거리며 내려가는 소리가 들렸다.

그들이 밖에 있는데 불을 켜 놓고 나왔다니! 자살이라도 하고 싶었다.

코트가 싱크대에 걸려 찢어졌고 벽에 있는 구멍 속을 기어 들어갈 때도 또 걸렸다. 나는 짜증이 나서 소리를 지른 다음 가장자리를 붙잡고 간신히 빠져나왔다.

그 빌어먹을 놈이 빠져나가려 하고 있다! 문을 제대로 닫지도 않고 복도로 달려 나왔다. 누군가 계단을 급히 내려가 아래층에서 문을 쾅 닫는 소리가 들렸다. 나는 계단을 내려가다가 넘어졌다. 일어나 뛰다가 또 넘어졌지만 부러진 곳 없이 결국 다 내려왔다. 살갗이 벗겨져 피와 함께 옷에 붙어 버렸지만 아픈 것도 몰랐다.

길가로 달려 나가면서 손에 총을 쥐었지만 쓸모없는 짓이었다. 안톤의 차는 이미 요란한 소리를 내며 도로 끝에 있는 교차로로 향하고 있었다.

사람이 얼마나 중요해질 수 있을까? 사사건건 방해만 하는 운명의 신을 기쁘게 하려면 도대체 무슨 짓을 해야 할까? 안톤의 붉은 미등이 오른쪽으로 꺾이고 있을 때 지나가던 택시가 끼어드는 것이 보였다. 금속이 갈리는 소리와 운전자들의 고함 소리가 들렸고 안톤 립섹이 보도에서 차를 뒤로 빼려 하고 있었다.

하지만 뛰기에는 거리가 너무 멀었다. 무모한 짓이었다. 대신 방향을 바꿔서 건물 사이에 난 좁은 통로로 돌진했고 그 길의 끝에 있는 울타리도 뛰어넘은 다음 멈춰 섰다. 차로 들어가 시동을 건 다음 바퀴 밑에 있는 눈을 빠져나갈 수 있게 해 달라고 기도했다.

얼굴을 찌푸렸던 운명의 신이 조금 웃는 듯하더니 차가 앞으로 나갔다. 길가에서 차를 빼서 도로 쪽으로 속도를 냈다. 모퉁이를 막 돌자 택시 기사가 팔을 흔들면서 목청껏 소리치며 안톤을 쫓아가고 있었고 안톤이 인도를 가로질러 다시 도로로 진입했다. 난 어쩔 수 없이 택시 기사에게 비키라고 경적을 울려야 했다.

그의 거대하고 뚱뚱한 차가 로켓을 단 것처럼 앞으로 튕겨 나가는 것을 보니 안톤이 경적을 들었던 것이 분명했다. 그 차는 내가 33번가에서 총에 맞았을 때 녀석이 타고 있던 것과 같은 것이었다. 레이니. 그 녀석이 자기 고향인 지옥에서 활활 타고 있으면 좋겠다. 안톤이 그 차를 운전하는 동안 레이니가 나를 쏜 것이다.

지금은 눈이 반가웠다. 눈 때문에 자가용들은 차고에, 택시들은 길가에 정차했기 때문이다. 가로등에 비친 도로는 하얀색의 긴 굴뚝 같았다. 내가 계속 따라잡으려 하자 안톤은 가속 페달을 더 세게 밟았다. 빨간색 불이 깜박였지만 우리 둘 다 무시했다. 안톤의 차가 약간 중심을 잃었지만 곧 방향을 되찾고 계속 앞으로 돌진했다.

이제 그도 조금 두려워졌을 것이다. 제대로 말이다. 그렇게 차에 앉아 입에서 침을 흘리며 왜 빠져나갈 수 없었을까 궁금할 것이다. 자신의 큰 차를 저주하며 왜 내 차 같은 고물차를 뒤집어 버릴 수 없는지 자문하고 있을 것이다. 아무리 투덜대도 내 차에 거대한 엔진이 장착된 것은 절대 모를 것이다. 이제 그와의 거리는 5미터로 좁혀졌고 점점 더 가까워지고 있었다.

안톤의 중형차가 방향을 돌리려다가 좌우로 심하게 흔들리더니 그대로 길가를 들이받았다. 그 차는 잠시 빠져나오는 것처럼 보였다. 하지만 그 상황에서는 나라고 해도 불가능하리라는 것을 알고 있었기 때문에 순간적으로 이렇게 되면 안 되는데 하는 생각이 들었다. 운명의 신이 다시 한 번 크게 웃고는 내게 안톤을 넘겨주었다. 끔찍한 충돌 사고였다. 안톤이 탄 차가 건물 벽에 부딪히더니 뭉그러진 벌레처럼 인도에 거꾸로 떨어져 버렸다.

도로에서 완전히 한 바퀴를 돌아 후진한 다음 도로 한가운데에 차를 세우고 손에 총을 든 채 그 차로 뛰어갔다.

총을 다시 집어넣고 투덜거리며 욕을 했다. 안톤은 죽었다. 그의 머리는 알아볼 수 없도록 피범벅이 되었다. 남은 건 그의 눈뿐이었지만 그것도 원래의 위치가 아니었다. 혹시 내가 찾는 것이 있지 않을까 하고 활짝 열린 문 안쪽을 재빨리 한 번 훑어보았다.

안톤뿐이었다. 그는 이제 몇 달러 가치일 뿐인 화학 물질에 불과했다. 내가 그의 주머니를 뒤지는 것을 죽은 눈 하나가 지켜보았다. 지갑에서 500달러 뭉치와 등기 우편 영수증을 발견했다. 영수증에는 연필로 '특별 우편 발송'이라고 표시되어 있었고 날짜는 오늘 아침이었다.

수신인은 클라이드 윌리엄스였다.

그렇다면 결국 안톤이 아니라…… 클라이드였던 것이다. 그 쥐새끼 같은 놈이 두목이었다. 살인자는 클라이드인데 지금 벨다가 녀석과 함께 있다. 클라이드가 두목이자 살인자인데 지금 벨다는 모든 것을 알고 있는 놈을 유도하려 하고 있다.

한 시간 반이 지난 시각이었다.

시간은 행진을 계속했다. 나를 무참히 짓밟아 진흙탕에 처넣으면서 계속 행진했다. 하지만 난 꿋꿋이 일어나 뒤쫓을 수 있었다. 잃어버린 그 한 시간 반을 따라잡아 운명의 신이 가져가 버린 것을 원래대로 돌려놓을 수 있었다.

차에 올라타자 사람들이 창문에서 나를 보며 비명을 질렀다. 저 아래에서 사이렌 소리가 희미하게 들렸고 빨간색 불빛이 깜박이는 것이 보였다. 소리가 양쪽에서 나서 어쩔 수 없이 샛길로 빠져나갔다. 누군가 분명 내 자동차 번호를 보고 경찰에 알릴 것이다. 경찰에서 사실을 알아내더라도 검사는 잘못된 것이라고 호언장담을 할 것이다. 검사는 내내 이번 사건이 자살이라고 주장했으니까. 검사는 체스터 휠러가 자살했다고 자신의 의견을 말했다.

멍청한 놈, 그것도 검사라고…….

하늘이 한 번 색을 바꾸더니 도시에 더 많은 눈을 뿌렸다. 아직

1.5킬로미터나 더 가야 하는데 눈은 어느 때보다 심하게 내렸다. 운명의 신이 또 히죽거리고 있었다.

12장

우편물에 있는 주소와 아파트 주소를 대조해 보았다. 둘 다 같은 주소였다. 쌓인 눈 때문에 노란색 벽돌 건물의 솟은 부분만 보였다.

파란색 천이 로비로 통하는 복도를 덮고 있었고 해군 제독의 유니폼을 입은 문지기가 양옆을 지키고 있었다. 차에 앉아 문지기가 몸을 따뜻하게 하려고 팔을 위아래로 휘저으면서 왔다 갔다 하는 모습을 가만히 지켜보았다. 귀가 시린지 유니폼 모자를 벗고 양배추처럼 생긴 귀를 두 손으로 움켜잡았다. 결국 정문으로는 가지 않기로 마음 먹었다.

길을 건너 옆 건물로 갔다. 눈 더미에 길이 막혀 돌아서 가야만 했다. 층계를 오르니 반쯤 열린 문이 나와서 노크를 했다. 스웨덴 악센트가 섞인 목소리가 대답하더니 입에서 귀까지 구레나룻을 기른 노인이 문을 열고 말했다.

"누구쇼?"

나는 씩 웃기만 했다. 노인은 가만히 기다렸다. 주머니에 손을 넣어 10달러짜리 지폐를 꺼냈다. 노인은 아무 말도 하지 않고 지폐를 바라보았다. 노인의 옆구리를 쿡쿡 찔러 안으로 들어가 보니 그곳은 지하 보일러실의 일부였다. 하나뿐인 전구 아래에 테이블이 있었고 그 위에는 상자 하나가 놓여 있었다. 테이블로 걸어가서 몸을 돌렸다.

노인이 문을 닫고 1미터가 넘는 길이의 부지깽이를 집어 들었다. 내가 말했다.

"이리 좀 와 보시죠."

10달러짜리 지폐를 테이블 위에 놓았다.

노인이 부지깽이를 들고 내게로 왔다. 지폐는 쳐다보지도 않았다. 내가 노인에게 물었다.

"클라이드 윌리엄스라는 남자의 아파트 호수가 어떻게 됩니까?"

내 말을 듣더니 부지깽이를 들고 있던 노인의 손에 힘이 들어갔다. 노인은 대답이 없었다. 노인을 설득할 시간이 없었다. 총을 꺼내 지폐 옆에 놓았다.

"어느 걸 가지시겠소?"

노인의 손에 힘이 더 들어가더니 이제는 나를 한 대 칠 기세였다. 그러다가 노인이 물었다.

"무슨 이유로 그 사람을 찾는 거요?"

"갈기갈기 찢어 버릴 겁니다. 못하게 막는 사람도 그렇게 될지 모르고요."

"총은 치우쇼."

노인의 말대로 총을 권총집에 넣었다.

"돈도 치우고."

지폐도 주머니에 넣었다. 노인은 부지깽이를 바닥에 떨어뜨렸다.

"놈은 펜트하우스에 살고 있소이다. 뒤편에 엘리베이터가 있어. 분명히 갈 거지? 가서 놈을 끝장 낼 거지?"

지폐를 다시 테이블에 놓았다.

"무슨 일이 있었습니까?"

"딸이 있어. 착한 아이였지. 지금은 아냐. 그놈 때문에……."

"알겠습니다. 다시는 놈이 따님을 괴롭히지 못하게 만들어 놓죠. 혹시 그 집에 들어갈 수 있는 열쇠 있으십니까?"

"펜트하우스 열쇠는 없어."

노인의 수염 끝이 씰룩거리더니 눈빛이 파랗게 빛났다. 노인의 심정이 어떤지 알 수 있었다.

엘리베이터는 화물용으로 만들어진 것이었다. 들어가서 문을 닫고 '상행'이라고 씌어 있는 버튼을 눌렀다. 케이블에 동력이 들어가더니 엘리베이터가 올라가기 시작했다. 어찌나 천천히 올라가는지 빨리 좀 가자고 소리치고 싶은 것을 억지로 참느라고 입술을 깨물어야 할 정도였다. 엘리베이터가 올라가는 동안 벽돌 숫자를 세어 보았다. 천천히 느릿느릿, 아무 감정도 없는 기계는 그렇게 게으르게 올라가고 있었다. 빨리 좀 올라가라고 재촉하고도 싶었고 내 손으로 들어올리고도 싶었지만 황금 같은 시간이 지나가는 동안 그저 시계나 바라보며 그 안에 갇혀 있는 도리밖에 없었다.

결국에는 멈출 엘리베이터였다. 속도가 느려지더니 엘리베이터가 멈추고 문이 열렸다. 당장이라도 달려나가고 싶은 것을 꾹 참고 가만히 서서 복도에 누가 있는지 주위를 둘러보았다.

복도는 마치 무덤 속처럼 고요해서 바스락거리는 소리 하나도 크게 들릴 것만 같았다. 복도 한쪽은 바닥에서 천장까지 벽 전체가 유리창으로 되어 있어서 도시의 밤거리가 훤히 내려다보였다. 엘리베이터 위에 달려 있는 안전등만이 어두운 복도를 비추었다. 엘리베이터 문이 닫혔고 나는 걸어 나가기 시작했다. 손에는 총이 들려 있었고 누구라도 나타나면 쏠 준비가 되어 있었다.

벽에는 부의 상징이라 할 수 있는 값진 그림들이 큰 액자에 걸려 있었다. 의자는 진짜 가죽으로 만들어져 있었고 스무 명은 족히 앉을 수 있을 만큼 많았다. 의자 옆 테이블 위의 커다란 꽃병에는 방금 꺾어 낸 장미 송이가 방 전체에 향긋한 꽃 향기를 퍼뜨리고 있었다. 순은 재떨이가 깨끗이 치워져 있고 재떨이 옆에도 순은으로 만들어진 라이터가 놓여 있었다. 단 한 가지 어지럽혀져 있는 것은 두꺼운 동양산 양탄자 한가운데 떨어진 시가 꽁초였다.

잠시 그 자리에 서서 로비로 향하는 엘리베이터의 문을 그리고 아파트 문과 반대편 벽을 장식하고 있는 은종을 바라보았다. 총으로 자물쇠를 쏴서 부숴 버려야 할까 아니면 벨을 울려야 할까 고민했다.

그런데 둘 다 필요 없었다. 문지방 옆 바닥 위에 작은 금도금 열쇠가 있었다. 하느님께 감사를 올리고 열쇠를 주워 들었다. 입이 바싹 말라붙어서 미소를 지으려는데도 벌어지지 않는 기분이었다.

벨다가 머리를 아주 잘 썼다. 이렇게까지 똑똑할 줄은 몰랐다. 벨다가 내가 올 때를 대비해 열쇠를 여기에 둔 것이었다.

'벨다, 나 여기 있어. 너무 늦게 왔지만 어쨌든 지금 여기에 와 있고 어쩌면 당신에게 잘못했던 것을 보상할 수 있을지도 몰라. 당신이 이렇게 할 필요는 없었지만 그런 말은 하지 않을게. 당신이 옳은 일을 했다고, 마땅히 해야 할 일을 했다고 생각하게 놔둘 거야. 내가 세상 그 어떤 것보다도 더 간절히 원하던 것을 희생시켰다고 생각할 테지만 그래도 화내지 않을게. 내게 이런 일이 일어났다는 이야기를 누군가 나에게 한다면 그 사람이 설령 당신이라고 해도 뺨을 후려치고 싶어질 테지만 그래도 화내지 않을 거야. 웃으면서 잊으려고 노력할게. 하지만 그렇게 잊어버릴 수 있으려면 방법은 하나뿐이야. 내 두 손으로 클라이드의 목을 졸라 버리거나 총알이 다 떨어질 때까지 놈의 머리에다 대고 계속 총을 쏘는 거지. 그렇게 해야만 미소 지으면서 지난 모든 일을 잊을 수 있을 것 같아.'

자물쇠에 열쇠를 꽂아 돌리고 안으로 들어갔다. 안으로 들어서고 나니 뒤에서 문이 찰칵 하고 닫혔다.

현관까지 음악이 새어 나왔다. 리듬감 있는 부드러운 음악이었다. 조명은 어두웠는데 적절한 분위기를 위해 일부러 그렇게 맞춰 놓은 것 같았다. 방이 어떻게 생겼는지 눈에 들어오지도 않았다. 발소리를 죽이려고 애쓰지도 않았다. 화려한 인테리어 따위는 신경도 쓰지 않고 음악 소리를 따라 여러 개의 방을 지나가니 커다란 축음기가 보였다. 클라이드가 소파 위에 벨다를 눕히고 그 위에 몸을 숙이고 있었다. 클라이드의 모습은 비단 실내복을 입은 검은 그림자였다. 클라이드와 벨다는 두 개의 그림자였는데 하나는 강요하고 하나는 저항하고 있었다. 벨다의 하얀 다리가 보였고 흰 손은 얼굴을 감싸고 있었는데 그녀는 어찌할 바를 모른 채 흐느껴 울고 있었다. 클라이드가 실내복을 벗어 버리려 팔을 뻗는 순간 내가 말했다.

"이 망할 개자식! 일어나!"

클라이드의 얼굴이 분노로 일그러졌다가 나를 보는 순간 그 표정은 이내 공포로 바뀌었다.

결국 때맞춰 오긴 한 셈이었다. 1분만 늦었어도 큰일 날 뻔했다.

벨다가 고통스러운 목소리로 외쳤다.

"마이크!"

그리고 소파에서 몸을 일으켰다. 클라이드는 느린 동작으로 움직였는데 움직임 하나하나에서 증오가 스며 나왔다. 벨다를 바라보는 클라이드의 얼굴은 팽팽하게 당겨진 활시위와도 같았다. 클라이드가 벨다에게 소리쳤다.

"마이크라고 말했나? 그럼 이놈과 아는 사이란 말야? 결국 둘이서 짜고 한 짓이었다는 거군!"

말 한마디한마디를 힘겹게 쥐어짜 내고 있었다.

벨다가 소파에서 나와 내 팔에 안겼다. 내 가슴에 기대어 우는 벨다의 몸이 떨리는 것을 느낄 수 있었다.

"물론 벨다는 나를 알지. 너와 나도 아는 사이잖아. 그러니 이제 네가 어떻게 될지 감이 잡히겠지?"

클라이드는 입을 꾹 다물었다. 벨다의 얼굴을 들고 물었다.
"저놈이 당신을 다치게 했나?"
벨다는 말도 하지 못했다. 고개만 저으면서 계속 흐느꼈다. 가까스로 안정을 찾은 벨다가 중얼거렸다.
"마이크, 정말 끔찍했어요."
"하지만 아무 일 없었던 거지?"
"아무 일 없었어요."
벨다는 몸서리를 치더니 상의 단추를 손으로 만지작거렸다.
테이블 위에 놓인 벨다의 핸드백을 보고 손으로 가리키며 물었다.
"저거 당신이 가지고 온 거 맞아?"
내가 총 이야기를 한다는 것을 눈치 채고 벨다가 고개를 끄덕였다. 내가 말했다.
"가지고 와."
안전한 내 품에서 떨어지기 싫어하면서 벨다가 조금씩 내게서 멀어져 갔다. 가방을 낚아채서 열더니 안에 있던 권총을 손에 잡았다. 순간 클라이드의 얼굴에 나타난 표정을 보니 웃음이 나왔다.
"딩키, 이제 벨다 손으로 널 죽이게 만들 거야. 네가 벨다에게 하려던 짓과 다른 여자들에게 했던 짓에 대한 벌로 네게 총을 쏘라고 시킬 거야."
클라이드가 뭐라고 중얼거렸지만 알아들을 수가 없었다. 내가 계속 말했다.
"난 다 알고 있어. 왜 그랬는지도 알고 어떻게 했는지도 알아.

네 공갈 협박에 대해서도 잘 알고 있지. 너와 안톤이 여자 애들을 이용해서 남자들을 끌어들인 것도 알고 있어. 여자 애들이 남자들을 침대로 유혹하면 안톤이 그 사진을 찍어서 그때부터 너는 협박을 시작한 거지. 딩키, 너 참 대단한 놈이야. 머리가 좋아. 그 정도로 머리를 굴릴 수 있는 놈인 줄은 몰랐어. 결국 사람을 과소평가하면 안 된다는 교훈이 나오는 거지. 난 네가 그저 꼭두각시에 불과한 인물인 줄 알았는데 알고 보니 배후 조종은 네가 다 하고 있었잖아. 휠러가 애들 중 하나를 알아봤다는 이유로 아주 깔끔하게 그를 처치해 버렸지. 휠러는 그저 조금 즐기고서 조용히 지낼 생각이었지만 네가 사진을 들고 와서 돈을 요구한 거야. 휠러가 5000달러를 송금했지? 그치만 휠러는 화가 나서 진 트로터에게 다시 연락해서 네가 어떤 놈인지 말해 버린 거고. 진은 휠러가 한 말을 다시 너에게 고해 바쳤고 그래서 넌 휠러를 죽인 거지."

클라이드는 아무 말 없이 양팔을 옆구리에 붙인 채 듣고만 있었다.

"그러다가 이 모든 일이 벌어진 거야. 휠러를 죽이려고 했는데 휠러가 내 총을 꺼내서 널 쏘려고 했어. 여기서 내가 궁금한 건 두 가지야. 휠러가 내 총을 잡기 전까지 네가 휠러에 대해 세웠던 계획은 무엇이었으며 어떻게 해서 자살이라는 깜찍한 아이디어를 생각해 낸 걸까? 그리고 레이니는 왜 죽인 걸까? 이 두 가지지. 레이니가 네가 생각한 것만큼 충직한 개 노릇을 하지 않았기 때문이었나? 그 점에 대해서는 내게도 생각이 있지. 레이니가 길에서 나를 총으로 쏘려다가 실패했을 때 네가 레이니에게 너무 심한 벌을 주었기 때문에 레이니가 화가 나서 에밀 페리를 사진으로 협박해서 뜯어낸 돈을 들고 도망가려 했기 때문일 수도 있어. 너는 레이니를 잡으러 경기장에 갔다가 나를 봤겠지. 그래서 레이니를 죽이고 그 누명을 나에게 씌울 생각을 한 거야. 두 명의 목격자에게는 시키는 대로만 하면 두둑한 보상을 내리겠다고 약속했을 거고. 아주 괜찮은 계획이었어. 모든 게 네 뜻대로 돌아갔지. 그날 밤 알리바이까지 제대로 만들어 놨을 게 분명해. 그런데 벨다가 넌 자정까지 어딘가에 나가 있었다고 말했어. 무슨 회합 같은 데 간 게 아닐까 싶다고 했지. 그 정도면 모든 일을 벌이기에 충분한 시간이었을 거야. 안 그래?"

클라이드는 내 손에 들려진 권총을 바라보고 있었다. 내 총은 높이 들려져 있었고 벨다의 총은 클라이드의 배를 향해 겨누어져 있었다.

"클라이드, 진에게는 무슨 짓을 한 거지? 사랑의 도피를 떠난 걸로 되어 있는 여자였잖아. 그 여자도 제거하려고 어디 여관 같은 곳에 가둬 뒀던 거야? 진이 신문에서 레이니에 관한 기사를 읽고 도망을 가 버리니까 그녀를 쫓아가서 강물에 던져 버린 거야? 메리언 레스터가 돈을 요구하면서 널 귀찮게 하니까 그 여자도 죽여 버린 거고?"

"마이크……."

"입 닥쳐. 내 말 끊지 마. 몇 가지 알고 싶은 게 있어. 그 사진들은 다 어디에 있지? 안톤은 죽었으니 이제 말해 줄 수가 없잖아. 놈의 시체를 네 눈으로 봤어야 하는 건데……. 눈이 어디고 입이 어딘지 형체도 알아볼 수가 없었어. 안톤 손에는 사진이 없었으니 분명 네가 가지고 있겠지."

클라이드가 두 팔을 들더니 소리를 질렀다. 얼굴 근육이 경직되었고 실내복이 어깨에서 흘러내려 바닥으로 떨어졌다.

"이 나쁜 놈! 나에게 살인죄를 씌우지는 못할 거야! 난 살인죄로 교수형에 처해지지는 않을 거라고! 난 아니야!"

벨다가 내 팔을 잡았지만 떼어 놓고서 말했다.

"네가 자초한 일이야. 살인죄로 교수형에 처해지는 일 따위는 없을 거야. 왜 그런지 알아? 왜냐하면 너는 바로 이 방에서 죽을 거니까. 네가 죽고 나서야 경찰이 올 테고 그러면 내가 무슨 일이 있었는지 말해 주겠어. 네가 이 총을 들고 있었고 내가 빼앗아서 너에게 쏘았다고 말하면 돼. 아니면 벨다가 널 쏘게 한 다음 그 총을 네 손에 쥐어 놓을 수도 있지. 외국에서 들여온 총이라 누구 소유인지 아무도 추적해 내지 못할 거야. 내 아이디어 어때?"

그때 뒤에서 누군가가 말했다.

"싫다는데? 그 총 내려놓지 않으면 내가 널 쏴 주겠어."

아니다. 이런 일이 내게 다시 일어날 수는 없다. 제발, 하느님, 이번만은 안 됩니다. 총구가 내 등을 짓누르고 있었다. 할 수 없이 총을 내려놓았다. 벨다도 그 옆에 자기 총을 내려놓았다. 클라이드가 득의양양한 웃음을 터뜨리더니 다가와서 내 총을 발로 밟았다. 클라이드는 아무 말도 하지 않았다. 그저 내 총을 집어 들더니 그것으로 내 턱을 세게 후려쳤다. 클라이드를 잡으려고 했지만 놈이 다시 권총으로 관자놀이를 가격하는 바람에 바닥에 무릎을 꿇고 쓰러졌다. 그 다음에는 뒤에서 총을 겨누고 있던 남자가 내 뒤통수를 총으로 내려 쳤고 머리가 쪼개지는 듯한 통증을 느꼈다.

거기 얼마나 누워 있었는지 알 수 없었다. 시간은 이제 아무 의미가 없었다. 처음엔 너무 늦었고 그 다음에는 일찍 도착했는데 이제는 또 너무 늦어 버렸다. 정신이 몽롱한 상태에서도 클라이드가 벨다를 끌고 다른 방으로 가는 소리가 들렸다. 클라이드가 내게 총을 겨누었던 사내에게 말하는 소리가 들렸다.

"저놈도 여자와 같이 데리고 와. 저 방은 방음 시설이 되어 있으니까 아무도 우리 소리를 듣지 못할 거야. 내가 이 여자를 내 것으로 만드는 장면을 똑똑히 지켜보게 해 주겠어. 반드시 놈이 봐야만 해. 놈을 의자에 묶어 놓고 그 광경을 지켜보게 만들 거야."

그러고 나서 누군가 내 팔을 잡아 방 건너편으로 끌고 갔다. 문이 세게 닫혔고 의자 팔걸이가 등에 닿는 것이 느껴졌다. 벨다가 말했다.

"안 돼요! 제발, 안 돼요!"

클라이드가 말했다.

"벗어. 전부 다."

나는 눈을 떴다. 클라이드는 충족되지 못한 욕정을 얼굴에 그대로 드러낸 채 손가락뼈를 꺾으며 방 가운데에 서 있었다. 또 다른 남자는 내 옆에 서서 벨다가 벽으로 도망가는 것을 보고 있었다. 손에는 여전히 권총이 들려 있었다.

내가 움직이자 모두가 동시에 내 쪽을 보았다. 심장이 쿵쾅거렸고 두 놈 다 죽여 버리고 싶었다. 클라이드가 말했다.

"몸부림치면 바로 총으로 쏴 버려."

어쨌거나 내가 몸부림칠 것이라는 걸 알면서 하는 말이었다. 남자가 나를 향해 권총을 겨누었다.

그야말로 눈 깜짝할 사이였다. 클라이드와 남자가 벨다에게서 잠깐 눈을 뗀 사이에 일어난 일이었다. 벨다의 손이 그녀의 옷 속으로 들어가더니 자동 소총을 꺼내 총을 든 남자의 배를 쏘았다. 총에 맞은 남자가 신음 소리를 냈다.

머리가 아파서 참을 수가 없었다. 벨다에게 다가가려 했지만 쓰러졌다. 클라이드가 벨다의 팔을 잡고 벨다의 총을 뺏으려 하는 것이 보였다. 나는 다른 남자의 손에 아직도 들려 있는 권총을 향해 몸을 질질 끌며 기어갔다. 벨다가 소리쳤다.

"마이크! 그 남자를 잡아요! 마이크!"

벨다는 총을 뺏기지 않으려고 몸을 반으로 접고 있었다. 클라이드에게 주먹으로 맞은 벨다가 바닥에 쓰러졌는데 재킷이 찢어지면서 앞가슴이 열렸다. 벨다가 다시 한 번 비명을 질렀고 총이 덜그럭 소리를 내며 바닥으로 떨어졌다. 내가 총을 잡기 전에 자신이 먼저 벨다의 총을 잡을 만한 시간이 없다는 것을 클라이드도 알았는지 상스러운 욕을 내뱉으면서 달려가 문을 쾅 닫았다. 우리가 밖으로 나가지 못하도록 자물쇠를 잠그고 가구를 끌어다 놓는 소리가 들렸다. 클라이드는 그렇게 사라져 버렸다.

벨다가 내 머리를 자기 무릎에 얹어 놓고 부드럽게 쓰다듬어 주었다.

"마이크, 바보 같은 사람! 괜찮아요? 마이크, 말 좀 해 봐요."

"괜찮아. 곧 괜찮아질 거야."

벨다가 내 얼굴에 난 상처를 어루만지더니 통증을 없애려는 듯 상처에 키스해 주었다. 눈물이 벨다의 뺨을 타고 흘러내렸다. 억지로라도 웃음을 지으려 했더니 벨다가 나를 더 꼭 안았다.

"당신 바보예요. 그렇죠?"

나는 벨다가 재킷 아래에 메고 있는 어깨걸이 권총집을 손가락으로 어루만졌다.

"동업자로서는 그만인걸? 여자가 어깨걸이 권총집 같은 걸 차고 다닐 거라고 누가 상상이나 했겠어?"

벨다도 나를 보며 웃더니 내가 일어서도록 도와주었다. 어지러워서 몸을 지탱하려고 의자를 붙잡았다. 벨다가 있는 힘껏 문손잡이를 흔들면서 문을 열어 보려고 했지만 허사였다.

"마이크, 잠겼어요! 우린 이 안에 갇혔다고요."

"젠장!"

바닥에 쓰러져 있던 녀석이 기침을 한 번 하더니 몸을 움찔했다. 입에서 피가 흘러나왔고 놈은 마지막으로 한 번 발작하듯 경련을 했다. 내가 말했다.

"벨다, 그 총에 한 놈을 처치했다는 표시라도 해 보지 그래?"

이런 말을 하면 벨다가 화를 낼 줄 알았는데 오히려 무서운 표정을 지으며 말했다.

"둘 다 내 손으로 죽여 버렸으면 좋았을 텐데……. 마이크, 이제 어떻게 하죠? 나갈 수가 없잖아요."

"나가야 해. 클라이드가……."

"그 사람 짓이에요?"

머리가 아팠다. 머릿속이 온통 무거워서 생각을 할 수가 없었다.

"그놈 짓이야. 그 문 다시 한 번 열어 봐."

바닥에서 총을 집어 들고 잠시 그대로 서 있었다. 총이 너무 무거워서 붙잡고 있기도 힘들 지경이었다.

"마이크, 레이니가 살해당한 날 밤에 말이에요……. 클라이드는 정말로 회의장에 가 있었어요. 바우어리 클럽에서 사람들이 하는 이야기를 들었어요. 클라이드는 거기에 가 있었다고요."

토할 것 같은 기분이었다. 귀에서 맥박 뛰는 소리가 들렸다. 자물쇠에 총을 갖다 대고 방아쇠를 당겼다. 총이 발사되는 순간 손이 얼얼했다. 그래도 자물쇠는 부서지지 않았다. 벨다가 다시 한 번 말했다.

"마이크……."

"다 들었어. 젠장! 당신이 뭘 봤든 누가 무슨 말을 했든 난 신경 안 써! 그건 클라이드 짓이야. 그걸 모르겠어? 클라이드와 안톤이 한 짓이라고. 두 놈이 사진을 가지고 있었고. 그리고……."

거기서 말을 멈추고 문을 바라보았다.

"그 사진……. 클라이드는 그 사진을 가지러 간 거야. 사진만 있으면 자기한테 필요한 보호를 받을 수 있고 이 일에서 빠져나가 다시 예전처럼 활개 치며 살 수 있을 테니까!"

총을 찾아 자물쇠에다 대고 겨눈 다음 화약 냄새가 방 안에 진동할 때까지 방아쇠를 당겼다. 망할 놈! 그 사진……. 사진은 안톤의 아파트에도 없었고 여기에도 없다. 바깥 출입문이 닫히는 소리가 그렇게 빨리 난 것으로 봐서 나가는 길에 뭘 들고 간 것 같지는 않았다. 그렇다면 남은 곳은 오직 한 곳, 모델 에이전시 사무실뿐이다.

그 생각을 하니 어깨로 문을 밀쳐낼 힘이 생겼다. 벨다도 나와 함께 문을 밀었고 반대편에 있는 가구가 움직이기 시작했다. 목에 핏줄이 설 때까지 있는 힘껏 더 세게 문을 밀었다. 가구 더미에서 뭔가가 무너지더니 우리가 나갈 수 있을 만큼 문이 열렸다.

온통 정적뿐이었다.

권총을 의자에 던져 놓고 바닥에 떨어져 있는 내 총을 집어 겨드랑이에 꼈다. 엄지손가락으로 전화기를 가리키며 말했다.

"팻에게 전화해. 팻이 받을 때까지 계속 시도해 보고 안 되면 검사 사무실로 전화해. 아마 그쪽에서 재빨리 행동을 취할 거야. 클라이드를 체포해야 한다고 말해 줘. 어쩌면 늦기 전에 잡을 수 있을지도 몰라."

뛰는 건지 기어가는 건지 모를 동작으로 문까지 가서 문을 열었다. 벨다가 내 등 뒤에다 대고 뭐라고 소리를 질렀지만 들리지 않았다. 서둘러 로비까지 갔다. 엘리베이터 위치 표시등에는 지하라는 표시가 들어와 있었지만 엘리베이터는 바로 눈앞에 서 있었다. 느릿느릿 내려가더니 1층 홀에 멈춰 섰고 나는 곧장 건물 밖으로 달려 나갔다. 해군 제복을 입은 문지기가 나를 이상한 눈으로 보면서 붙잡으려고 해서 입에다 대고 주먹을 날려 주었다. 일어나서 다시 나를 쫓아 나왔다가 결국 놓치고서는 고함을 질러 대는 소리가 들렸다. 상관하지 않고 차에 올라탔다. 아파트에서 두 블록을 운전해 가고 나니 경찰차가 달려오는 것이 보였다. 다섯 블록을 더 가고 나서야 코니가 사무실에 간 것이 생각났다.

배에 다시 통증이 느껴졌지만 가속 페달을 밟아 시내를 가로질러 1분도 지체하지 않고 33번가 교차로에 진입했다.

빌딩 숲에 들어선 다음 속력을 늦추고 차를 주차시켰다. 출입문에 전등이 켜져 있었고 노인 하나가 그 아래에서 신문을 읽으며 앉아 있었다. 노인이 시계를 들여다보는 사이 내가 문을 열고 들어갔다. 노인은 고개를 저으면서 내게 나가라는 손짓을 했다.

문을 하도 세게 걸어차서 문이 심하게 흔들렸다. 노인이 신문을 내려놓고 문을 빼죽 열더니 말했다.

"너무 늦었습니다. 못 들어가요. 30분 전에 문 닫았습니다. 그만 가세요."

노인이 문을 닫을 틈도 주지 않고 팔을 문 사이로 집어넣어 안으로 들어갔다.

"몇 분 전에 여기 들어온 사람 있었습니까?"

노인이 불안한 듯 고개를 저었다.

"한 시간 전부터는 온 사람 없습니다. 여보쇼, 들어오면 안 된다니까요. 이러시지 말고 그냥……"

클라이드는 안 왔다는 말이로군. 젠장, 여기에 왔어야 말이 되는데! 여기에 있어야 하는데!

"이곳 말고 다른 출입구도 있습니까?"

"네. 뒷문이 있죠. 하지만 잠겼어요. 내가 빗장을 열지 않는 한 그리로는 아무도 못 들어와요. 여보쇼, 선생……"

"알았습니다. 경찰을 부르려면 부르세요."

"이거 참 무슨 영문인지……. 뭘 찾는 겁니까?"

노인을 향해 무서운 표정을 짓고서 대답했다.

"살인범을 찾고 있습니다. 총을 가지고 있어요."

노인이 침을 꿀꺽 삼켰다.

"아무도 안 들어왔는데……. 농담하는 거죠?"

"네. 농담입니다. 내가 누군지 아십니까? 내 이름은 마이크 해머입니다. 경찰이 날 찾고 있죠. 살인범도 날 찾고 있고요. 모든 사람들이 내 살가죽을 벗기지 못해 안달인데 나는 이렇게 제멋대로 돌아다니고 있는 겁니다. 이제 제가 묻는 말에 대답 좀 해 주시죠. 오늘 밤 누가 여기에 왔죠?"

이번에는 노인이 침을 삼키는 소리가 귀에 들릴 정도였다.

"어떤…… 어떤 남자가 왔어요. 보험 회사에서도 몇 명이 왔죠. 사무실에서 술을 가지고 나갔어요. 아마 저쪽을 보시면……"

"알았으니 2층으로 좀 데려다 주시오. 안톤 립섹 에이전시 사무실에 들어가야 한단 말입니다."

"이제서야 말씀을 하시는군요. 조금 전에 어떤 젊은 여자가 거기로 들어갔어요. 아주 근사한 아가씨였죠. 물론 들여보내 주었고요."

"2층으로 좀 보내 달라니까요."

"엘리베이터를 타시는 게 좋을 것 같은데……"

노인을 엘리베이터 안으로 밀어 넣는 순간 노인이 시계를 떨어뜨렸다. 노인은 나를 한 번 노려보더니 문을 닫았다. 엘리베이터에서 나와 복도를 걸어 사무실까지 가는 내내 내 손에는 총이 들려 있었다. 이번에는 누가 뒤에서 총을 겨눌 틈을 주지 않을 것이다.

불이 켜져 있었고 문은 활짝 열려 있었다. 총을 든 채 안으로 달려 들어갔다. 경비원은 겁에 질려 눈이 휘둥그레진 채 문간에 서 있었다. 벽을 더듬어 근무 시간처럼 환하게 전등을 켰다. 탈의실과 사무실, 소도구실, 옷 방 등이 있었다. 잘 정리된 암실 세 개와 지저분한 암실 하나도 있었다.

결국 내가 찾던 방을 찾아 문을 열고 가슴속에 쌓여 있던 미칠 듯한 증오를 쏟아 내느라 입을 벌리고 숨을 내쉬면서 그 자리에 섰다.

코니가 눈을 크게 뜬 채 방 한가운데에 누워 있었다. 등은 'V' 자 모양으로 구부러져 있었고 이미 죽은 상태였다.

방에는 천장까지 닿는 캐비닛이 있었는데 잘 쓰지 않았는지 먼지가 수북이 쌓여 있었다. 캐비닛 서랍 하나가 활짝 열려 있었고 그 안에 있던 내용물은 전부 다 누군가가 가져가 버린 후였다.

이번에도 너무 늦었다.

경비원은 기절하지 않으려고 나를 붙잡고 서 있었다. 입을 떡 벌린 채 시체에서 눈을 돌리고 있었다. 공포에 질려 소리를 지르면서 나를 더 꼭 붙잡았다. 내가 무릎을 꿇고 코니를 가까이에서 바라보는 동안에도 계속 내 팔을 잡고 있었다.

아무 흔적도 없었다. 그저 극심한 고통의 표정만이 그녀의 얼굴에 남아 있었다. 한 방에 깔끔하게 보내 버린 것이 분명했다. 손가락을 살짝 펴 보니 손에 꼭 쥐고 있던 종이쪽지 하나가 나왔다. 이렇게 씌어 있었다.

"확대경을 스크린에 붙이려면……"

그 나머지 부분은 찢겨져 있었다. 바닥에 쌓인 먼지 위에 상자가 놓여 있던 흔적이 남아 있었다. 그 옆으로 가느다란 줄이 나 있는 것으로 보아 그 상자를 복도 밖으로 끌고 나간 것 같았다. 그 외에는 아무 흔적도 없었고 상자도 없었다.

문을 그대로 열어 놓고 현관으로 돌아왔다. 경비원은 내 뒤에서 아이처럼 엉엉 울고 있었다. 전화기에 있는 버튼을 이것저것 눌러 보고서야 외선을 찾아냈다. 전화기에 대고 말했다.

"경찰서 부탁합니다."

경비원이 앉아서 떨고 있는 사이 경찰서 데스크맨에게 시체가 있다고 알려 주었다. 전화를 끊고 경비원을 엘리베이터까지 데려간 다음 나를 지하로 데려다 달라고 부탁했다.

예상했던 그대로였다. 사람들이 들어오지 못하도록 단단히 잠겨져 있어야 할 문이 활짝 열려 있었다. 살인범이 왔다 간 것이다.

경비원이 혼자 있기 싫으니 가지 말라고 애원했다. 경비원을 밀어내고 계단을 올라가 건물 밖으로 나왔다.

이제 살인범이 어디에 숨어 있는지 알 것 같았다.

13장

　그렇게 세차게 내리면서 내 앞길을 막던 눈은 이제 제법 누그러져 있었다. 차 쿠션에 등을 기대고 편히 누워 실로 오랜만에 기분 좋게 담배 한 개비를 피웠다. 담배를 폐 속까지 깊이 빨아들였다가 버리기 아쉬운 듯 내뿜었다. 차창으로 피어오르는 담배 연기마저도 예쁘게 보였다.
　모든 것이 흰 눈에 덮여 더러운 오물을 감추고 있었다. 자연은 추악한 찌꺼기를 감추기 위해 최선을 다하고 있었다. 천천히 조심스럽게 차를 앞으로 몰았다. 라디오를 틀었더니 경찰에서 나를 찾고 있다는 방송이 나왔다. 라디오 주파수를 음악 채널로 바꿔 버렸다.
　목적지에 도착해서 차 두 대 사이에 내 차를 세워 놓고 집에 자러 들어가는 착한 시민처럼 차 문을 잠그기까지 했다. 아파트 건물에서 불빛 몇 개가 새어 나왔지만 내가 가려는 집에서 나오는 불빛인지는 알 수 없었다.

마지막으로 담배 한 모금을 빨아 마시고 나서 시궁창에 던져 버렸다. 잠시 쉭 하는 소리를 내더니 이내 담뱃불이 꺼졌다. 현관으로 들어가 벨을 누르고 잠시 기다렸다가 문이 열리자 안으로 들어갔다.

서두를 게 뭐 있겠는가? 더는 시간을 아낄 필요가 없었다. 조심스럽게 한 발짝 한 발짝을 내디디며 꼭대기까지 올라갔다. 곧장 복도를 걸어 활짝 열려 있는 문으로 가서 말했다.

"안녕하십니까, 주노 선생님."

그녀의 대답을 기다리지도 않았다. 바로 그녀 곁을 지나 안으로 들어갔다. 거실을 지나치면서 구석에 있던 의자를 끌어당겨 보았다. 침실로 들어가 옷장 문도 열어 보았다. 욕실로 가서 샤워 커튼도 젖혀 보았다. 부엌으로 가서 냄비도 들쑤셔 보았다.

손에 닿는 대로 아무 물건이나 밀어 버리고 발에 닿는 대로 아무 물건이나 걷어찼다. 언제라도 총을 쏠 준비가 되어 있었다. 하지만 그곳에는 아무도 없었다. 발에서부터 불이 나기 시작하더니 온몸을 휩쓸고 머리까지 뜨거워졌다. 지금까지 무시해 왔던 고통이 모두 다 살아나서 생살을 찢는 듯한 느낌이 들었다. 문을 붙잡고 몸을 돌려 고통과 증오가 숨김없이 드러난 표정으로 주노를 바라보았다.

내 목소리는 당장 누구라도 죽일 기세였다.

"그놈 어딨어?"

주노가 상처받은 듯한 눈빛을 내게 보냈다. 긴소매 드레스를 입고 손으로 목을 감싼 자세로 주노는 그 자리에 서 있었다.

"마이크……."

주노가 한 말은 그것뿐이었다. 숨이 막혔는지 드레스 아래로 그녀의 가슴이 솟아올랐다.

"그놈 어디 있어?"

내 손에는 권총이 들려 있었다. 엄지손가락으로 해머를 찾아 뒤로 당겼다.

주노의 아름다운 입술이 떨렸고 내게서 한 발짝 뒤로 물러섰다. 한 발짝씩 물러나더니 결국 거실까지 갔다.

"당신이 그놈을 숨기고 있잖아. 놈은 여기에 왔어. 그 게으른 녀석이 올 수 있는 곳은 이곳뿐이야. 그놈 어딨어?"

주노는 눈을 감고 천천히 고개를 저었다.

"제발, 마이크……. 그 사람들이 당신에게 무슨 짓을 한 거죠? 마이크……."

"주노, 코니를 찾았어. 창고에 있더군. 죽었어. 파일도 사라졌고. 클라이드가 들어와서 코니를 죽인 다음 파일을 가져갈 만한 시간이 있었을지도 모르지. 다른 것도 찾았어. 사실 코니가 찾은 것이긴 하지. 그건 텔레비전 배달 확인서였어. 바로 당신이 진 트로터에게 배달해 주기로 되어 있던 텔레비전이었지만 그녀에게 텔레비전이 필요 없을 거란 걸 알고서 나중에 처분할 때까지 창고에 처박아 둔 거야. 그걸 알고 있는 사람은 당신뿐이었지. 물론 오늘 밤에 내가 알아내긴 했지만. 클라이드가 그걸 찾아서 당신이 이 일에 말려들지 않도록 치워 준 건가?"

주노의 눈이 커졌다. 그 눈은 내가 한 말은 전혀 사실이 아니라고 말하고 있었다. 나는 그 눈을 믿을 수가 없었다.

"그놈 어딨어?"

권총을 들어 주노의 탱탱한 가슴 한가운데를 겨누었다.

"마이크, 여기엔 아무도 없어요. 당신도 봤잖아요. 제발……."

"일곱 명이 죽었어. 일곱 명이라고. 이 미친 놀음에 당신도 일부 연관되어 있어. 아주 그럴 듯한 놀음이긴 했지. 하지만 날 가지고 장난치지는 마. 나는 그 일곱 명이 왜 죽었는지 어떻게 죽었는지 모두 다 알고 있어. 누가 죽였는지 몰라서 계속 빙빙 맴돌고 있었지. 당신의 공갈 협박 작전은 하마터면 아무에게도 들키지 않을 뻔했지. 내가 그날 밤 휠러와 같이 있지만 않았다면 그 일곱 명 중 휠러 한 명만 죽고 말았을 거야. 내가 이렇게 사건 전말을 밝혀낼 줄 누가 알았겠어?"

주노는 아직도 목을 손으로 감싼 채 나를 바라보았다. 마침내 고개를 저으며 말했다.

"아니에요. 마이크, 아니에요!"

주노는 무릎이 떨리는지 쓰러지지 않으려고 안간힘을 쓰고 있었다. 팔을 뻗어 의자 등받이를 잡아 균형을 잡으려고 했다. 조심조심 우아한 동작으로 의자에 앉더니 아랫입술을 살짝 깨물었다.

역시 주노가 맞다. 나는 고개를 끄덕이며 권총을 단단히 잡았다. 안에 쌓여 있던 증오심이 입 밖으로 튀어나왔다.

"처음에는 안톤인 줄 알았지. 그랬다가 클라이드 앞으로 되어 있는 우편물 영수증을 발견했어. 안톤이 클라이드에게 사진 몇 개를 보냈더군. 바우어리 클럽은 여자 애들을 끌어들이기에 아주 좋은 장소였으니까. 바로 그런 목적으로 만들어진 곳이었지. 여자 애들과 지저분한 남자들을 만나게 해 주는 그런 장소였어. 애초에 누가 여자 애들을 거기로 데리고 갔을까? 누가 그곳을 명소로 만들어서 클라이드가 세상에서 제일 짭짤한 사진 사업을 할 수 있도록 해 주었을까? 주노, 당신이 한 짓인가? 클라이드가 당신에게 반해서 둘이 같이 할 수 있는 좋은 돈벌이 방법을 생각해 낸 건가? 사진을 협박 수단으로 사용할 수 있을 거라는 아이디어를 낸 것도 클라이드였나? 아니면 당신이었나? 안톤은 확실히 아니야. 그 바보는 머리에 돌밖에 든 게 없거든. 하지만 협조는 했지. 안 그래? 자기 집에 그 많은 값비싼 그림을 살 돈을 벌 수 있었기 때문에 협조한 거야."

주노의 눈에는 아무 표정이 없었다. 생기도 온 데 간 데 없이 사라져 버렸다. 고개를 숙이고 앉아서 한 손으로 얼굴을 가린 채 흐느꼈다.

나는 계속 말을 내뱉었다.

"괜찮아. 원래 그런 거야. 한동안은 뜻대로 일이 잘됐겠지. 이 더러운 사업에서 브레인 노릇을 한 건 당신이야. 클라이드는 어깨 노릇을 했고 클라이드의 조무래기들도 한몫 거들었겠지."

거기서 말을 멈추고 주노에게 생각할 시간을 주었다. 꼬박 1분을 기다렸다.

"주노……"

주노가 천천히 고개를 들었다. 눈은 빨갛게 충혈되어 있었고 마스카라가 검은 눈물로 번져 뺨을 타고 흘러내렸다.

"마이크, 당신……"

"그 사람들을 죽인 게 누구지? 그놈 어딨어?"

주노가 손을 떨구더니 절망에 빠져 배를 움켜쥐었다. 주노를 겨눈 총을 들어올렸다.

"주노."

주노의 눈이 나를 바라보았다.

"주노, 말해 주지 않으면 당신을 먼저 쏠 거야. 그리고 밖으로 나가서 나 혼자 놈을 잡겠어. 가장 아픈 곳을 쏘겠어. 빨리 죽게 하지 않을 거거든. 어디에 가면 놈을 찾을 수 있는지 그것만 말해 줘. 놈은 어디 있지?"

주노는 말이 없었다.

주노를 죽일 참이었다. 하느님, 용서하십시오. 지금 이 여자를 죽이지 않으면 또 빠져나갈 구멍을 만들어 낼 것이다. 진실을 알고 있는 건 나밖에 없기 때문이다. 법정에서 주노에게 불리하게 작용할 만한 증거는 단 한 가지도 없다는 것을 나도 알고 있었다. 하지만 나는 주노를 죽일 수 있었다. 주노도 가담한 범죄이기 때문이다. 그 모든 것이 주노의 소행이었고 주노도 살인범 못지않게 죄가 깊었다!

손에 들고 있는 총이 떨렸다. 개머리판 끝 부분을 꽉 잡아 총이 떨리지 않게 했다. 얼굴에 다 드러나는 것을 나도 느낄 수 있었다. 주노도 보고 있었다. 증오라는 독이 몸에서 뿜어져 나와 얼굴에 드러나 있었다.

주노의 머리에 총을 겨누고서 말했다.

"이런, 못 하겠어!"

주노의 머리카락이 다시 빛을 발했고 죽은 이들을 기억나게 했다. 주노가 아닌 샬럿의 얼굴이 보였다.

잠시 이성을 잃었다. 미칠 노릇이었다. 머리에서 피가 끓으면서 증오심이 나를 비웃었다. 어서 총을 쏘라고 내게 소리쳤다. 광기가 사라지자 나는 개처럼 짧은 숨을 가쁘게 몰아쉬고 있었다.

"할 수 있을 줄 알았는데……. 당신을 죽일 수 있을 줄 알았는데……. 못 하겠어. 옛날에 내게 한 여자가 있었지. 당신을 보면 그 여자 생각이 나. 난 그 여자를 증오했어. 그녀를 사랑했고 그녀를 죽였지. 그녀의 배를 내 손으로 쐈어. 그래, 주노……. 또 다른 여자를 죽이는 것이 이렇게 힘든 일이 될 줄은 몰랐는데……. 오늘 밤에 죽이지는 않겠어. 경찰서로 데리고 간 다음 거기에서 놈이 어디에 있는지 말하게 하겠어. 당신이라면 경찰서에서 곧 풀려나겠지. 하지만 무슨 수를 써서라도 그렇게 풀려나지 못하게 하겠어."

총을 다시 겨드랑이 아래에 집어넣고 주노의 손을 향해 팔을 뻗었다.

"이봐 주노, 내 친구 하나가 경찰에 있어. 자기가 사건을 직접 맡아서 당신이 진실을 불게 만들고 싶어할 친구지."

주노가 의자에서 일어섰다.

싸움은 그때부터 시작이었다. 주노가 내 팔을 잡더니 주먹으로 내 코를 후려갈겼고 나는 뒤로 휘청했다. 나는 손을 들어올릴 사이도 없이 벽에 부딪혀 기절했다. 주노는 내 목을 잡더니 무릎을 내 다리 사이로 밀어 넣었다. 나는 소리를 지르고 상체를 숙이면서 목을 감고 있는 손아귀에서 빠져나오려고 안간힘을 썼다. 빨리 몸을 피해야겠다는 생각이 드는 순간 주노가 내 눈을 할퀴었다.

살점이 떨어져 나가는 것을 느끼면서 머리를 홱 젖히고 주먹을 위로 날려 주노의 코뼈를 부러뜨렸다. 코피가 입 안으로 흘러 들어가자 주노가 비명을 질렀다. 버둥거리고 싸우고 발로 차고 몸부림을 치면서 내게서 도망가려 했지만 나는 놔 주지 않고 주노가 내게서 몸을 뺄 때까지 계속 주먹으로 때렸다.

이제 주노도 더는 피하기만 하지는 않았다. 방 안에는 짐승의 소리가 울려 퍼졌고 주노가 내 팔을 뒤로 꺾는 바람에 그대로 바닥에 쓰러졌다. 무릎으로 등을 찍어 내리면서 내 몸을 두 동강 내려고 했다. 그 순간 나의 광기가 나를 살렸다. 피가 끓는 듯한 광기를 느끼자 몸에 힘이 나면서 마지막으로 온 힘을 다해 주노의 팔에서 내 몸을 빼내고 주노를 내 앞에 쓰러뜨릴 수 있었다. 주노가 다시 한 번 덤벼들었고 나는 정면으로 맞섰다. 주노의 옷자락을 잡아 내 앞으로 가까이 끌어당겼다.

그러나 주노가 몸을 비틀었고 천 찢어지는 소리가 요란하게 나더니 드레스가 벗겨졌다. 주노는 하이힐과 스타킹만 신은 채 완전히 벌거벗은 상태로 비틀거리며 방 건너편으로 걸어갔다. 테이블을 밀어젖히고 서랍을 찾아 여는 순간 그녀가 잡으려는 총이 내 눈에도 보였다.

나는 총을 먼저 꺼내 강경한 목소리로 말했다.

"주노, 꼼짝 마."

주노는 그대로 얼어붙었다. 그 아름다운 몸의 근육을 하나도 움직이지 않았다. 신고 있는 구두와 스타킹은 옷을 벗어 버린 흰 살결과 선명한 대조를 이루었다. 손은 아직도 서랍을 잡고 있었다. 총에서 겨우 몇 센티미터밖에 떨어지지 않은 위치였다. 총을 잡지 말라는 말은 굳이 할 필요도 없었다.

그 우스꽝스럽고 야한 자세 그대로 한동안 서 있게 내버려 두다가 전화기를 들었다. 딱 한 가지는 확실히 해 둘 필요가 있었다. 주소록을 뒤져 전화 안내원에게 주소를 대 주었더니 클라이드의 집으로 연결해 주었다. 그곳에 가 있는 경찰을 한참 설득하고서야 벨다와 통화할 수 있었다. 벨다에게 한 가지 질문을 했고 대답을 들었다. 벨다는 클라이드가 지하실에서 시체로 발견되었다고 말해 주었다. 클라이드가 도망가려고 했을 때 무슨 이유에서인지는 모르겠지만 수위 아저씨가 부지깽이로 클라이드를 해치웠다는 것이었다. 클라이드는 사무실 근처에 가지도 않았던 것이다! 내가 전화를 끊는 순간까지도 벨다는 내게 계속 질문을 하고 있었다.

다 끝났다. 이제 이유도, 방법도, 누구의 소행인지도 다 알아냈다. 죽어야 할 사람은 모두 죽었다.

"주노, 이쪽을 봐."

어떤 발레리나도 그녀보다 더 균형 잡힌 자세를 취할 수는 없었을 것이다. 주노는 발가락 끝으로 균형을 잡고 서서 나를 바라보았다. 눈 속에는 악마가 들어 있었다. 그 악마의 살기가 어찌나 강한지 방 반대편에 서 있는 나에게까지 느껴질 정도였다. 여신들의 여왕인 주노가 불빛에 반짝이는 피부를 드러낸 채 내 앞에 나체로 서 있었다.

내일이면 검사로부터 사과의 글과 함께 면허증을 되돌려 받을 수 있을 것이다. 내일이면 에드 쿠퍼는 특종 기사를 실을 수 있을 것이다. 내일은 내일이고 오늘 밤은 오늘 밤이다. 올림포스 신전 너머로 주노를 바라보았다.

"진작 알았어야 했는데. 나를 보며 그 커다란 눈을 굴릴 때마다 문득 떠오르는 생각이 있었거든. 당신이 귀여운 사랑 놀이를 제안

할 때마다 난 이미 알고 있었어. 젠장, 그런데 너무 엄청난 사실이라서 믿을 수가 없었지. 여자를 좋아하고 여자들의 수법이 뭔지를 훤히 꿰뚫고 있는 내가 당신한테 속아 넘어가다니……. 그래, 당신과 클라이드는 제대로 된 사업 계획을 세웠지. 그런데 누가 누구를 다스리는 관계였지? 벨다가 클라이드한테 당할 뻔했던 이유가 바로 당신이었나? 세상에, 난 아주 바보 천치였군! 당신이 저녁이나 먹자고 나를 빌리지 식당으로 데리고 갔을 때 눈치를 챘어야 하는 건데……. 여자 화장실로 당신을 따라 들어간 레즈비언이 있었지. 당신도 그 여자 못지않은 변태라는 걸 알아챈 순간 그 여자는 분명 자기 혀를 깨물고 싶은 심정이었을걸? 당신의 연기가 너무나 완벽해서 당신의 정체를 아는 사람조차 감히 말할 엄두가 나지 않았을 거야. 체스터 휠러가 너무 화가 난 나머지 자기를 꼬여 넣은 여자를 폭로해 버리려고 하니까 그를 죽인 것이고 레이니가 당신을 협박해서 돈을 뜯어 내려고 하니까 레이니도 죽여 버린 거였어. 그리고 진 트로터는 사실을 알고 있기 때문에 살려 둘 수가 없었던 거고 메리언 레스터도 마찬가지 이유였겠지. 당신의 정체를 아는 사람은 누구라도 살려 둘 수가 없었던 거야. 그리고 코니가 창고에서 텔레비전을 발견하고 진 트로터가 결혼을 한 게 아니라서 당신이 텔레비전을 배달해 주지 않았다는 것을 알아냈기 때문에 코니도 죽였지. 그래, 이제는 당신 머리를 날려 버려야 할 차례지만 그 전에 먼저 할 일이 있어."

그렇게 말하고서 내 총을 바닥에 떨어뜨렸다.

주노는 무슨 영문인지 이해하지 못하고 어리벙벙하게 있다가 기회를 놓쳐 버렸다. 주노가 서랍에서 권총을 꺼내기 전에 내가 먼저 다시 손에 총을 잡았다. 여자에게 총 쏘기를 싫어하는 내 성격 따위는 다 잊어버렸다. 입술에 피가 묻은 채 소리 내어 웃고서 권총을 주노에게 겨누자 주노는 내 평생 다시 볼 수 없을 분노의 눈빛으로 나를 노려보았다. 손에 잡은 권총에서 불꽃이 일면서 총알이 발사되자 살인마 주노의 몸이 벽에 가서 납작하게 부딪혔다. 총을 맞은 자리에서 피가 샘물처럼 솟았다. 마지막 총알이 주노의 살갗을 찢고 내장을 뚫은 다음 벽에 가서 부딪힐 때까지도 주노는 목숨이 붙어 있는 상태였다. 그러고서 고통스럽게 입술을 일그러뜨리고 죽었다.

주노가 죽기 직전, 상대방에게 최후의 순간 반격할 틈을 준 것은 이번뿐이었다고 말해 주었다. 자신의 정체성을 그렇게 감쪽같이 숨긴 사람은 주노뿐이었다. 브로드웨이에서 내게 총을 쏠 수 있었던 사람은 주노뿐이었다. 주노의 집을 나선 순간부터 나를 미행할 수 있었기 때문이다. 모든 일은 주노의 짓이었고 클라이드는 아무도 죽이지 않았다. 짧은 머리를 옆으로 빗어 넘긴 주노의 진짜 모습을 내일 사람들이 본다면 모든 사실이 증명될 것이다.

주노는 내가 하는 말을 모두 다 들으면서 죽어 갔다. 나는 다시 한 번 소리 내어 웃으면서 주노의 시체로 다가갔다. 목부터 손목까지 단단한 근육을 그렇게 긴 드레스로 가리고 다닌 것이다. 우스운 노릇이다. 정말 우스운 일이다. 상상했던 것보다 훨씬 더 우습다. 어쩌면 당신도 웃을지 모르겠다. 한때 신들과 여신들의 여왕인 주노라고 생각했던 인물의 시체에다 침을 뱉어 주었다. 이제서야 왜 주노를 볼 때마다 거부감 비슷한 분노를 느꼈는지 알 수 있었다.

주노는 여왕이었다. 그래, 좋다. 진짜 살아 있는 여왕이었다. 하지만 어떤 여왕이었는지 이제 당신도 알 것이다.
'주노는 남자였다!'

 밀리언셀러 클럽을 펴내면서

지난 수백 년 동안 소설은 기묘하면서도 교양 넘치고, 자유로우면서도 현실에 뿌리 박고 있으며, 흥미진진하면서도 감동적인 이야기로 독자들의 사랑을 독차지해 왔다.

민담이나 전설 등에 비해 비교적 최근에 탄생한 이야기 형식인 소설이 순식간에 이야기 왕국의 제왕으로 올라선 것은 현대인들이 살아가면서 느끼는 희망과 절망, 불안과 평화 등 온갖 삶의 양상들을 허구 속에 온전히 녹여 내어 재창조함으로써 이야기를 읽는 기쁨과 더불어 삶을 재발견하는 즐거움을 주어 온 까닭이다.

사실 이야기를 읽음으로써 삶을 다시 생각하고, 삶을 생각함으로써 이야기를 다시 만들어 온 것은 인간이라면 피할 수 없는 숙명이다.

그런데도 최근 이야기의 제왕이라는 소설의 위기를 말하는 목소리가 점점 늘어나고 있다. 만약에 이 말이 사실이라면, 그리하여 사람들이 소설을 점차 외면하고 있다면, 핏속에 스며들어 있으며 뼛속에 틀어박힌 이야기 본능이 무언가 다른 것에 홀려 있음에 틀림없다.

사람들은 이제 이야기를 소설이 아니라 거리에서, 인터넷에서, 영화에서, 드라마에서, 광고에서, 대중가요에서 즐기고 있는 것이다.

'밀리언셀러 클럽'은 이러한 소설의 위기를 넘어서려는 마음에서 기획되었다. 국내뿐만 아니라 전 세계 각국에서 독자들의 사랑을 한껏 받은 작품들을 가려 뽑아 사람들 마음을 다시 소설로 되돌리고 이야기를 한껏 즐길 수 있도록 배려하였다.

'밀리언셀러'라는 이름을 단 것은 소설이 다시 사람들의 마음을 끌어 널리 읽히기를 바라기 때문이고, '클럽'이라는 이름을 단 것은 소설을 사랑하는 독자들이 이 작품들을 가운데 놓고 오랫동안 이야기를 나누기를 바라기 때문이다.

앞으로 '밀리언셀러 클럽'에는 예로부터 오늘날까지, 동양에서 서양까지 시대와 장소를 가리지 않고 널리 독자들의 사랑을 받아 온 작품들 중에서 이야기로서 재미에 충실할 뿐만 아니라 인간 본연의 모습을 확인시켜 줄 수 있는 소설들이 엄선되어 수록될 것이다.

이 작품들이 부디 독자들을 소설의 바다로 끌어들여 읽기의 즐거움을 극대화함으로써 이야기 본능을 되살려 주어 새로운 독서 세대를 창출하기를 바라는 마음 간절하다.

옮긴이 | 박선주

서울대 영어교육과와 한국외대 통번역대학원 한영과를 졸업했다. 현재 정부기관 통번역사 및 에디터로 근무하고 있으며, 엔터스코리아의 전속 번역가로 활동 중이다.

복수는 나의 것 마이크 해머 시리즈 3

1판 1쇄 펴냄 2005년 12월 24일
1판 2쇄 펴냄 2024년 3월 20일

지은이 | 미키 스필레인
옮긴이 | 박선주
발행인 | 박근섭
편집인 | 김준혁
펴낸곳 | 황금가지

출판등록 | 2009. 10. 8 (제2009-000273호)
주소 | 06027 서울 강남구 도산대로 1길 62 강남출판문화센터 5층
전화 | 영업부 515-2000 편집부 3446-8774 팩시밀리 515-2007
홈페이지 | www.goldenbough.co.kr

도서 파본 등의 이유로 반송이 필요할 경우에는 구매처에서 교환하시고
출판사 교환이 필요할 경우에는 아래 주소로 반송 사유를 적어 도서와 함께 보내주세요.
06027 서울 강남구 도산대로 1길 62 강남출판문화센터 6층 민음인 마케팅부

한국어판 ⓒ 황금가지, 2005. Printed in Seoul, Korea
ISBN 978-89-8273-869-2 04840
ISBN 978-89-8273-866-1 04840 (set)

㈜민음인은 민음사 출판 그룹의 자회사입니다.
황금가지는 ㈜민음인의 픽션 전문 출간 브랜드입니다.